GEFAHR IM WIND

DEN STROMAUSFALL ÜBERLEBEN, BUCH 2

JUDITH A. BARRETT

WOBBLY CREEK, LLC

Gefahr im Wind

Überleben nach dem Stromausfall, Buch 2

Veröffentlicht in den Vereinigten Staaten von Amerika durch Wobbly Creek, LLC

2020 Georgia

wobblycreek.com

Cover von Wobbly Creek, LLC

ISBN 978-1-967288-32-8 Taschenbuch, deutsche Ausgabe

ISBN 978-1-967288-06-9 eBook Deutsche Ausgabe

ISBN 978-1-733124-17-1 Taschenbuch, englische Ausgabe

ISBN 978-1-733124-16-4 eBook Englische Ausgabe

WIDMUNG

Gefahr im Wind ist der Farbe Türkis gewidmet und den talentierten Künstlern, deren Werkzeuge Hammer und Nägel sind.

Zuvor...

Major

Shadow, mein Schäferhund, und ich führten ein ruhiges, einsames Leben auf meiner Farm, nachdem ich mich von der Florida Highway Patrol zurückgezogen hatte. Diese Ruhe endete, als mein Sohn und seine Frau bei einem Unfall ums Leben kamen und meine Enkelin Aimee Louise, die jetzt achtzehn ist, bei uns einzog. Ich wurde auch der Vormund von Rosalie, Aimee Louises Freundin aus der Schule, nachdem Rosalies Mutter gestorben war.

Als das landesweite Stromnetz zusammenbrach, lud ich den Bezirkssheriff und seine Familie ein, von ihrem Haus in der Stadt auf die Farm zu ziehen, und wir gewöhnten uns daran, ohne Strom vom Netz auszukommen. Unsere Farmfamilie wuchs erneut, als Herr Young, ein Nachbar und pensionierter Landwirt, und Vanessa, die Stadtanwältin, bei uns einzogen.

Wie der Sheriff und ich vermutet hatten, brach die Wirtschaft zusammen, und Banden von Schlägern terrorisierten bald die Landschaft. Unsere nächsten Nachbarn wurden ermordet, und wir nahmen ihre zwei Kinder bei uns auf. Die Angriffe auf meine Farm schienen jedoch gezielter zu sein als die anderen Angriffe von umherziehenden Banden. Als wir erkannten, dass wir über Informationen verfügten, die die geplante Übernahme der US-Regierung stoppen könnten, handelten der Sheriff und ich.

Es mag klingen, als wären der Sheriff und ich ziemlich schlau, aber wir verlassen uns auf Aimee Louise und ihre Gabe, die ich anfangs nicht verstand.

Aimee Louise ist autistisch und klüger als wir alle. Sie erkennt keine Gesichtsausdrücke; stattdessen sieht sie, was sie *Wolken* nennt, die die wahren Gefühle einer Person offenbaren, aber am wichtigsten ist, dass sie Gefahr in Wolken sieht.

Rosalie

Aimee Louise wollte, dass ich euch mehr erzähle; sie redet nicht wirklich viel. Ich bin jetzt siebzehn und Aimee Louise achtzehn, aber Pops hat den wichtigsten Teil ausgelassen: Er hat meine Anwältin Vanessa geheiratet, und es war eine großartige Hochzeit auf der Farm.

Aimee Louise und ich haben einen Amateurfunkkurs besucht, bevor das Netz zusammenbrach. Keine Überraschung, sie ist ein Elektronikgenie. Herr Young hat uns eine Funkantenne und einen Transceiver geschenkt, also hören wir jeden Morgen und Abend den Funkamateuren zu.

Deputy Stuart mag Aimee Louise, aber darüber soll ich nicht sprechen.

KAPITEL EINS

Major Dave Elliott, pensionierter Beamter der Florida Highway Patrol, und sein schwarz-brauner Deutscher Schäferhund, Shadow, patrouillierten entlang des Zauns seiner Farm in Nordflorida.

Als die Windböen aus Nordwesten stärker wurden und die Temperatur am späten Nachmittag sank, verlagerte der Major seinen Gewehrriemen, zog seine braune Leinenjacke hoch und holte die Handschuhe aus den Taschen. Er war groß und schlank, und die Jahre in der Sonne hatten seine Hände und sein Gesicht wettergegerbt, mit Ausnahme der Haut um seine Augen. *Polizistenaugen*, nannte er die Blässe, die seine Sonnenbrille hinterlassen hatte. Er überblickte die Schotterstraße, und Shadow raste zur nördlichen Weide, um nach Kaninchen zu suchen.

Als der Major auf halbem Weg zum Einfahrtstor war, verengte er seine Augen. *Zwei Männer auf der Straße.* Er schritt zum Schutz der weißen Eichen zwischen dem Haus und dem Zaun, und Shadow gesellte sich zu ihm. Als die großen Gestalten näher kamen, wedelte Shadow mit dem Schwanz.

„Braver Junge. Du hast Recht. Es ist Sheriff Starr und ein Deputy."

Shadow rannte zur Zaungrenze und jaulte.

Nachdem die drei Männer sich am Tor getroffen hatten, sagte Major: „Wo ist dein Auto, Sheriff? Ich dachte, du bist heute Abend auf Streife. Wollt ihr reinkommen auf einen Kaffee?"

„Ich hab's beim Haus der Deputies gelassen, weil ich unsere Ankunft nicht ankündigen wollte. Wir müssen ein privates Gespräch führen", sagte Sheriff Jack. „Deputy Stuart hat ein Problem."

Major schloss das Tor. „Gehen wir zur Scheune. Dort wird uns niemand stören."

Der Sheriff und Stuart gingen zur Scheune, während Major die Straße im Auge behielt. Major und Shadow trabten, um zu ihnen aufzuschließen.

Der Sheriff hatte letztes Jahr sein Bauch für die mittleren Jahre verloren, als er und seine Familie auf der Farm lebten, und er mit Aimee Louise und Rosalie lief. Er war trotz der Kochkünste seiner Frau Molly schlank geblieben, aber die neuen tiefen Linien in seinem Gesicht verrieten den Stress, für die Sicherheit des Bezirks zu sorgen angesichts der Instabilität des Stromnetzes. Vor drei Monaten war er mit seiner Familie wieder auf Majors Farm gezogen.

Stuart war der jüngste der Deputies des Sheriffs und nur vier Jahre älter als Aimee Louise. Nachdem der Sheriff mit den Mädchen zu laufen begann, tat es Stuart auch.

„Meine Eltern leben im Südwesten von Georgia", sagte Stuart. „Ich habe über das Kommunikationsnetzwerk der Sheriffs erfahren, dass mein Vater gestürzt ist und meine Mutter Hilfe braucht. Ihre Farm ist etwa dreihundertfünfzig Kilometer von hier entfernt."

Als sie die Scheune erreichten, lehnte sich der Sheriff gegen eine Stalltür, Stuart ging auf und ab, und Major setzte sich auf einen Heuballen und kratzte Shadow hinter dem Ohr.

„Ich könnte es in zehn Tagen zu Fuß schaffen, aber ich würde lieber früher ankommen", sagte Stuart. „Bevor das Stromnetz und die Wirtschaft letztes Jahr zusammengebrochen sind, hat die Fahrt zur Farm weniger als vier Stunden gedauert."

„Die Benzinrationierung hat die Nutzung unserer Dienstfahrzeuge eingeschränkt, aber wir haben in jedem mehr als einen halben Tank gehalten", sagte der Sheriff. „Wir haben vier Privatfahrzeuge und könnten einen Tank füllen, indem wir aus zweien abzapfen, aber die Streifenwagen sind Zielscheiben, und die Autos wären in Ordnung, es sei denn, wir fahren auf Schotter- oder Matschstraßen. Deputy Jim hat ein Motorrad, aber das ist eine noch größere Zielscheibe. Irgendwelche Ideen, Major?"

„Wir haben den Treibstoff der Farm für Geräte und Generatoren beiseitegelegt, aber wir haben anderthalb Tanks Benzin, die wir für Mr. Youngs alten Truck nutzen könnten. Mein Truck hat einen vollen Tank und ist Diesel, Allradantrieb, zuverlässiger und bequemer für Reisen, aber Mr. Youngs Arbeitstruck fällt weniger auf. Die Reise ist zu gefährlich für eine Person. Ich gehe mit dir." Major erhob sich und verschränkte die Arme.

„Es ist sicherer, zwei zu schicken. Ich gehe." Der Sheriff ging zur Tür. „Lass uns gehen, Stuart. Wir haben zu tun."

Majors Gesicht rötete sich. „Du hast vier kleine Kinder und die Verantwortung für den Bezirk, Sheriff. Du musst hierbleiben."

„Ich gehe mit meinem Deputy." Der Sheriff schlug mit der Hand auf die Stalltür.

Aimee Louise, Majors achtzehnjährige Enkelin mit Autismus, stand an der Scheunentür. Ihr langes schwarzes Haar erinnerte Major an das ihrer Mutter, und er sah ihre Großmutter in ihren klaren blauen Augen. Sie trug ihr Lieblings-T-Shirt mit einem Deutschen Schäferhund vorne drauf.

„Ich werde mit Stuart gehen", sagte sie.

„Was meinst du? Hast du gelauscht?" Major runzelte die Stirn, als Stuart zu Aimee Louise trat und sich neben sie stellte. *Bin mir nicht sicher, ob ich es gut finde, dass Stuart so viel um Aimee Louise herum ist.*

Die siebzehnjährige Rosalie folgte Aimee Louise in die Scheune. Major war Rosalies gesetzlicher Vormund, aber er betrachtete sie als zweite Enkelin. Rosalie war achtzehn Zentimeter kleiner als Aimee Louise, aber Major sagte, es sei unmöglich, sie zu übersehen, weil sie das temperamentvolle Wesen ihrer Mutter, kupferrotes Haar und smaragdgrüne Augen hatte.

„Nein, haben wir nicht", sagte Rosalie. „Wir sind rausgekommen, um nach dir zu suchen, und haben Stimmen gehört, die lauter wurden."

„Rosalie hat Recht", sagte Stuart. „Ihr zwei habt die Lautstärke hochgedreht. Niemand sonst hat Aimee Louises Talent, das zu sehen, was sie Wolken nennt und was wir als die Absichten der Menschen bezeichnen."

Aimee Louise starrte über Majors Kopf. „Beschützend."

Major dachte, *Aimee Louises Fähigkeit, die Gefühle der Menschen anhand der Wolken zu erkennen, die sie sieht, überrascht mich immer noch.*

„Du hast Recht; ich will beschützen", sagte er.

Der Sheriff verengte seine Augen. „Das hätte ich dir auch sagen können. Ohne dir zu nahe treten zu wollen, Aimee Louise."

„Besorgt", sagte Aimee Louise. „Bleib bei deiner Familie."

Der Sheriff starrte sie an. „Du hast Recht."

„Nun, ich bin ruhig", sagte Stuart.

Rosalie kicherte. „Er macht Witze, Aimee Louise."

Aimee Louise schaute Stuart an. „Ruhig."

Stuart und Rosalie lachten. „Manchmal sind deine Witze schwer zu verstehen", sagte Rosalie, „aber das war genial."

„Danke." Aimee Louise verbeugte sich.

„Ich frage mich, ob wir Mr. Youngs Truck nehmen sollten? Mein Truck ist wertvoller für die Farm." Major kehrte zu seinem Heuballen zurück. Aimee Louise setzte sich neben ihn, und Rosalie stand auf seiner anderen Seite.

„Der Grund, warum wir rausgekommen sind, war, dir von den Nachrichten über das Amateurfunkgerät zu erzählen, Pops." Rosalie tippte auf das Spiralheft, das sie für ihre Notizen verwendete. „Es geht eine Krankheit um, und Babys, Kinder, ältere Menschen und sogar junge Erwachsene sind gestorben. Einige Funker nannten es einen Grippevirus, aber andere sagten, es sei nichts, was sie jemals zuvor gesehen haben. Stadtbeamte sind in Panik geraten und haben ihre Straßen gesperrt, um zu verhindern, dass Außenstehende durchkommen. Die Funker sagten, es sei schlimmer als der Cholera-Ausbruch letzten Sommer."

„Planen wir, auf unserem Weg um die kleinen Städte herumzufahren?", fragte Stuart. „Die Funker berichteten, die Krankheit sei in großen Städten ausgebrochen, dann folgte die Krankheit den Autobahnen, aber jetzt kriecht sie in ländlichere Gebiete."

„Wir haben informelle Straßensperren eingerichtet, um kriminelle Elemente fernzuhalten. Ich muss mich morgen in aller Frühe mit den Sheriffs der umliegenden Bezirke über Funk unterhalten, um einen regionalen Plan zu besprechen", sagte der Sheriff.

„Können wir morgen früh aufbrechen?", fragte Stuart und rieb sich den Nacken, während er auf und ab ging.

„Wenn wir heute Abend planen und packen können, können wir das. Wir brauchen vielleicht Allradantrieb; wir nehmen meinen Truck. Ich möchte grundlegende Werkzeuge mitnehmen, und wir sollten Lebensmittel einpacken. Was noch?"

„Ich notiere mir alles für die Liste", sagte Rosalie. „Major, Stuart, Aimee Louise und ich. Kommt Shadow auch mit oder bleibt er?"

Major sagte: „Rosalie, du kannst nicht mitkommen. Bleib hier und bediene das Funkgerät."

„Mr. Young kann das Funkgerät bedienen, und Annie kann Notizen machen. Aimee Louise braucht mich."

Mr. Young war ein verwitweter Rentner in seinen Achtzigern und ein Nachbar, bis das Stromnetz zusammenbrach. Er hatte seinen Wohnwagen zur Zuflucht auf Majors Farm geschleppt und dann seinen Hof dem Pastor der Stadt und seiner Familie angeboten.

„Stuart versteht Aimee Louise auch. Kannst du mir einen überzeugenden Grund nennen, warum du mitgehen solltest?", fragte Major.

Rosalie richtete ihren Rücken auf und starrte Major an. „Ich bin die beste Schützin mit einem Gewehr auf der Farm. Josh nennt mich ‚Dead Eye Red'."

„Mein älterer Sohn hat ein Händchen für Worte", sagte der Sheriff. „Ich glaube nicht, dass er wusste, dass du das weißt."

„Ich habe das ausgezeichnete Gehör einer Rothaarigen, aber die Wahrheit ist, Aimee Louise hat es mir gesagt." Rosalie kicherte.

„Du hast Recht mit deinen Schießkünsten, aber das ist ein weiterer Grund, warum wir dich auf der Farm brauchen", sagte der Sheriff.

„Was denkst du, Aimee Louise?", fragte Major.

Aimee Louise starrte in die ferne Ecke der Scheune. „Rosalie weiß es."

„Ich auch", sagte Stuart.

Major verengte die Augen. „Will mir das jemand erklären?"

Stuart blickte zu den Mädchen. „Rosalie und Aimee Louise sind sicherer, wenn sie zusammen sind."

Rosalie nickte und notierte weitere Punkte auf ihrer Liste.

„Ja", sagte Aimee Louise.

„Ich glaube, du bist überstimmt, Major. Ich werde mit Molly und Mr. Young sprechen. Molly kann mit den Kindern reden. Ich werde Vanessa rausschicken, und du kannst es deiner Frau erklären." Der Sheriff lachte, als er aus der Scheune ging.

Major murmelte: „Vielen Dank auch."

„Ich habe eine Grundliste", sagte Rosalie. „Wir werden daran arbeiten, während du mit Tante Vanessa sprichst."

Major und Shadow trafen Vanessa, als sie aus dem Haus stapfte. Glitzerndes Silber umrahmte ihr Gesicht und durchzog ihr schulterlanges braunes Haar. Major lächelte. *Immer noch stockt mir der Atem bei dem Feuer in ihren blauen Augen.*

„Was soll das heißen, dass du gehst? Wann wolltest du es mir sagen? Wohin fahren wir, und wann brechen wir auf?"

Major räusperte sich. „Lass uns zum Garten gehen."

„Auf keinen Fall. Du wirst mich nicht vor dem Brokkoli beschwatzen." Sie wandte sich ihm zu und stemmte ihre schlanken Hände in die Hüften.

Major legte seine Hände auf ihre. „Stuart muss seinen Eltern auf ihrer Farm in Georgia helfen. Es ist keine Reise, die jemand allein machen kann."

„Du sagst mir, dass du gehst und ich nicht. Warum musst du gehen?"

„Stuart wird Hilfe mit der Farm brauchen. Der Sheriff kann nicht gehen, weil die Funknachrichten von einem Ausbruch eines tödlichen

Grippevirus berichtet haben. Er wird Straßensperren organisieren, um zu verhindern, dass Menschen die Grippe in der Gegend verbreiten. Du wirst hier gebraucht."

Vanessa verengte die Augen. „Da steckt mehr dahinter."

Major seufzte. „Wegen Aimee Louises Wolken wird sie zusätzlichen Schutz bieten, und sie und Rosalie sind ein unzertrennliches Team."

„Unzertrennlich, nehme ich an. Ich bin von all dem nicht überzeugt." Vanessa stürmte zum Haus und knallte die Hintertür zu.

„Vielleicht sieht sie die Logik später ein." Major und Shadow kehrten für die Planungssitzung zur Scheune zurück.

Nachdem er den Truck mit Vorräten für den nächsten Tag beladen hatte, war die Sonne untergegangen. Die Zirpen der Grillen und Laubheuschrecken sowie das Summen der Zikaden begleiteten Major und Shadow, als sie ihre Abendpatrouille im Mondlicht beendeten. Als er hineinging, lagen sein Kissen und eine Decke auf dem Sofa.

„Sie ist immer noch wütend, Shadow."

Er zog seine Stiefel aus.

„Schatz?", flüsterte Vanessa im Dunkeln. „Tut mir leid. Möchtest du ins Bett kommen?"

Major nahm sein Kissen und folgte ihr in ihr Schlafzimmer. Nachdem er die Tür geschlossen hatte, überfiel sie ihn mit ihrem Kissen.

Als Major lachte, brachte sie ihn zum Schweigen und kicherte. „Willst du das ganze Haus aufwecken, alter Mann?"

Major wachte vor Sonnenaufgang auf und griff nach seiner Kleidung, dann schlich er aus dem Schlafzimmer. Nachdem er Shadow gefüttert hatte, schlenderte er zu den Verschlägen, um nach den Tieren zu sehen. Zirruswolken versprachen klares Wetter, als sie über den blassen, blaugrauen östlichen Himmel mit seinem Hauch von kommendem Tageslicht zogen. Ein Streifenkauz rief, und sein Gefährte antwortete aus dem nahen Wald. Als Major und Shadow sich der Veranda näherten, knarrte die Hintertür. Vanessa stellte zwei Tassen Kaffee auf den Tisch in der Nähe der Schaukelstühle.

„Ich wollte nicht, dass du gehst, weil ich Angst hatte, dass dir etwas zustoßen könnte. Ich habe immer noch Angst, aber ich werde nicht zulassen, dass meine Ängste zwischen uns stehen", sagte sie.

Sie schaukelten und nippten an ihrem Kaffee.

„Wir sollten auf der Vorderveranda sein, wenn wir den Sonnenaufgang sehen wollen", sagte Major.

„Zu viel Aufwand, um sich zu bewegen, außer für Kaffee." Vanessa stand auf und kam mit der Kaffeekanne zurück. Nachdem sie ihre Tassen nachgefüllt hatte, fragte sie: „Wie haben die Mädchen dich überredet, beide mitzunehmen?"

Major schüttelte den Kopf. „Ich bin unbewaffnet in die dunkle Gasse der Logik gelaufen."

„Was ist mit dem Sheriff und Stuart? Waren sie nicht dabei?"

„Stuart hat die Seiten gewechselt und sich den Piraten angeschlossen. Der Sheriff hat sich versteckt." Major grinste.

Vanessa lachte. „Das kann ich mir vorstellen. Stuart bewundert Aimee Louise. Ist dir das aufgefallen? Molly macht Eiersandwiches zum Frühstück, und der Sheriff ist schon mit seinem in der Hand weg. Rosalie geht ihre Notizen mit Annie durch, und Aimee Louise informiert Mr. Young über das Funkgerät und die Funker, mit denen sie gesprochen hat. Mr. Youngs strahlendes Gesicht zeigt, wie stolz er darauf ist, wie weit Aimee Louise gekommen ist. Wir haben eine talentierte erweiterte Familie hier."

Rosalie öffnete die Hintertür. „Stuart ist da. Tante Molly sagt, wir können essen und dann losfahren. Bist du bereit?"

Als Vanessa aufstand, umarmte Major sie und küsste ihre Stirn. Sie lächelte und hob ihr Gesicht für einen Kuss. Major küsste sie leicht.

Rosalie sagte: „Oh, wie süß. Lasst uns gehen."

Vanessa lachte. „Pass auf dich auf, Schatz."

„Du auch." Majors Kuss verweilte auf ihrem Mund.

„Wir essen", rief Rosalie aus dem Haus.

Major ließ Vanessa los. „Versprich mir, dass du dir keine Sorgen machst, es sei denn, wir schicken dir eine Nachricht, dir Sorgen zu machen."

Vanessa schlug ihm auf den Arm, als er nach drinnen eilte. Die Mädchen und Stuart hatten gegessen und waren auf dem Weg zum Truck. Major schnappte sich sein Sandwich, seine Jacke und seinen Rucksack.

Als er den Truck erreichte, saß Aimee Louise auf dem Beifahrersitz und Stuart und Rosalie auf der Rückbank der viertürigen Crew Cab. Alle drei trugen beige Baseballkappen. Shadow saß zwischen Stuart und Rosalie.

Major beendete seinen letzten Bissen Sandwich und drehte sich nach hinten. „Rosalie, ich bin immer noch nicht überzeugt. Ich habe das Gefühl, du wirst hier gebraucht."

Aimee Louise blickte zu Rosalie zurück. „Was ist mit Annie?"

„Annie und ich haben letzte Nacht gesprochen. Sie macht sich Sorgen, dass wir nicht zurückkommen. Annie hat mir den ausgestopften braunen Hund ihrer Mutter mitgegeben. Sie meinte, ich würde ihn brauchen."

„Das ist ihr wertvollster Besitz." Stuart hob die Augenbrauen.

„Ich denke, ihre Idee war, dass ich sicher bleiben muss, um ihn zurückzubringen, wenn ich ihren ausgestopften Hund habe."

„Oder du könntest ihn brauchen", sagte Aimee Louise.

„Annie ist so talentiert im Bauen, dass ich manchmal vergesse, dass sie erst elf Jahre alt ist." Major fuhr den Truck vom Haus weg. „Woher habt ihr die Kappen?"

„Die habe ich mitgebracht", sagte Stuart. „Aimee Louise meinte, wir müssten ähnliche Profile haben."

Bevor Major auf die asphaltierte Straße nach Plainview abbog, sagte Stuart: „Halt mal kurz. Ich glaube nicht, dass wir wollen, dass jemand sieht, wie wir vier die Stadt verlassen. Die Leute können nicht anders als zu spekulieren. Du, Aimee Louise und Shadow, die irgendwohin fahren, ist weniger interessant. Rosalie und ich können hinten mitfahren. Die getönten Fenster der Abdeckung sind undurchsichtig genug, dass uns niemand sehen wird."

„Du hast recht", sagte Major. „Schieb das hintere Fenster auf, damit wir kommunizieren können."

Nachdem Stuart und Rosalie aus dem Truck gesprungen und in die Ladefläche des Pickups geklettert waren, breitete sich Shadow über den Rücksitz aus.

„Ausgezeichnete Tarnung, Shadow", lachte Major und fuhr in Richtung Stadt.

„Niemand ist an der Straßensperre auf dieser Seite der Stadt; es muss zu früh sein." Major sagte: „Das wird sich wahrscheinlich ändern, nachdem die Besprechung des Sheriffs vorbei ist."

Als er sich der Straßensperre auf der anderen Seite der Stadt näherte, verlangsamte Major. „Pete ist hier." Er ließ sein Fenster herunter.

„Morgen, Major; hallo, Aimee Louise. Ihr seid früh unterwegs. Fahrt ihr nach Mickleton?"

„Nein, wir fahren nur die Straße rauf. Wirst du den ganzen Vormittag hier sein?"

Shadow streckte seinen Kopf aus Majors Fenster, und Pete kratzte den Hund hinter den Ohren. „Nein. Butch wird bald hier sein. Ich muss zum Diner und die Tische für den Tausch diese Woche aufstellen. Unser Tausch wächst wieder. Wir bekommen weniger Lieferungen in die Stadt, besonders Lebensmittel und Eisenwaren. Die Lastwagenfahrer erzählen mir, wenn ein Lkw kaputt geht, können sie keine Ersatzteile bekommen, und weniger Fahrer fahren, weil sie Angst haben, dass sie weit weg von zu Hause liegen bleiben und nicht zurückkommen können. Ich höre, dass das auch mit dem Strom das Problem ist: Sie können keine Teile bekommen, wenn die Ausrüstung ausfällt. Grüß den Tierarzt von mir, Shadow."

„Woher wusstest du das?", fragte Major.

Pete gluckste. „Niemand dort unten für Meilen außer dem Tierarzt. Leicht zu erraten, oder? Bis später."

Major hob sein Fenster, während er wegfuhr. „Danke, Shadow. Gutes Timing deinerseits."

Als sich Major dem Platz des Tierarztes näherte, stand sie am Straßenrand in der Nähe ihres Briefkastens. Sie trat von der Straße zurück und schirmte ihre Augen mit dem Arm ab, dann winkte sie, als sich der weiße Truck näherte. *Jeder im Bezirk fährt einen weißen Truck.* Als er sich ihrer Einfahrt näherte, verlangsamte er, und Aimee Louise ließ das Beifahrerfenster herunter.

„Kommt ihr zu mir?" Sie lehnte sich an den Truck und spähte auf den Rücksitz. „Geht es Shadow gut? Alles in Ordnung auf der Farm?"

„Alles bestens. Hast du von der Grippe gehört, die umgeht?"

Sie runzelte die Stirn. „Ich glaube nicht, dass es sich um eine gewöhnliche Grippe handelt. Ich höre, die Sterblichkeitsrate liegt bei fast fünfzig Prozent. Die medizinische Gemeinschaft befürchtet, dass dies ein weiterer Pandemie-Virus sein könnte wie der letzte vor dem Zusammenbruch des Stromnetzes, aber es wird schlimmer sein, weil wir nicht das Personal, die Einrichtungen oder die Medikamente haben."

Major verengte seine Augen. „Irgendeine Idee, wie sie sich verbreitet?"

„Könnte ein Hygieneproblem sein. Ich bin mir nicht sicher, ob Händewaschen eine Priorität ist, wenn Menschen hungrig sind."

Nachdem er weggefahren war, fragte er: „Habt ihr das alles mitbekommen?"

„Ein guter Grund, sich von großen Städten und der Autobahn fernzuhalten", sagte Stuart.

„Wir können uns auf der Reise mit Funkern in Verbindung setzen", sagte Rosalie.

Aimee Louise schaltete das mobile Funkgerät ein und zog ihre Liste der Repeater aus ihrem Rucksack.

Stuart schaute durch das Fenster. „Was liest du, Aimee Louise?"

Rosalie meldete sich von hinten. „Sie geht unsere Liste der Repeater in Nordflorida und Südgeorgia durch, die unsere Übertragungen aufnehmen und weiterleiten könnten, um unsere Reichweite zu erhöhen. Wir wissen, welchen Repeater wir in der Nähe der Farm nutzen können. Wir müssen einen anderen Repeater näher an deiner Farm in Georgia finden. Sie wird prüfen, welche aktiv sind."

„Die Liste ist alt." Aimee Louise konsultierte die Liste und drehte am Frequenzrad. „Nichts da."

„Aber es ist alles, was wir haben. Müssen nur weiter die Liste durchgehen und prüfen", sagte Rosalie.

Kein Verkehr kam ihnen entgegen, als sie von Plainview wegfuhren. Aimee Louise blickte aus ihrem Fenster. „Die Felder sind leer, Pops. Keine Kühe oder Ziegen und keine Geräte."

Major überblickte die Straße voraus. „Ich halte an, damit ihr zwei in der Kabine mitfahren könnt."

Als er am Straßenrand abbremste, sagte Stuart: „Warte. Ein Fahrzeug kommt über die Anhöhe voraus. Sieht aus, als würde es schnell fahren."

Major beschleunigte und bog in einen Schotterweg ein, der von Eichen und Kiefern gesäumt war. Er verlangsamte und fuhr in ein Dickicht, dann ließ er sein Fenster herunter, bevor er den Motor ausschaltete.

„Ich denke, ich sollte hier hinten bleiben", sagte Stuart. „Ich kann überwachen, was hinter uns passiert. Rosalie kann bei Shadow sitzen."

„Es wäre vielleicht einfacher, wenn ich hier hinten bleibe. Zwei Mädchen könnten ein zu großes Ziel sein", sagte Rosalie. „Obwohl ich durch das Fenster von vorne nach hinten kriechen kann."

Major starrte, als das Fahrzeug vorbeifuhr. „Sah aus wie ein ausrangierter Armeetruck, und er ist leer, nach dem Klang zu urteilen. Ich glaube nicht, dass hier jemand einen solchen Truck hat. Rosalie, du kannst nach vorne kommen, wenn du möchtest. Ich hatte nicht daran gedacht, dass du durch das Fenster kommen kannst."

„Zeit für eine Pause?", fragte Rosalie.

„Ausgezeichneter Vorschlag. Lasst uns die Beine vertreten. Ich denke, Shadow hätte auch nichts gegen eine Pause."

Als Major aus dem Truck stieg, knirschte das Unterholz unter seinen Stiefeln. „Auf der Farm war es auch trocken." Er blickte zum Himmel, als er zum Heck des Trucks ging. „Wir könnten etwas Regen gebrauchen."

Rosalie goss Wasser in Shadows Napf, und Shadow trank seinen Anteil, dann trottete er Aimee Louise nach.

„Wir werden nicht weit sein", sagte Rosalie, als sie Aimee Louise und Shadow die Schotterstraße hinunter folgte.

Major schlenderte die Schotterstraße entlang. *Die einzigen Reifenspuren sind unsere.* Der Gestank eines toten Tieres wehte vom nahe gelegenen Feld herüber, und Geier kreisten darüber. Major schritt über die Stoppeln auf das Feld, um nachzuforschen, und fand die Quelle: den Kadaver einer abgemagerten Kuh, umgeben von weiteren Geiern. Major überblickte das Feld und kehrte dann zum Truck zurück.

Stuart kletterte aus dem Heck. „Ich habe ein bisschen umgeräumt."

Major schaute auf die Ladefläche des Pickups. „Hast du alles näher an die Rückseite gezogen?"

„Gewissermaßen", sagte Stuart. „Ich kann jetzt aus den Seiten- und Heckfenstern sehen, und ich habe einen Pfad von hier zur Kabine freigelassen. Ich habe einen Platz neben der Kabine für Aimee Louise und Rosalie freigeräumt, damit sie sitzen oder sich ausstrecken können, ohne gesehen zu werden, und wenn ich die größte Reisetasche in Position vor dem Fenster stelle, wird das Heck von vorne nach hinten voll erscheinen."

Aimee Louise, Rosalie und Shadow tauchten wieder auf und kletterten auf ihre Sitze, und Major wendete den Truck und fuhr nach Norden.

Nach einer Stunde sagte Major: „Wir sind in der Nähe einer kleinen Stadt, und es sieht aus, als hätten wir eine Straßensperre vor uns. Rosalie, spring nach hinten. Aimee Louise, was siehst du?"

Als sie näher kamen, sagte Aimee Louise: „Einer, beschützend; der rechts hat Angst."

Major verlangsamte, als er sich der Straßensperre näherte; als er sein Fenster herunterkurbelte, ließ Aimee Louise ihres herunter.

KAPITEL ZWEI

„Ich hätte es lieber, wenn du dein Fenster hochfährst." Major sprach mit ruhiger, leiser Stimme, und Aimee Louise ließ ihr Fenster hochfahren. Er legte seine Dienstmarke der Staatspolizei von Florida mit seinem Rang in die linke Ecke des Armaturenbretts und hielt dann seine Hände gut sichtbar oben am Lenkrad.

Der erste Mann näherte sich der Fahrerseite des Trucks. „Ihr müsst dahin zurück, woher ihr gekommen seid."

Der zweite Mann klopfte an Aimee Louises Tür. „Ihr müsst zurückfahren."

Aimee Louise flüsterte „Braver Junge", als der zweite Mann versuchte, ihre verschlossene Tür zu öffnen, und Shadow wedelte mit dem Schwanz.

Der zweite Mann sagte: „Steigt aus dem Truck aus."

„Oh schau", sagte Aimee Louise, „mein Hund mag dich."

Shadow legte sein Kinn auf Aimee Louises Schulter.

„Hallo, Hündchen." Der Mann kratzte sich an dem Ausschlag auf seinen Händen und wackelte mit den Fingern am Fenster, dann drehte er den Kopf und unterdrückte einen Husten. Shadow gab ein tiefes Knurren von sich.

Major kniff die Augen zusammen und musterte den ersten Mann. „Kenne ich dich nicht?"

Der Mann blickte auf das Armaturenbrett und Majors Dienstmarke. „Major? Du hast meinem Jungen das Schießen beigebracht. Erinnerst du dich an Scooter? Er ist Arzt in der Nähe von Atlanta."

„Ist das nicht was." Major lachte leise. „Wir hatten Sorge, dass er die Highschool nicht schaffen würde."

Der Mann grinste. „Meine Frau erlaubt mir nicht, ihn daran zu erinnern." Sein Gesicht wurde ernst. „Seid vorsichtig. Wir haben gehört, dass etwas Schlimmes umgeht. Mein Sohn sagt, die Leute haben einen leichten Husten und einen Ausschlag, und drei Tage später bekommen sie innere Blutungen und fallen tot um. Es hat sich so schnell ausgebreitet, dass keine Zeit war zu verstehen, wie es übertragen wird. Mein Sohn rät, den Kontakt mit Menschen zu begrenzen."

„Danke, Phil, das werden wir tun. Wir kehren später in der Woche nach Hause zurück. Gibt es eine gute Umgehungsstraße, die wir nehmen könnten?"

„Ja, die gibt es. Habt ihr die Straße gesehen, vier Meilen zurück neben dem Friedhof der Baptistenkirche? Nehmt diese Straße, und ihr werdet alle Städte zwischen hier und der Staatsgrenze zu Georgia umfahren, wenn ihr so weit fahrt. Die Straße ist nicht geteert, aber befahrbar, außer bei starkem Regen. Haltet euch rechts. Wenn ihr in die Nähe der Staatsgrenze kommt, gibt es eine Straße, die nach links abbiegt, aber die ist holprig."

„Danke, das werden wir tun. Werden wir viel Zeit verlieren?"

„Unter normalen Umständen würde ich sagen, vielleicht zwanzig oder dreißig Minuten, aber mit den Straßensperren ist es heutzutage wahrscheinlich schneller. Wir haben heute Morgen einen alten Armeelastwagen durchgelassen, der Richtung Süden fuhr. Sie sagten, sie würden nach Orlando fahren, um medizinische Vorräte abzuholen. Fred hier hat ihnen gesagt, sie sollen nicht auf diesem Weg zurückkommen, sondern die Interstate nehmen. Aber die Interstate macht ihnen wohl Angst, weil der Beifahrer nervös wurde. Dachte einen Moment lang, er würde den alten Fred erschießen. Die Leute haben Angst."

Major schüttelte den Kopf. „Verängstigte Menschen sind gefährlich."

Die beiden Männer traten zurück, und Major wendete den Truck. Als er zurück zur Umleitung fuhr, sagte Aimee Louise: „Der Mann war krank."

„Wie Phil gesagt hat, wir müssen den Kontakt mit Menschen einschränken."

Nach zwei Stunden Fahrt an leeren Feldern und verlassenen Maschinen vorbei, verlangsamte Major das Tempo. „Da ist eine Sperre auf der Straße vor uns, aber ich sehe keine Menschen."

„Lassen sich diese Seitenfenster öffnen, Major?", fragte Stuart. „Sieht aus, als würden sie sich schieben lassen."

„Das tun sie, aber ich glaube nicht, dass ich sie jemals geöffnet habe."

Stuart verschwand, und aus dem hinteren Teil des Pickups kamen Geräusche von Kratzen und Stöhnen, erst von der einen, dann von der anderen Seite. Stuart tauchte am Fenster wieder auf. „Hab sie ein bisschen aufbekommen. Rosalie ist auf deiner Seite mit ihrem Gewehr in Position, und ich werde auf der Beifahrerseite sein. Wir rufen, wenn wir Bewegung sehen."

Als sie die Barriere erreichten, hielt Major den Truck an. „Ich sehe niemanden. Aimee Louise, rutsch rüber hinters Steuer. Ich werde die Straße überprüfen."

Er stieg aus dem Truck und benutzte die Tür als Schutzschild für einige Minuten. Aimee Louise rutschte hinter das Steuer, während Major die hintere Tür öffnete.

„Komm, Shadow. Lass uns eine Pause machen."

Major ging zur Sperre, und Shadow folgte ihm. Als er die Sperre erreichte, starrte er auf die Brücke, die auf der anderen Seite des rauschenden Baches eingestürzt war. Er scannte das Flussufer entlang der Straße und wanderte durch das Gebüsch nach links. Shadow blieb am Straßenrand, während Major sich durch die wilden Brombeerbüsche mit Dornen kämpfte, die sich an seiner Jeans verfingen. *Hätte das Buschmesser mitnehmen sollen.* Nach dreißig Fuß kam er zu einem Waldweg, der vom Fluss wegführte. Er stapfte den ausgefahrenen Waldweg entlang und kam hinter dem Truck heraus. Er pfiff nach Shadow, und Aimee Louise ließ die Lichter des Trucks aufleuchten.

Major schritt zum hinteren Teil des Trucks. „Kein Ort, um den Fluss zu überqueren. Habe einen Waldweg gefunden, aber der hat mich hierher zurückgeführt. Am besten drehen wir um. Warum setzt ihr zwei euch nicht in die Fahrerkabine? Wir werden wahrscheinlich nicht auf jemanden treffen, und ich erwarte, dass wir auf einigen holprigen Straßen unterwegs sein werden."

Aimee Louise rutschte auf die Beifahrerseite, dann sprang Major auf den Fahrersitz, während Stuart und Rosalie mit Shadow in den hinteren Teil der Kabine kletterten.

„Festhalten. Der Graben wird holprig sein."

Nach einer halben Stunde bog Major an der Weggabelung rechts ab.

Aimee Louise ließ ihr Fenster herunter. „Pops, die Straße ist rot, und der Sand sieht anders aus als der Sand auf der Farm. Die Luft riecht salzig."

„Wir sind näher an der Golfküste, wo mehr Muscheln im Sand sind. Die rote Erde ist roter Lehm. Wir haben keinen Lehm rund um die Farm."

Major verlangsamte, als der Truck auf der holprigen Straße mit tiefen Spurrillen knarrte und schaukelte.

„Es ist schon eine Weile her, seit eine Straßenbaukolonne diese Straße planiert hat."

„Da vorne ist ein Bach", sagte Aimee Louise.

„Festhalten." Major beschleunigte, um das sandige Bachbett mit einem Rinnsal Wasser zu überqueren. Die Hinterreifen sanken in den Sand ein, aber der Schwung des Trucks beförderte sie auf die andere Seite.

Rosalie zeigte nach rechts. „Da ist ein Feldweg hinter den Bäumen."

„Ich werde das zu Fuß erkunden", sagte Stuart.

Major fuhr näher heran und hielt dann an. „Das Buschmesser ist unter meinem Sitz. Es macht es einfacher, durch Brombeeren zu kommen." Er reichte Stuart das Buschmesser.

Stuart sprang aus dem Truck und eilte dann nach hinten, wo er ein langärmeliges Hemd und Lederhandschuhe holte.

Stuart hackte sich durch die Ranken von Weinreben und durch die Brombeerdickichte. Sein Fuß verfing sich in einer Ranke, und er fiel in einen Brombeerstrauch. „Verdammte Stolperreben." Als er aufstand, blieben die Brombeerdornen an seinem Hemd und seiner Jeans hängen und zerkratzten seine Arme und sein Gesicht.

Bevor er durch das Gebüsch auf die Straße durchbrach, kauerte er sich hin, um sich auszuruhen und zu lauschen. Eine Spottdrossel trillerte durch ihr Repertoire, und Vögel zwitscherten. *Die Vögel sagen, alles ist ruhig.*

Er stand auf, schob das Gebüsch zurück und bewegte sich vorsichtig zur Straße. Er ging zweihundert Meter in jede Richtung, bevor er durch das Gebüsch zurückkehrte.

Als er sich dem Truck näherte, stieß Rosalie Aimee Louise an, und Aimee Louise duckte ihren Kopf. Stuart blickte zu Major, der Rosalie finster anstarrte. Stuart runzelte die Stirn, um ein Lächeln zu verbergen. *Ich wette, Aimee Louise würde sagen, beschützend.*

„Was hast du gefunden?", fragte Major.

„Der Feldweg verläuft von Nord nach Süd. Es ist ein Waldgebiet. Keine Anzeichen von Gehöften, aber ich sah angepflanzte Kiefern und *Betreten verboten*-Schilder, also ist es nicht unbewohnt. Ich habe allerdings keinen Weg gesehen, wie wir den Truck auf die Straße bekommen könnten. Es würde schwerere Ausrüstung als das Buschmesser brauchen, um in weniger als einem Tag durch die Bäume und das Gebüsch zu kommen."

Aimee Louise reichte Stuart seine Thermoskanne mit Wasser.

„Wie ist der Zustand der Straße?", fragte Major.

„Danke, Aimee Louise. Die Straße ist nicht so schlimm wie diese." Stuart steckte seine Handschuhe in seine Gesäßtasche und trank das Wasser in großen Schlucken.

„Lass uns weitermachen. Vielleicht kommen wir zu einer Kreuzung." Major öffnete die hintere Tür für Shadow, der auf die Mitte der Sitzbank sprang.

Rosalie griff nach der Beifahrertür, runzelte dann aber die Stirn bei Stuarts fast unmerklichem Kopfschütteln. Er hob seine Augenbrauen und neigte seinen Kopf in Richtung der hinteren Tür, und Rosalie zuckte mit den Schultern und kletterte auf den Rücksitz.

Stuart blickte zu Major, der schmunzelte und dann seinen Kopf drehte. Stuart brachte sein langärmeliges Hemd zurück zum Heck des Trucks und atmete aus. *Scheint, als würde ich doch nicht am Straßenrand zurückgelassen werden.*

Als Major nach der Zündung griff, sagte Stuart: „Warte. Hörst du das?"

Lautes Rumpeln auf der Straße kam von hinter ihnen. „Klingt, als würde ein großer Lastwagen nach Süden fahren", sagte Stuart.

Major startete den Motor und setzte in das Dickicht zurück, das Stuart geräumt hatte. „Lass uns etwas von dem Gebüsch vor den Truck werfen. Vielleicht bemerken sie uns nicht."

Nachdem der Pickup weit genug von der Straße entfernt war, sprangen Major und Stuart heraus und warfen Zweige davor und auf die Motorhaube.

Der Truck rumpelte an ihnen vorbei, dann hob Major seine Hand. „Ich höre noch einen, aber er kommt von Süden. Ich hatte nicht so viel Verkehr auf den Nebenstraßen erwartet."

Stuart zeigte auf den Baumbestand nahe der Straße. „Das sieht nach der besten Position aus, um zu sehen, wer es ist."

Stuart kämpfte sich durch das Gebüsch. Als er sich der Straße näherte, hielt er inne. *Keine Vögel. Der Truck muss sie verscheucht haben.*

Er suchte nach einer Überwachungsposition, von der aus er sehen konnte, aber selbst verborgen blieb. Nachdem er sich in

Position in dem Bestand von angepflanzten Langnadel-Kiefern mit Brombeersträuchern und hohem Unkraut niedergelassen hatte, kauerte sich Stuart tief, als das Grollen eines Lastwagens lauter wurde.

Stuarts Augen weiteten sich beim Anblick des schweren Lastwagens, der nach Norden raste. Die Zeltplane an den Seiten des Lastwagens blähte sich im Wind, aber Zurrgurte hielten die Klappen an der Rückseite fest. Kinder saßen auf überfüllten Bänken im Inneren des Lastwagens und trugen identische kurze, hellbraune T-Shirts, Jeans und chirurgische Masken. Zwei Männer lehnten sich gegen den Stützrahmen und hielten Gewehre im Arm. Ihre dunkelbraunen Hemden hatten einen unkenntlichen Aufnäher auf der Tasche und die deutliche Silhouette von kugelsicheren Westen darunter, und sie trugen Vollgesichtsmasken, die an umgebungsluftunabhängige Atemschutzgeräte erinnerten. *Wer sind die?*

Stuart schlich zurück zum Pfad und eilte zum Truck.

„Die Lastwagen sind vollgepackt mit dem, was für mich wie Kinder aussah. Vielleicht in einer Schuluniform, und sie tragen Gesichtsmasken. Mindestens zwei bewaffnete Männer. Sie haben es eilig."

„Lass uns eine Mittagspause machen. Ich nehme mein Sandwich und setze mich eine Weile in die Nähe der Straße." Major verteilte Sandwiches, während Rosalie Wasser für alle bereitstellte. Er richtete seinen Holstergürtel und ging zur Straße, wobei Aimee Louise und Rosalie ihm folgten.

„Nein." Er knurrte. „Ich mache das allein."

„Ich muss die Leute sehen", sagte Aimee Louise.

Rosalie warf sich ihr Gewehr über die Schulter und trat näher an Aimee Louise heran. „Ich bin die Absicherung."

„Rosalie, nimm Deckung im Gebüsch und sichere Stuart ab. Komm, Aimee Louise", sagte Major.

Ein weiterer Lastwagen rumpelte von Süden heran. Aimee Louise stürmte durch das Gebüsch nach Norden und drehte sich dann nach Süden, als sie kroch, um sich hinter einem Durchlass in der Nähe der Straße zu verstecken. Major scannte die Bäume und das Gebüsch und ging in die Hocke, senkrecht zur Straße, zehn Meter von Aimee Louise entfernt.

Der Lastwagen raste an ihm vorbei, aber er drehte sich für einen ungehinderten Blick auf das Heck des Lastwagens. *Genau wie Stuart es beschrieben hat.* Er warf einen Blick auf Aimee Louise, die näher an die Straße gekrochen war.

Nachdem der Lastwagen ihre Position passiert hatte, blieb Aimee Louise geduckt, als sie sich zu Majors Position begab.

„Der Beifahrer vorne hatte eine Gefahrenwolke und richtete eine Waffe auf den Fahrer", sagte sie. „Die Wolke des Fahrers war besorgt und beschützend. Die Männer mit den Gewehren hinten hatten Gefahrenwolken. Der Rest waren junge und ängstliche oder traurige, außer einigen, die beschützend waren."

Majors Augen weiteten sich. Seine Sicht auf die Fahrerkabine war verschwommen gewesen.

„Ich habe mich gefragt, warum du zum Durchlass gegangen bist. Das sind zwei Lastwagen mit Kindern in chirurgischen Masken unter Bewachung. Wir hatten keine Zeit zu sehen, wer im ersten war. Hast du etwas Ähnliches im Amateurfunk gehört?"

„Nein. Frag Rosalie."

Als sie den Truck erreichten, sagte Major: „Lass uns einpacken. Vielleicht können wir ohne Kontakt mit den Lastwagen reisen. Haltet nur die Augen offen nach Seitenstraßen."

Nachdem sie unterwegs waren, steckte Rosalie ihren Kopf durch das Fenster zwischen der Kabine und der Ladefläche des Pickups. „Habt ihr die Windrichtungsänderung bemerkt? Wir könnten heute Nacht Regen abbekommen."

„Rosalie, haben die Funkamateure heute Morgen etwas über Kinder in Lastwagen im Radio gesagt?", fragte Major.

Rosalie runzelte die Stirn. „Nicht wirklich. Außer dass ein Funkamateur erwähnte, dass vier Jungen in seiner Stadt Verwandte besuchen gegangen waren, und dann sagte ein anderer Mann, er hätte gehört, dass fünf Jungen nicht von der Jagd zurückgekehrt seien. Die Funkamateure scherzten, dass Jungen seit Generationen Ausreden erfinden, um sich vor Hausarbeiten zu drücken. Das war so ziemlich alles."

„Klingt nicht wirklich nach einem Muster." Major spähte aus seinem Fenster. „Lohnt es sich, den Amateurfunk zu überprüfen?"

Rosalie lehnte sich zurück, dann steckte Stuart wenige Minuten später seinen Kopf durch die Öffnung. „Die Funkamateure kennen Aimee Louise nicht so weit weg von der Farm. Rosalie und ich denken nicht, dass es klug wäre, wenn sie im Funk wäre. Wir können zuhören, aber entweder du oder ich sollten sprechen, Major."

„Ist das in Ordnung für dich, Aimee Louise?", fragte Major.

Aimee Louise stellte das mobile Funkgerät ein. „Lokale zuerst."

„Rosalie hat ihr Notizbuch und ist bereit, Notizen zu machen", sagte Stuart.

Beim Klang einer Rauschunterdrückung im Funkgerät stellte Aimee Louise einen Regler ein, um das schwache Signal zu empfangen, und justierte einen anderen Regler, um das Scannen anderer Frequenzen zu stoppen, die es überlagern würden.

„Ich habe zwei..." Die männliche Stimme verklang.

„Ich halte an, damit wir ein besseres Signal bekommen können. Vielleicht. Festhalten da hinten." Major bremste hart und fuhr an den Straßenrand.

„Hast du etwas?", fragte Rosalie von der Ladefläche des Trucks.

„Abladen...an der Seite..." Die Übertragung brach ab.

Aimee Louise wartete. „Außer Reichweite."

Sie stellte das Funkgerät zurück auf Scan. „Sie haben Simplex benutzt, was eine kurze Reichweite hat, und sie sind ausgeblendet, weil wir uns weiter entfernen. Nichts auf den nahe gelegenen Repeatern."

Aimee Louise ließ ihr Fenster herunter, schirmte ihre Augen mit ihrem Arm ab und blickte zum Himmel. Die weißen, flauschigen Wolken waren an der Unterseite dunkel geworden und waren in Größe und Höhe gewachsen. Der frühere sanfte Wind hatte an Stärke zugenommen und gedreht. Aimee Louise zitterte in den kühleren Nordwestwindböen und griff nach ihrem Sweatshirt, während sie ihr Fenster hochzog.

„Der Wind hat sich gedreht. Er ist stärker", sagte sie.

„Kommt ihr zwei nach vorne", sagte Major. „Rosalie kann das Wetter im Auge behalten."

Rosalie und Stuart rutschten auf den Rücksitz und stellten ihre Rucksäcke auf den Boden, während Major vorsichtig zurück auf die Straße fuhr.

„Habt ihr die dunkle Wallwolke hinter uns gesehen? Wir haben einen Sturm, der uns verfolgt", sagte Rosalie.

Major spähte durch seinen Seitenspiegel. „Das ist ein großer Sturm. Die Wallwolke rotiert und hat einen Schweif."

„Das ist nicht gut. Eine rotierende Wallwolke bringt häufig einen Tornado hervor." Rosalie rieb sich den Nacken. „Ich glaube, ich habe eine Zecke." Sie lehnte ihren Kopf nach rechts, und Stuart untersuchte ihren Nacken.

„Ja, hast du. Hast du eine Pinzette in deinem Rucksack?"

Stuart entfernte die Zecke. „Wir werden heute Abend nach Zecken suchen, wenn wir auf der Farm sind."

Der Regen fiel in dicken Tropfen, dann peitschten Regenschauer über die Motorhaube. Major kniff die Augen zusammen, um die Straße zu sehen, und schaltete auf Allradantrieb um, als der Truck im Schlamm rutschte. Die Seitenwinde rüttelten am Truck.

„Wind hat sich wieder gedreht. Der Sturm kommt von Südwesten auf uns zu", sagte Rosalie.

„Vielleicht können wir ihn hinter uns lassen." Major umklammerte das Lenkrad, um den Truck auf der Straße zu halten. Eine Windböe schob den Truck nach rechts, und Rosalie kreischte und griff nach Shadow, als der Truck in einen Graben rutschte. Major wiegte den Truck hin und her und beschleunigte dann, um aus dem Graben herauszukommen.

„Das war unglaublich, Pops, aber ich bin nicht sicher, ob wir dem Sturm entkommen können", rief Rosalie über den prasselnden Regen und den brüllenden Wind.

„Teilweise Können, größtenteils Glück", murmelte er, während er sich nach vorne konzentrierte. Major kämpfte gegen den Wind und trieb den Truck weiter vorwärts.

„Wir brauchen einen Ort, um den Sturm zu überstehen. Wir können es uns nicht leisten, in einem Graben steckenzubleiben", sagte Major. „Haltet Ausschau nach einer Einfahrt. Vielleicht können wir ein Gebäude finden, das uns vor dem Wind schützt."

Nach fünf angespannten Minuten sagte Aimee Louise: „Einfahrt, Pops."

„Sehe sie nicht." Major verlangsamte den Truck.

„Ich habe sie gesehen", sagte Stuart. „Sie liegt hinter uns. Ich werde die Einfahrt runterlaufen, um zu sehen, was dort ist."

„Wir können schneller laufen", sagte Aimee Louise.

„Nicht genug Platz zum Wenden." Major hielt an und spähte um das Fahrzeug herum. „Ich werde den Truck rückwärts fahren. Ich brauche einen Guide."

Rosalie sagte: „Aimee Louise und ich werden laufen."

„Ich führe." Stuart warf sich seine Regenjacke über und sprang hinaus.

Während Aimee Louise und Rosalie ihre Ponchos aus ihren Rucksäcken zogen, warf Major einen Blick in seine Seitenspiegel. „Bleibt im Truck. Ich kann nicht einmal Stuart sehen."

Stuart klopfte an Majors Fenster, dann signalisierte er mit parallelen Handflächen nach hinten, und Major legte den Rückwärtsgang ein und fuhr vorsichtig zurück, während er Stuart beobachtete. Er kniff die Augen zusammen, um Stuart im Fokus zu behalten. *Blindes Fahren.*

„Pass auf diese Seite auf", sagte Major. „Lass mich wissen, wenn ich in einen Graben fahre."

Aimee Louise und Rosalie drückten ihre Gesichter gegen ihre Fenster. Als Stuart seine Handgelenke mit geschlossenen Fäusten zusammenlegte, hielt Major an, und Stuart deutete nach rechts. Major lenkte, bis Stuart vorwärts deutete. Nachdem Major die Räder geradegestellt hatte, hob Stuart beide Daumen hoch und sprang in den Truck. Regenwasser lief von seiner Ausrüstung ab und durchnässte seinen Sitz.

„Die Einfahrt ist aus Kies, und ich glaube, ich habe ein Gebäude vor uns gesehen. Die Straße ist ziemlich gerade", sagte Stuart.

„Du bist völlig durchnässt." Rosalie legte Stuarts Rucksack auf ihren eigenen zu ihren Füßen.

„Besser einer von uns als drei von uns." Stuart schob seine Kapuze zurück und tropfte auf den Sitz. Shadow rückte näher an Rosalie heran.

Der Regen hämmerte auf das Dach und die Windschutzscheibe, und der Wind rüttelte am schweren Truck. Major verstärkte seinen Griff am Lenkrad mit beiden Händen, als der Truck die Kieseinfahrt entlangknirschte. Das Knirschen des Kieses verblasste in der Kakophonie aus heulendem Wind und prasselndem Hagel in der Größe von Erbsen, der vom Dach und der Motorhaube abprallte.

„Da." Aimee Louise zeigte. „Eine Scheune rechts."

Major bog ab und fuhr zur Scheune. „Sieht stabil genug aus."

Aimee Louise griff nach ihrem Türgriff.

„Nur einen Moment. Lass mich das überprüfen." Stuart sprang aus dem Truck und verschwand in der Sintflut. Die Stärke des Hagels nahm zu.

Stuart kehrte zurück und öffnete seine hintere Tür. „Habe eine unverschlossene Seitentür gefunden. Es ist eine Pferdescheune und stabil. Schnappt eure Sachen und lauft hinein. Beeilt euch. Der Hagel wird schlimmer."

Aimee Louise schnappte sich Majors Rucksack, die Handfunkgeräte und ihren Rucksack, während Rosalie die Rucksäcke und die Kühlbox zu ihren Füßen griff. Shadow sprang mit den Mädchen aus dem Wagen, dann rasten die drei zur Seitentür.

„Major, da ist ein Scheunentor. Wollen wir sehen, ob wir es öffnen und mit dem Truck hineinfahren können?", fragte Stuart, während er zum Heck des Pickups ging.

Die Hagelkörner wurden so groß wie Viertelscheiben, und Major sagte: „Lass es uns von innen überprüfen."

Major und Stuart schnappten sich die Gewehre und die Munition und eilten zur Seitentür. Die Hagelkörner prasselten auf sie nieder, und der Wind verstärkte sich.

Stuart lehnte sich gegen die Tür, um sie zu schließen, und Major schob den Holzriegel quer über die Tür, um sie geschlossen zu halten.

„Wir haben einen Sattelraum gefunden, Pops." Rosalies Augen waren weit aufgerissen, und ihre Hände zitterten.

Aimee Louise trat heraus mit den Händen über den Ohren. Der Wind war ohrenbetäubend, und die Dachsparren knarrten, als das Gebäude schwankte.

„In den Sattelraum." Major schrie über das monströse Crescendo des heftigen Sturms, als Trümmer gegen die Seite der Scheune krachten. Er legte seinen Arm um Aimee Louise, und Stuart ergriff Rosalies Hand, als sie in den Sattelraum stürzten und auf den Boden fielen. Major drückte mit seinen Füßen gegen die Tür, um sie geschlossen zu halten, und Shadow lehnte sich gegen ihn.

Als der Lärm zunahm, lehnte sich Rosalie gegen Stuart. Aimee Louise duckte den Kopf, und Major legte seine Arme um sie. Sie verbarg ihr Gesicht an seiner Brust, als das Gebäude stöhnte. Er bedeckte ihren Kopf mit seinen Händen, dann fiel der Luftdruck ab, und Major spürte, wie seine Ohren knackten, während Aimee Louise ihre Hände über die Ohren legte.

Das Gebäude bebte, und Major zuckte zusammen, als eine plötzliche Totenstille und ein intensiver Druck seine Trommelfelle attackierten. Eine Explosion und ein splitterndes Krachen zerriss die Stille, dann war alles schwarz.

KAPITEL DREI

Shadow winselte, und Major öffnete seine Augen. Er lag auf dem Rücken und starrte durch den Ast, der durch das Dach kam und auf einem Dachbalken ruhte, in den klaren Himmel. Er versuchte aufzustehen, aber ein Brett von der Sattelkammerwand hielt ihn fest. Shadow wand sich unter dem schweren Brett hervor, das Major festhielt, und bellte.

„Aimee Louise. Rosalie. Stuart." Major kämpfte gegen das Holz an, konnte aber nicht genug Kraft aufbringen, um es wegzuschieben.

Aimee Louise umarmte Shadow und kniete sich dann neben Major. Sie hatte eine Schürfwunde auf ihrer Stirn, einen blauen Fleck auf ihrer Wange und einen Schnitt auf ihrer Lippe.

„Stuart, hilf mir." Aimee Louise rief, stand dann auf und beugte ihre Beine, um das Brett von Major zu heben. Nachdem Major zur Seite gerutscht war, ließ sie es fallen und half ihm, sich aufzusetzen. Major umklammerte seine Schulter.

„Ich weiß nicht, wo Stuart und Rosalie sind", sagte Aimee Louise und stand auf, um den Schutt wegzuräumen, der die Tür blockierte.

„Stuart, wo seid ihr? Rosalie?" Aimee Louises Rufe grenzten an Panik, während sie Bretter schob und warf. Shadow stand vor der fehlenden Sattelkammerwand und bellte.

„Hier", sagte Rosalie.

„Wir sind zwischen der Sattelkammer und dem Stall daneben unter einigen Regalen und Sperrholz", sagte Stuart, als der Klang von Brettern, die gegen andere Bretter schlugen, zu hören war. „Ich habe unseren Weg fast freigemacht. Es wird einfacher sein, durch die Stallseite hinauszukommen."

„Alles in Ordnung, Pops?", fragte Aimee Louise.

Major schob den Kragen seines Hemdes beiseite und untersuchte seine Schulter. „Ich glaube, sie ist nur geprellt."

Aimee Louise zog ihren Pullover aus und bastelte eine Schlinge für Majors Arm, dann entfernte sie die letzten der gesplitterten Regale und Holzstücke, die die Tür blockierten. Stuart stieß die Tür auf. Sein zerrissenes Hemd flatterte und enthüllte den Schnitt an seinem Arm.

Rosalie spähte in die Sattelkammer. „Wir sind unter einer Stütze für den Stall und die Sattelkammer gelandet. Mir geht's gut. Sieht aus, als wäre ich die Einzige ohne Verletzung. Ist Shadow okay?"

Shadow sprang zu ihr. „Scheint so." Rosalie kraulte seine Ohren.

„Schön zu hören", sagte Major, als Aimee Louise ihm auf die Füße half.

„Bin gleich zurück", sagte Stuart. „Ich schaue nach dem Truck."

Rosalie kam in die Sattelkammer. „Hier ist mehr Platz als irgendwo anders."

Major sah durch die Tür. „Die Struktur der Scheune ist solide; sie hat ziemlich gut zusammengehalten. Es gibt nur dieses eine Loch im Dach, wo der Ast durchgebrochen ist. Das ganze gesplitterte Holz stammt aus den Ställen. Gut, dass wir in der Sattelkammer waren."

Rosalie untersuchte Aimee Louise. „Du wirst ein blaues Auge bekommen."

„Wirklich?" Aimee Louise berührte ihre linke Wange. „Autsch. Empfindlich."

Stuart kehrte zurück. „Ein Ast ist auf den Truck gefallen und hat die Abdeckung zertrümmert, und ein anderer Ast ist auf der Fahrerseite des Trucks an der hinteren Tür eingeschlagen. Es sieht nicht so aus, als ob am Truck außer der Tür Schäden entstanden sind, aber er steckt fest, bis wir einen Weg freimachen, um ihn zu bewegen. Der Sturm hat den Ast ins Dach geschleudert. Es gibt keine Bäume in der Nähe."

Rosalie öffnete den Erste-Hilfe-Kasten und zog ein dreieckiges Tuch heraus. „Pops, wenn du dich irgendwo hinsetzt, würde ich gerne Aimee Louises Pullover durch eine Schlinge ersetzen."

„Mir geht's gut." Major ging zur Tür, und Rosalie stellte sich ihm in den Weg.

„Vielleicht, aber ich kann nicht an deinen Nacken, um Aimee Louises Pullover aufzubinden."

Aimee Louise räusperte sich, und Major ließ sich auf ein Knie sinken.

„Okay, Rosalie. Mach schnell." Major zappelte, während Rosalie den Pullover aufband und ihn durch das dreieckige Tuch ersetzte und den Knoten seitlich an seinem Hals festband.

„Halte deinen Arm zurück in dieser Tasche", sagte Rosalie, als sie den Knoten im Material an seinem Ellbogen festband. „Es wird das Gewicht deines Arms von deiner Schulter fernhalten. Lass mich wissen, wenn du fühlst, dass dein Arm durchhängt oder wenn deine Finger kribbeln, und ich werde deine Schlinge anpassen."

„Danke." Major stand auf.

„Bereit, um die Scheune herumzugehen, um die Struktur zu überprüfen und dann die Auffahrt zur Straße zu inspizieren, um zu sehen, wie viel Arbeit auf uns wartet?", fragte Stuart.

Major ging zur Tür und hielt inne. „Aimee Louise, du und Rosalie sammelt alles zusammen, was ihr von unseren Sachen finden könnt. Wir brauchen eine Bestandsaufnahme. Bleibt in der Nähe der Sattelkammer. Wir wissen, dass sie stabil ist."

Nachdem sie die Scheune verlassen hatten, ging Major zum Truck. „Du hast Recht. Es sieht nicht so aus, als ob Schäden entstanden sind, die die Fahrfähigkeit beeinträchtigen würden." Er trat zurück und umkreiste die Scheune, und Stuart folgte ihm.

„Das Dach sieht auf dieser Seite intakt aus", sagte Major.

Als sie die andere Seite erreichten, sagte Stuart: „Dieser Ast sieht aus wie ein Speer."

Major untersuchte das Dach. „Größer als ich dachte. Die Besitzer werden ihn in Stücken entfernen müssen."

„Die Auffahrt sieht bisher nicht zu schlecht aus. Hauptsächlich Zweige und Äste, die wir von Hand wegräumen können", sagte Major.

Stuart warf Zweige zur Seite, und Major zog die kleineren Zweige mit einer Hand, um einen Weg vom Truck zur Auffahrt freizumachen, dann machte er sich auf den Weg die Auffahrt hinunter.

Als sie sich der Straße näherten, sagte Stuart: „Bäume liegen quer über der Auffahrt. Haben wir eine Kettensäge?"

„Eine kleine. Lasst uns das Feld überprüfen, um zu sehen, ob es zu weich ist, um herumzufahren." Major platschte, als er über den umgestürzten Zaun ins Kleefeld stieg. „Zu nass. Vielleicht in ein paar Tagen okay. Holen wir die Kettensäge und die Axt. Wenn du die Bäume in handliche Stücke schneidest, kann Aimee Louise die großen Äste abhacken, damit es für die Mädchen leichter ist, die Äste zur Seite zu ziehen."

Auf dem Rückweg sagte Stuart: „Sollten wir ein paar Sachen aus dem Truck für die Nacht holen, oder fahren wir weiter?"

„Ich würde lieber die Auffahrt freiräumen und vor Tagesanbruch abfahren. Wir können später Schlafsäcke, den Campingkocher und Essen für heute Abend herausholen."

Als sie zur Scheune zurückkehrten, sagte Major: „Lass uns sehen, was wir hinten im Truck erreichen können."

Nachdem Stuart die Heckklappe heruntergelassen hatte, sagte Major: „Ich glaube nicht, dass genug Platz für dich ist, um dich zu bewegen, aber ich wette, für Rosalie ist genug Platz."

Nachdem Stuart gegangen war, um die Mädchen zu holen, hob Major die Benzinkanister neben der Heckklappe heraus.

„Stuart sagte, wir müssen zuerst die Auffahrt freiräumen, dann können wir morgen früh fahren. Was sollen wir tun?", fragte Rosalie, als sie die Rückseite des Trucks erreichten.

„Wir brauchen die Kettensäge und die Axt. Kannst du sie finden, Rosalie?"

„Klar." Rosalie sprang auf die Heckklappe und holte die Kettensäge und die Axt heraus.

„Was soll ich tun?", fragte Aimee Louise.

„Geh mit Stuart und räume die Auffahrt frei."

Stuart trug die Kettensäge und das Benzin, und Aimee Louise trug die Axt die Auffahrt hinunter zum ersten Baum.

„Was kommt als Nächstes, Pops?", fragte Rosalie.

„Wir brauchen den Campingkocher, Essen, Wasser und Schlafsäcke in der Sattelkammer."

Rosalie bewegte die Gegenstände zur Heckklappe, dann trugen sie sie nach innen. Nachdem sie die Ausrüstung abgestellt hatten, sagte Major: „Lass uns helfen, die Auffahrt freizuräumen."

Stuart schnitt die massiven Bäume in Abschnitte, dann rollten oder zogen Major und die Mädchen die Holzstücke und Äste an die Seiten der Auffahrt.

„Nachdem wir diesen letzten Baum weggeräumt haben, kann ich die Schlüssel für den Truck haben?", fragte Aimee Louise.

„Wir würden gerne Radio hören", sagte Rosalie. „Es wird bald Zeit für den täglichen Check-in der Funkamateure."

Major gab Aimee Louise die Schlüssel. „Geht wann immer ihr bereit seid."

„Wir werden auf dem Rückweg das Unterholz beseitigen", sagte sie und rannte dann mit Rosalie die Auffahrt hinunter.

„In welche Richtung bewegen wir das Unterholz?", fragte Rosalie.

„Zur Baumreihe, aber nicht in den Graben", sagte Aimee Louise.

„Macht Sinn." Rosalie zog zwei leichte Äste von der Auffahrt weg.

Nach zehn Minuten hatten sie die Auffahrt vom restlichen Unterholz befreit und eilten zum Truck. Aimee Louise startete den Motor, während Rosalie in die Scheune eilte, um ihr Notizbuch zu holen.

Als Rosalie in den Truck sprang, fragte sie: „Hast du was?"

Aimee Louise zeigte auf das Radio.

„Tornado ist hier durchgezogen. Uns geht's allen gut. Unser Haus hat einige Schindeln verloren, und wir haben umgestürzte Bäume, aber haben von keinen Verletzungen gehört."

„Habe einen alten Militärtruck gesehen, der vor dem Tornado auf den Nebenstraßen nach Norden fuhr."

„Hoffe, sie sind angekommen, wo sie hinwollten, oder haben Schutz gefunden. Habt ihr von der Krankheit gehört? Kinder haben Erkältungen, aber hier sonst nichts."

„Hier sind alle gesund. Ein paar Erkältungen, wie du sagst."

„Ich verliere gleich wieder den Strom. Es soll wegen der Krankheit sein. Ich verstehe das nicht ganz. Ende."

„Wenn nicht dauernd der Strom ausfallen würde, wäre ich skeptisch wegen dieser Krankheitssache. Ende."

Aimee Louise starrte auf das Display, während es die Repeater scannte.

„Ich verstehe nicht, was dieser Grippevirus oder was auch immer es ist, mit Elektrizität zu tun hat. Du?", fragte Rosalie.

„Frag Pops."

Das Radio nahm eine hohe Stimme auf. Aimee Louise zeigte auf das Display, das bei einer Frequenz stoppte, die am häufigsten für Simplex verwendet wurde.

„Ist da jemand? Hallo?"

„Klingt wie ein Kind", sagte Rosalie. „Wirst du antworten?"

„Hol Pops."

Rosalie sprang aus dem Truck und rannte zur Auffahrt.

„Es gab einen schlimmen Sturm", sagte das Kind. Eine jüngere Stimme fügte aus dem Hintergrund hinzu: „Wir sind gelaufen."

„Es ist okay", sagte das ältere Kind. „Jemand wird uns hören. Siehst du? Das Licht geht an, wenn ich diesen Schalter drücke."

Stuart riss die Tür auf. „Das ist ein Kind. Hast du etwas gesagt?"

„Nein", sagte Aimee Louise.

„Hallo? Wir haben dieses Radio auf dem Feld gefunden."

„Verlieren wir sie?", fragte Stuart.

„Nein."

„Hallo? Ist jemand da? Wir waren in einem Truck, aber die Männer haben uns aussteigen lassen."

Major kam hinter Stuart. „Mach weiter, Stuart. Mädels, könntet ihr unsere Ausrüstung zurück in den Truck laden?"

„Machen wir", sagte Rosalie, als sie und Aimee Louise zur Scheune eilten.

„Siehst du? Das Licht ist grün. Hallo?"

„Ich höre dich", sagte Stuart. „Wo bist du?"

„Jemand ist da. Hast du das gehört? Hallo. Wir sind auf einem Feld neben einer Straße. Es gab einen schlimmen Sturm, dann habe ich ein Radio gefunden."

„Wer ist bei dir?"

„Ich und dieses kleine Kind. Wie heißt du, Kleiner?"

„Was denkst du?", fragte Stuart Major.

„Ich denke, wir fahren nach Norden. Aimee Louise kann fahren. Du fährst vorne mit ihr. Rosalie kann hinter Aimee Louise sitzen, und ich decke euch den Rücken."

„Das Kind heißt Henry. Mein Name ist Brandon."

„Hallo, Brandon und Henry. Ich bin Deputy Stuart. Siehst du etwas in der Nähe? Ein Gebäude? Einen Wasserturm?"

„Nein. Die Bäume sind alle umgestürzt. Warte. Henry zeigt auf etwas. Oh. Ein Schild an der Straße weiter vorne. Sollen wir nachsehen, was draufsteht?"

„Das wäre gut."

„Es ist ziemlich weit."

„Ich warte, während du nachschaust."

Major sagte: „Ich helfe den Mädchen beim Beladen. Wir können unsere Werkzeuge auf dem Weg nach draußen einsammeln. Es gibt nur noch einen Baum im Weg, und er ist klein. Sollte leicht sein, ihn aus dem Weg zu ziehen."

Nachdem sie die Ausrüstung geladen hatten, fuhr Aimee Louise zur Auffahrt und in Richtung Straße. Als sie den Baum erreichten, schob

Stuart ihn aus dem Weg, und Rosalie half ihm, die Werkzeuge hinten in den Pickup zu laden. Nachdem sie wieder in den Truck geklettert waren, bog Aimee Louise nach Norden ab.

„Haltet Ausschau nach einem Truck. Könnte auf einem Feld sein", sagte Major.

„Wie weit entfernt denkst du, sind sie?", fragte Stuart.

„Schwer zu sagen. Simplex funktioniert bei Sichtverbindung, und die typische Reichweite beträgt weniger als dreißig Meilen, aber es hängt von den Funkgeräten und der Topographie ab", sagte Major.

„Hallo? Hallo, Deputy Stuart?"

„Ich bin hier, Brandon."

„Wir sind beim Schild. Es steht *Dessater County* drauf. Oder vielleicht *Dess Ater*."

Stuart runzelte die Stirn und sah Major an. Major schüttelte den Kopf und zuckte mit den Schultern.

„Brandon, ich bin mir nicht sicher, wo das ist. Kannst du es für mich buchstabieren?"

„Groß D-E-C-A-T-U-R groß C-O-U-N-T-Y. Decatur County."

„Perfekt. Ich weiß, wo ihr seid. Ich bin bald da."

„Hallo? Deputy Stuart? Warte, Henry, lauf nicht weg. Bist du in einem großen Truck? Henry will das wissen."

„Nein. Ich bin nicht in einem großen Truck. Henry ist schlau."

„Ich denke schon. Henry will sich verstecken. Haltet am Decatur-Schild, okay?"

„Machen wir. Haltet Ausschau nach dem weißen Pickup-Truck mit zerstörtem Dach. Ende."

„Oh ja. Roger Wilco Ende. Das ist Funksprache, Henry."

„Decatur?", fragte Major.

„Decatur County. Sie sind an der Grenze zwischen Florida und Georgia. Vielleicht fünf oder sechs Meilen entfernt."

Aimee Louise hielt eine gleichmäßige Geschwindigkeit auf der nach Norden führenden Straße. Nach fünf Meilen bog die Schotterstraße auf eine asphaltierte Straße ein, aber Aimee Louise behielt ihre langsamere Geschwindigkeit bei.

„Dort." Sie zeigte nach links, weiter oben auf der Straße. Sie verlangsamte, als sie sich dem Truck näherte, der auf dem Kopf stand und in der Mitte um einen Baum geteilt war.

„Halt hier", sagte Major. „Ich werde den Truck überprüfen. Wenn ich angegriffen werde, liegt es an dir, Stuart, aber ich würde mich besser fühlen, wenn du schnell wegfährst und die Mädchen in Sicherheit bringst."

„Verstanden." Stuart runzelte die Stirn. „Halt Shadow im Truck, Rosalie, falls wir schnell abhauen müssen."

Rosalie ließ ihr Fenster herunter und richtete ihr Gewehr auf das Wrack. Stuart stieg aus und nutzte den Truck als Deckung.

Major schob sein Gewehr in seine Schlinge, stieg dann in den Graben und ging weiter zu den Bäumen, um Deckung zu haben, als er sich der Rückseite des Unfallortes näherte.

Als er sich dem Truck näherte, blickte er nach rechts auf den Körper eines Mannes, der mit dem Gesicht nach oben im Graben lag. *Tot.* Neben dem Mann lagen die Körper zweier Kinder. Major richtete seine Aufmerksamkeit wieder auf den Truck. Er schlüpfte zum nächsten Baum. Immer noch keine Bewegung. Keine Geräusche. Er eilte von Baum zu Baum, bis er an der Rückseite des Trucks war.

Er zog die Leinwandplane zurück und übergab sich beim Anblick auf der Ladefläche des Trucks. Der zweite Mann und die Kinder hinten waren tot. Er ließ die Leinwandplane fallen und erstarrte beim Geräusch eines Wimmerns.

Er riss die Plane zurück und starrte auf den winzigen Körper, der zwischen den Körpern zweier Teenager-Jungen eingeklemmt war. Ihre weit aufgerissenen dunkelbraunen Augen starrten über die Operationsmaske, die den Großteil ihres Gesichts und ihre Ohren bedeckte.

Er hielt seinen Zeigefinger an seine Lippen, und sie zuckte zusammen. Er ließ den Vorhang vorsichtig zu und wartete. *Stille.*

Er schaute um die Ecke und scannte die Länge des Trucks, dann den Bereich in der Nähe der Vorderseite des Trucks. *Wo ist die Beifahrertür?*

Als er die Kabine erreichte, entdeckte er den Motorraum, der mit dem Körper des Beifahrers verwickelt war. Der gesplitterte Stamm des Baumes hatte die Fahrerseite der Kabine und die Motorhaube zerquetscht, aber der Körper des Fahrers war nicht sichtbar. Major kletterte um die Vorderseite des Trucks herum und fand einen umgestürzten Baum über der Motorhaube auf der Fahrerseite. Der Körper eines Mannes lag auf der Seite im Gras nahe am Baum. Ein Ast des Baumes lag über seinen Beinen. Als Major sich bewegte, um näher zu kommen, rutschte er auf den Trümmern aus, fing sich aber, bevor er fiel.

„Nicht schießen", die Stimme des Mannes war schwach.

„Ich bin hier, um zu helfen." Major ging zu dem Mann und kniete neben ihm. „Wo bist du verletzt?"

„Ich kann meine Beine nicht sehen oder bewegen."

„Es liegt ein Ast über deinen Beinen." Major untersuchte den Ast. „Ich kann den Baum nicht bewegen. Vielleicht können wir dich ausgraben, aber ich brauche Hilfe. Ich bin nicht lange weg."

„Wie heißt du?"

„Dave Elliott, aber sie nennen mich Major. Ich bin pensionierter Staatspolizist."

„Schön, dich kennenzulernen, Major. Ich bin Rodney Cabello. Ich bin Richter in Miami. Was ist mit den Kindern?"

„Freut mich auch, Richter. Ich habe keine guten Nachrichten über die Kinder, denn wir haben bisher nur drei Überlebende gefunden."

Major machte sich auf den Weg zur Straße und winkte. Aimee Louise stellte den Pickup parallel zum Unfall und parkte. Stuart, Rosalie und Shadow sprangen heraus, und Aimee Louise blieb auf dem Fahrersitz.

„Wir haben einen Mann, der auf der anderen Seite des Trucks in der Nähe der Fahrerseite gefangen ist. Ich denke, wir können ihn aus diesem weichen Sand ausgraben. Stuart, nimm unsere Grabschaufel und schau, was du denkst. Er ist ein Richter aus Miami."

Major hob seine Mütze und fuhr mit den Fingern durch sein Haar. „Rosalie, es gibt nur eine Überlebende, ein kleines Mädchen, im hinteren Teil des Trucks. Ich werde sie herausholen, dann kannst du sie zum Pickup bringen."

Rosalie und Shadow folgten Major zur Rückseite des Trucks.

„Bleib zurück, Rosalie. Ich bringe sie zu dir", sagte Major. Er hob die Klappe an, und Shadow stürmte an ihm vorbei und sprang in den Truck.

„Hallo, Hundi", sagte das winzige Mädchen, und Shadow wedelte, dann sprang er hinaus.

„Kannst du auch herauskommen?", fragte Major. „Komm raus mit dem Hundi?" Er ging langsam näher zu ihr, als sie kämpfte.

„Nur eine Sekunde, dieser große Junge wird sich ein bisschen für dich bewegen. Entschuldigung, Junge." Major rollte den Körper des Jungen, der das Mädchen festhielt, von ihr weg, und sie sprang auf und flitzte zur Rückseite des Trucks. Major starrte auf den Ausschlag an den Händen des toten Mannes und scannte die Kinder. *Keine Ausschläge.*

Rosalie hob sie heraus. „Unser Hund heißt Shadow, und ich heiße Rosalie. Wie heißt du?"

„Dolly. Wo ist Opa?"

„Bin mir nicht sicher. Lass uns dir etwas zu trinken holen, Dolly, und einen Snack. Möchtest du einen Snack?"

„Ich bin hungrig. Kann ich meine Maske abnehmen, wenn ich meinen Snack habe?"

Rosalie trug Dolly zum Truck. „Du kannst deine Maske jederzeit abnehmen, wenn du möchtest."

Major überprüfte die übrigen Kinder und hielt inne, bevor er die Klappe fallen ließ. „Ruht in Frieden, junge Seelen."

Er schlurfte um den Truck herum und gesellte sich zu Stuart, der auf einer Seite der Beine des Richters einen Graben gegraben hatte.

Stuart richtete sich auf. „Komme voran. Ich habe die Brille des Richters gefunden."

„Ich habe ein zerbrochenes Gestell, aber wenigstens kann ich sehen", sagte der Richter. „Was ist mit den Kindern? Ich fürchte mich zu fragen. Meine Dolly. Sie war hinten. Hast du ein Mädchen gesehen?"

Major starrte den Richter an. „Ich habe sie zwischen zwei älteren Jungen gefunden. Ich glaube, sie starben, als sie versuchten, sie zu beschützen. Sie sagte mir, ihr Name sei Dolly. Dunkelbraune Augen und Haare? Etwa fünf Jahre alt?"

„Das ist sie. Das ist meine Enkelin. Ich dachte nicht, dass sie..." Seine Stimme brach und verstummte.

„Sehen Sie, ob Sie Ihre Beine strecken können, Richter", sagte Stuart. „Wenn Sie Ihr linkes Bein näher an den Graben auf Ihrer linken Seite bewegen und das rechte Knie auf den Boden senken können, haben wir vielleicht genug Platz, um Sie herauszuziehen."

Der Richter wackelte und schob sein linkes Bein, dann streckte er sein rechtes Bein. „Dann lasst uns mich hier rausholen."

Stuart bückte sich, packte den Richter unter den Armen, grub seine Fersen in den Sand und lehnte sich zurück. Stuart hielt den Richter fest und zog ihn frei vom Baum.

„Danke. Kannst du mir aufhelfen?", fragte der Richter. „Ich muss wissen, ob ich gehen kann."

„Setzen Sie sich zuerst auf", sagte Major. „Lassen Sie uns sehen, was Sie alleine schaffen."

„Alles in Ordnung hier, Major?", fragte Stuart. „Ich möchte zu Brandon und Henry."

Der Richter setzte sich auf und streckte dann seine Hand aus. Stuart zuckte mit den Schultern und half ihm auf. Als der Richter aufstand, verzog er das Gesicht. „Mein rechtes Knie ist nicht in Ordnung. Kannst du mir einen Stock besorgen, Junge?"

„Wir haben jede Menge Stöcke." Stuart hob einen stabilen Ast auf. „Versuchen Sie diesen."

Der Richter hielt sich am Stock fest und legte sein Gewicht auf sein rechtes Bein. „Das wird funktionieren. Ich bin bereit."

„Stützen Sie sich auf mich, Richter. Das Gelände ist rau, bis wir oben auf der Straße sind", sagte Stuart.

Major nahm die Werkzeuge auf und eilte zu seinem Pickup, dann warf er die Werkzeuge in den Laderaum.

„Es wird ein bisschen eng werden, nachdem wir die Jungen abgeholt haben", sagte er, als er die Kabine erreichte. „Wir werden sehen, was funktioniert. Der Richter kommt."

Dolly kletterte über Rosalie zum Fenster. „Das ist Opa. Ihr habt ihn gefunden." Sie lehnte sich aus dem Fenster und quietschte, als sie winkte. „Hallo, Opa."

Der Richter blickte zu Dolly, und seine Augen füllten sich mit Tränen, als er zum Truck humpelte. „Ich bin so glücklich, dich zu sehen, süßes Mädchen."

„Ich wusste nicht, wo du warst. Ich konnte mich nicht bewegen, bis Herr Major mir geholfen hat, mich zu befreien. Rosalie sagte, ich könnte meine Maske abnehmen. Sie war kratzig und es war schwer zu atmen. Rosalie ist nett."

Stuart half dem Richter in den Truck, während Major auf der anderen Seite einstieg. Shadow quetschte sich neben Major.

„Wir werden alle reinquetschen, aber es wird nicht lange sein", sagte Major. „Irgendwelche Problemwolken, Aimee Louise?"

„Nein."

„Danke. Gut zu wissen."

Nachdem jeder einen Sitzplatz hatte, fuhr Aimee Louise zurück auf die Straße, und Stuart nahm das Mikrofon. „Hallo, Brandon. Deputy Stuart ruft."

„Hallo. Hier ist Brandon. Over. Wir verstecken uns, aber beeilt euch. Das Gras juckt. Wann werdet ihr hier sein?"

„Fünf Minuten. Wir halten am Schild, und ich werde winken, damit ihr wisst, dass ich es bin."

„Roger wilco. Warte. Henry will etwas sagen."

„Winke zweimal, damit wir wissen, dass du es bist", sagte Henry.

„Ich werde zweimal winken. Bis gleich. Roger wilco Ende."

Major klopfte Stuart auf die Schulter. „Gut gemacht, Stuart. Ich hatte zuerst Angst, dass wir nach ihnen suchen müssten. Ich freue mich darauf, den alten Henry kennenzulernen."

„Henry ist ein stinkiger Junge", sagte Dolly. „Wir mögen keine stinkigen Jungen, oder Rosalie?"

KAPITEL VIER

„Manche stinkende Jungs sind okay", sagte Rosalie. „Henry ist einer der okay Jungs."

„Oh. Ich wusste nicht, dass es okay stinkende Jungs gibt. Henry ist okay?"

„Ja, und wir werden ihn nicht mal stinkend nennen."

Major schnaubte.

„Brauchst du ein Taschentuch, Herr Major? Henry brauchte ein Taschentuch. Er hat seine laufende Nase mit seiner Maske abgewischt. Ich sagte ihm, dass das eklig ist. Der Mann wurde wütend und hat ihn und einen Jungen, der gehustet hat, aus dem Truck geworfen", sagte Dolly. „Rosalie kann dir ein Taschentuch geben. Rosalie hat alles. Sie hat mir einen Snack gegeben."

„Du hast Recht, Dolly. Rosalie ist erstaunlich." Major wandte sich an den Richter. „Ich habe so viele Fragen, aber jetzt ist nicht die Zeit, sie zu stellen."

„Du hast Recht. Wir können später reden, aber ich habe nicht realisiert, was los war, als wir anhielten. Ich hätte besser aufpassen sollen. Ich hätte etwas tun sollen." Der Richter starrte aus dem Fenster und rieb sein Gesicht. „Es gab vier Trucks, als wir starteten. Wir folgten einem, und ich hatte den Eindruck, die anderen zwei nahmen eine andere Route zu einem Punkt, wo wir uns treffen sollten. Habt ihr sie gesehen?"

„Wir hörten einen nach Süden fahren und sahen dann zwei Trucks mit Kindern darin nach Norden fahren; der zweite muss euer gewesen sein. Wohin wart ihr unterwegs?", fragte Major.

„Ich weiß es nicht. Ich habe etwas über die Interstate aufgeschnappt, aber ich weiß nicht welche oder in welche Richtung."

„Ist da vorne ein Schild, Aimee Louise?", fragte Stuart.

„Ja." Aimee Louise verlangsamte, als sie sich dem Schild näherte und parkte dann neben ihm. Stuart öffnete seine Tür und stand auf seinem Trittbrett. Er winkte einmal und pausierte dann, bevor er ein zweites Mal winkte.

„Hier sind wir." Ein Junge tauchte im hohen Feldgras, zehn Fuß von der Straße entfernt, auf. Ein zweiter, kleinerer Junge erschien zwei Fuß vom ersten entfernt. Stuart winkte sie herein, und die zwei Jungen rannten zum Truck.

Als die Jungen ihn erreichten, sagte Stuart: „Ich bin Deputy Stuart. Hallo, Brandon. Hallo, Henry. Glaubt ihr, ihr könntet euch auf den Vordersitz neben mich quetschen?"

Nachdem die Jungen in den Truck geklettert waren, schloss Stuart die Tür. „Ich werde euch alle Namen sagen. Aimee Louise ist unsere Fahrerin. Hinter mir ist Major. Er ist ein State Trooper. Er hat das Kommando. Shadow ist Majors Hund."

Henry lehnte sich über den Sitz und streckte seine Hand aus, und Shadow schnüffelte daran und leckte sie dann ab. Brandon schluckte, dann kniff er seine Augen zusammen und hielt seine Hand zum Schnüffeln hin.

Brandon öffnete seine Augen. „Das hat gekitzelt."

„Neben Shadow ist der Richter, und seine Enkelin sitzt neben ihm."

„Das ist Dolly", sagte Henry.

„Das wusste ich", sagte Brandon.

„Nein, wusstest du nicht", sagte Henry.

„Doch." Brandons Gesicht wurde rot.

Rosalie unterbrach: „Ich bin Rosalie."

„Rosalie ist sehr klug. Sie hat alles. Willst du einen Snack? Rosalie hat Snacks", sagte Dolly.

„Aimee Louise, wir können jetzt losfahren", sagte Major.

Rosalie griff in ihren Rucksack und gab jedem Jungen eine Flasche Wasser und verteilte dann Cracker. Die Jungen machten es sich auf dem Sitz mit ihrem Snack gemütlich, und Aimee Louise beschleunigte auf Autobahngeschwindigkeit.

„Haltet eure Flaschen fest, Jungs", sagte Rosalie. „Wir füllen sie nach."

„Wohin fahren wir, Major?", fragte der Richter.

„Wir sind auf dem Weg zu einer Farm im Südwesten von Georgia. Die Leute dort brauchen etwas Hilfe. Wir sind etwa zwei Stunden entfernt, wenn keine weiteren ungeplanten Ereignisse dazwischenkommen."

Nachdem die Jungen ihre Cracker und ihr Wasser fertig hatten, senkten sich ihre Köpfe, und sie lehnten sich aneinander. Dolly kuschelte sich an ihren Großvater.

Major tippte Stuart auf die Schulter. „Schlafen die Jungs?", fragte er mit leiser Stimme.

Stuart nickte.

„Dolly und der Richter auch."

Nach einer Stunde fragte Stuart: „Brauchst du eine Pause, Aimee Louise?"

„Nein. Wenn wir näher kommen, können wir wechseln."

Stuart streckte sich. „Major, nachdem ich in die Einfahrt einbiege, gibt es einen perfekten Platz, um in den Wald zu fahren, dann können wir zum Haus laufen."

„Schicken wir Rosalie oder Aimee Louise mit dir?"

„Aimee Louise und ein Handsprechfunkgerät. Wenn Mom oder Dad Angst haben, wird sie es wissen, und wir können dich alarmieren."

„Und Shadow", sagte Aimee Louise.

Der Richter rührte sich und gähnte. „Ich bin froh, dass diese Kinder etwas Ruhe bekommen. Das war die erste Chance, die ich zum Nickerchen machen hatte. Wir waren schon zwei Tage unterwegs, als der Tornado uns traf."

Aimee Louise verlangsamte.

Major lehnte sich nach vorne. „Ist etwas nicht in Ordnung?"

„Ein Reh hat die Straße weiter vorne überquert. Sah aus wie eine Hirschkuh mit zwei Kitzen", sagte Stuart.

Aimee Louise nahm ihre Geschwindigkeit wieder auf, und Major entspannte sich. Der Himmel am westlichen Horizont vertiefte sich von Rosa und Blau zu einem orangefarbenen Leuchten.

Nach weiteren zwanzig Minuten sagte Stuart: „Es ist fast dunkel genug für Scheinwerfer, aber wir sind nah dran. Halt nach der Kurve an, und wir werden wechseln."

„Nein", sagte Aimee Louise. „Scheinwerfer hinter uns."

„Ich werde dich zur Einfahrt lotsen", sagte Stuart.

Major drehte sich um. „Die kaputte Abdeckung blockiert meine Sicht. Wie schnell kommen sie?"

„Nicht schnell", sagte Aimee Louise. „Könnte ich die Kurve nehmen, ohne zu bremsen?"

„Das wird nicht nötig sein", sagte Stuart. „Es gibt zwei Kurven in der Straße und dann die Einfahrt. Fahre langsamer." Stuart lehnte sich nach vorne, um die Straße zu betrachten. „Es ist eine Linkskurve nach der zweiten Biegung. Dies ist die erste Kurve."

Aimee Louise beschleunigte durch die Kurve.

„Das war gut", sagte Stuart. „Die zweite Kurve kommt."

Aimee Louise rollte durch die Kurve.

„Perfekt. Die Einfahrt ist gegenüber diesem Briefkasten. Hier."

Aimee Louise tippte auf die Bremse und bog in einer Bewegung in die Einfahrt ein.

„Fahre weiter die Einfahrt hinunter vorbei an der Kurve, dann können wir wechseln." Eichen- und Pekannussbäume und wildes Gebüsch wuchsen auf der linken Seite, und Wildblumen schmückten den flachen Graben zwischen den Bäumen und der Einfahrt. Ein eingezäuntes Feld mit hohem Gras lag auf der rechten Seite.

Nach der Kurve parkte Aimee Louise und rutschte auf den Beifahrersitz, während Stuart um den Truck herumlief und auf den Fahrersitz sprang. Er fuhr die Einfahrt weiter hinunter und setzte dann durch eine Öffnung zwischen zwei Eichenbäumen zurück.

„Die Bäume und das Gebüsch sind täuschend", sagte Major. „Großartige Tarnung."

Stuart lachte. „Es war ein perfektes Versteck, als ich ein Kind war. Dad hielt es gepflegt, und meine Nichten spielen jeden Sommer hier. Bereit zu gehen, Aimee Louise?"

Aimee Louise griff nach dem Handfunkgerät und folgte Stuart, während er auf dem Weg zum Haus im Schatten blieb.

„Wenn wir in die Nähe des Hauses kommen, werde ich meine Eltern anrufen und dann zur Seitentür gehen. Wenn du etwas siehst, brauchen wir ein Signal. Wie ist dein Waldkautruf?"

„Huuh-huuh hu-huuh?", rief Aimee.

„Das ist ausgezeichnet. Warne mich, wenn es ein Problem gibt."

Als sie das Ende der Bäume nahe dem Bauernhaus erreichten, sagte Stuart: „Bleib außer Sicht."

Stuart schlenderte zur Hälfte zum Haus und pfiff dann mit zwei Fingern im Mund. „Hey, Mom? Dad? Ich bin's, Stuart." Er pfiff noch einmal.

Die Seitentür öffnete sich, und seine Mutter stürmte heraus. Tränen streiften ihre Wangen, als sie zu ihm eilte. Sie warf ihre Arme um ihn, und er umarmte sie.

„Ist alles in Ordnung?", flüsterte er.

„Jetzt, wo du hier bist", sagte sie. „Dein Vater sagte mir, dass das das Erste sein würde, was du fragen würdest. Niemand hier außer deinem Vater und mir. Wir hatten etwas Ärger früher in der Woche, aber die Nachbarn sind eingesprungen. Wir haben gehört, dass du vielleicht kommen würdest, aber wir haben dich nicht so früh erwartet."

„Macht es dir etwas aus, hier zu bleiben, Mom, während ich das Haus überprüfe?"

Sie lachte. „Dad sagte, dass du das Haus durchsuchen wollen würdest. Wir haben nichts gegen deine Vorsicht. Nur zu. Dein Vater ist im Wohnzimmer. Wir haben heute Abend keinen Strom."

Stuart betrat das dunkle Haus und schaltete seine Taschenlampe ein. „Dad, ich bin's."

Er schritt von der Küche ins Wohnzimmer, wo sein Vater in seinem Sessel saß. Ein abgenutzter Fußhocker erhöhte seine Beine. Eine Petroleumlampe auf dem Kaminsims erhellte den Raum mit einem warmen, orangefarbenen Glühen. Sein Vater lächelte und salutierte, während Stuart seine Suche im Erdgeschoss fortsetzte. Dann nahm er die Treppe zwei Stufen auf einmal und überprüfte die Schlafzimmer und Badezimmer im Obergeschoss.

Als er ins Wohnzimmer zurückkehrte, sagte Stuart: „Ich hole Mom. Wir müssen reden."

Stuart ging zur Küchentür. „Komm rein, Mom. Ich habe ein paar Leute, die du kennenlernen solltest, und sie haben Hunger."

„Meine Güte, ich sollte besser einen Bissen oder zwei zusammenstellen."

Stuart rief: „Aimee Louise, sag Major, er soll den Truck zum Haus bringen, und dann bring alle herein."

Als Stuart in die Küche zurückkehrte, hatte seine Mutter eine Lampe in der Küche angezündet, einen Topf mit Wasser auf den Herd gestellt und einen größeren Topf herausgeholt. „Wie viele Leute, Stuart?"

Stuart atmete das vertraute Aroma des frisch gebackenen Brotes ein, das auf der Theke abkühlte. „Acht."

Stuarts Vater humpelte in die Küche. Sein Stock stützte ihn, als er sich langsam auf seinen Stuhl am Tisch setzte. „Ich wollte nichts verpassen", sagte er.

Aimee Louise klopfte an die Tür, und Stuart öffnete sie. „Kommt rein. Leute, das ist Aimee Louise. Wir haben sechs weitere im Pickup, und sie werden in einer Minute hier sein."

„Ich bin Sandra", sagte Stuarts Mutter, „und das ist Scott."

„Schön, Sie kennenzulernen, Frau Sandra und Herr Scott", sagte Aimee Louise.

„Dich auch, Aimee Louise. Acht von euch?", sagte Sandra. „Das ist leicht. Spaghetti, grüne Bohnen und frisches Brot. Wird nicht mehr als fünfzehn Minuten dauern." Sie öffnete die Vorratskammer und holte ein Literglas selbst eingekochte Spaghettisauce und zwei Gläser grüne Bohnen heraus.

Aimee Louise hielt die Tür offen, als Major dem Richter hereinhalf, dann kamen Rosalie, Shadow und die Kinder ins Haus gestürmt.

„Hallo, ich bin Rosalie. Gibt es ein Badezimmer, das wir benutzen können?", fragte sie. Dolly klammerte sich an Rosalies Hemd und spähte zu Stuarts Eltern.

„Zweite Tür links, dann gibt es noch eines hinter dem Wohnzimmer im Flur rechts."

„Die Jungs können dieses hier benutzen", sagte Stuart. „Du und Dolly könnt das Badezimmer im Flur haben."

Rosalie schaltete ihre Taschenlampe ein, und sie und Dolly eilten den Flur hinunter. Nachdem die Mädchen zurückgekehrt waren, stellte Stuart alle vor, und Sandra wischte sich die Augen an ihrer Schürze ab und winkte mit ihrem Holzlöffel der Menge in ihrer Küche zu. „Ihr alle findet einen anderen Ort zum Plaudern. Ihr verlangsamt mich."

„Wer will eine Farmtour?", fragte Stuart, als er zur Tür ging. Brandon, Henry und Dolly eilten ihm nach draußen.

„Wir können dir helfen", sagte Rosalie, als Aimee Louise zusätzliche Stühle an den Tisch stellte.

„Danke. Teller dort; Besteck hier." Sandra zeigte auf den Schrank und eine Schublade.

Nachdem die Männer ins Wohnzimmer gegangen waren, ließ sich Scott in seinen abgenutzten Sessel sinken. Major half dem Richter, sich in den überpolsterten Sessel neben Scotts Sessel zu setzen, dann sank Major ins dreisitzige Sofa. Er lehnte sich zurück und schloss die Augen. „Es wird schwer sein, von hier aufzustehen."

„Ich wette, wenn Sandra sagt, dass das Essen auf dem Tisch steht, werden wir uns schnell bewegen." Der Richter lachte.

„Wie hat sich diese Truppe zusammengefunden?", fragte Scott.

„Der ursprüngliche Plan war, dass Stuart und ich dich besuchen kommen, aber meine zwei Enkelinnen wollten unbedingt mitkommen", sagte Major. „Wir haben den Richter, Dolly und die Jungs aufgelesen, nachdem ein Tornado den Truck getroffen hatte, in dem sie waren."

Stuart schlenderte ins Wohnzimmer. „Rosalie hat mich ersetzt. Sie jagen Glühwürmchen."

„Stuart, während wir im Pickup gewartet haben, habe ich Herrn Young erreicht. Der Sheriff wird mit dem örtlichen Sheriff wegen des Trucks Kontakt aufnehmen", sagte Major.

„Ich habe nichts von einem Tornado gehört. Wo war das?", fragte Scott.

„Südlich von hier in Florida. Vielleicht hundert Meilen. Es waren zwölf Kinder in der Ladefläche eines ausgemusterten Militärtrucks, der verunglückt ist", sagte Major. „Der Richter und die drei Kinder waren die einzigen Überlebenden."

Scott atmete aus. „Das ist hart. Wer waren die Kinder?"

„Ich habe eine Theorie, dass sie alle Kinder von Polizeibeamten waren", sagte der Richter. „Dolly und ihre Eltern leben bei mir in Miami. Mein Sohn ist ein FBI-Agent, und seine Frau ist eine Ausbilderin. Mein Zeitplan ist am flexibelsten, also als die Babysitterin am frühen Freitagmorgen anrief und sagte, sie sei krank, rief ich meinen Sekretär an, um meine Anhörungen auf Montag zu verschieben. Er sagte mir, dass andere Richter auch Freitagsanhörungen absagten wegen der schlimmen Grippeepidemie in Miami."

Major schaute den Richter an. „Warum warst du ihr Fahrer?"

„Ich war kein Teil ihres Plans. Als die Glasscheibe der Eingangstür zerbrach, versteckte ich Dolly und griff nach meiner Pistole. Zwei Männer stürmten ins Haus, und ich erschoss einen von ihnen; aber nachdem der dritte Typ durch die Hintertür kam und Dolly fand, übergab ich meine Pistole. Nach dem, was ich mithörte, waren ihre ursprünglichen Befehle, Dolly zu schnappen, die Babysitterin zu erschießen und meinen Sohn zu erpressen. Ihr Boss wollte, dass mein Sohn kooperiert, aber ich kenne die Details nicht. Ich denke, der einzige Grund, warum sie mich nicht getötet haben, ist, dass ihnen ein Fahrer fehlte."

„Hast du Informationen über den Boss aufgeschnappt?", fragte Major.

„Nicht wirklich. Sie sagten etwas über den Boss und das Florida-Hauptbüro und drückten ihren Unmut über den Boss aus, der nicht dachte, dass die Krankheit in Miami wichtig sei. Sie setzten den Kindern Masken auf." Der Richter rückte auf seinem Sitz, um Major anzusehen. „Ich bin nicht vertraut mit Amateurfunkgeräten. Du hast mit jemandem gesprochen, wo? Auf deiner Farm? Wie hast du das gemacht?"

„Die Funkamateure hier in der Gegend halten ihren Repeater betriebsbereit, und er verstärkte mein Signal. Es steckt etwas mehr dahinter, aber das ist die grundlegende Idee. Herr Young überwacht unser Farm-Funkgerät und hörte mich mich einschalten. Er wird den nächstgelegenen County Sheriff benachrichtigen, der jemanden schicken wird, um die Unfallstelle zu untersuchen."

Brandon, Henry und Dolly stürmten ins Wohnzimmer. „Frau Sandra sagt, ihr sollt eure Hände waschen und zum Tisch kommen", sagte Brandon.

„Wir haben schon gewaschen", fügte Henry hinzu.

„Ich habe besser gewaschen", sagte Dolly.

Scott lachte, als er von seinem Stuhl aufstand. „Ich bin auf dem Weg."

Während sie aßen, fragte der Richter: „Wie lange bewirtschaftest du schon diese Farm?"

„Meine Eltern kauften das Grundstück direkt nach dem Zweiten Weltkrieg, als er aus Italien nach Hause kam. Alles, was ich je tun wollte, war zu farmen", sagte Scott. „Was ist mit dir? Bist du ein Eingeborener aus Miami?"

„Auf jeden Fall. Meine Großeltern verließen Puerto Rico 1952 und ließen sich in Miami nieder."

„Was macht dein Vater, Brandon?", fragte Major.

„Mein Vater baut Häuser. Mom sagt, er ist der Beste, den es gibt. Ich will auch Häuser bauen." Brandon strahlte.

„Was ist mit deiner Mutter?", fragte Rosalie.

„Mom ist ein FBI-Agent. Dad sagt, sie ist die Beste."

„Mein Vater ist Polizist", sagte Henry. „Mom sagt auch, er ist der Beste."

„Das ist großartig, Henry", sagte Major. „Was macht deine Mutter?"

„Sie kümmert sich um mich und Dad und arbeitet in einem Büro. Dad sagt, sie ist wichtig."

„Väter und Großväter sind schlau", sagte Stuart.

„Das stimmt. Das sind sie", sagte Sandra.

Am Ende der Mahlzeit sagte Stuart: „Mom, die Kinder und ich können uns um das Geschirr kümmern, aber wir brauchen dich außerhalb der Küche."

Major sagte: „Ausgezeichnete Idee, Stuart. Sandra, würdest du mir die Farm zeigen?"

Scott lachte. „Gut gespielt, Sohn. Geh schon, Liebling. Wir haben das hier im Griff. Ich werde beaufsichtigen."

„Ich helfe auch", sagte der Richter.

„Ich erkenne eine Verschwörung, wenn ich eine sehe", sagte Sandra. „Es steht ein Topf mit kochendem Wasser auf dem Herd, um das Geschirr zu waschen und zu spülen. Gehen wir, Major."

Major bot seinen guten Arm an, und Sandra grinste und schlüpfte mit ihrem Arm durch seinen.

Während sie zur Scheune schlenderten, folgte Shadow ihnen. „Kannst du mir einen Überblick über die Prioritäten für Reparaturen geben?", fragte Major.

„Sicher kann ich das, aber ich sage dir, meine Priorität Nummer eins war, Scott aus seiner Depression herauszuholen. Diese Kinder haben das erste Lächeln, das ich auf seinem Gesicht gesehen habe seit seinem Sturz, hervorgebracht. Ich kann dir nicht sagen, wie viel mir das bedeutet hat."

„Ich verstehe", sagte Major. „Ich kämpfte mit Depressionen, dann kamen Aimee Louise und Rosalie in mein Leben."

Sandra hielt am Ziegenstall an. „Ich kann mich um das Haus und den Garten kümmern, aber ich kann die Zäune um die vorderen und hinteren Felder nicht reparieren, und der Traktor braucht seine regelmäßige Wartung. Die Ziegen sind ausgebrochen, und ich habe ihren Zaun und Stall so gut wie möglich repariert. Ich denke, wenn ihr alle einen soliden Tag arbeitet, wären wir wieder auf Kurs. Wir hatten ziemlich lange jeden Tag zwei Stunden Strom, dann sank es auf jeden zweiten Tag. In letzter Zeit ist es sporadisch. Macht es schwer zu wissen, wann ich mit der Wäsche aufholen oder meine Wasserfässer füllen kann."

Das Brummen eines Motors unterbrach ihren Spaziergang.

„Ist das ein Generator?", fragte Major.

„Stuart muss den Generator für Bäder und Duschen gestartet haben."

„Nachdem die Kinder ins Bett gegangen sind, lass uns unsere Pläne mit Scott und Stuart besprechen und dann morgen früh starten. Ich vermute, der Richter wird tun, was er kann. Ich weiß, die Mädchen werden mit anpacken."

Als Major und Sandra hineingingen, war die Küche sauber, und Stuart trocknete Pfannen ab.

„Der Richter beaufsichtigt die Bäder der Jungs, und Rosalie nahm Dolly mit nach oben für ihr Bad. Hast du irgendwo Kleidung verstaut?", fragte Stuart. „Wir brauchen mindestens Unterwäsche und Hemden für die drei Knirpse."

Sandra lachte. „Du hättest nach nichts anderem fragen können, was mich glücklicher gemacht hätte. Ich habe Kinderkleidung katalogisiert und nach Größe geordnet. Lass uns auf Dachboden-Shopping gehen."

„Brauche etwas Hilfe hier", rief der Richter aus dem Badezimmer, und Major ging den Flur hinunter und schaute ins Badezimmer.

„Major, ich brauche eine Pinzette. Die Jungs haben Zecken."

„Oberste linke Schublade, und der Alkohol und die Wattebäusche sind unter der Spüle", sagte Sandra, als sie und Stuart an Major vorbei auf dem Weg zum Dachboden schlüpften.

„Kann ich helfen?", fragte Major, als er das Badezimmer betrat. „Auch viele Stiche, wie ich sehe. Ich wette, ich finde etwas gegen den Juckreiz."

Während der Richter Zecken entfernte, trug Major Antiseptikum auf die Stellen auf.

Stuart klopfte an die Tür. „Ich habe Pyjamas für die Jungs. Mom hat die Größen geschätzt."

Major öffnete die Tür, und Stuart reichte ihm die Kleidung. Nachdem der Richter und Major die Jungs von Zecken befreit und ihre Insektenstiche behandelt hatten, zogen sich die Jungs an.

Der Richter sammelte die Handtücher und schmutzige Kleidung für die Wäsche am nächsten Tag, und die Jungs folgten Major ins Wohnzimmer.

Scott fragte: „Was ist passiert? Jemand hat all euren Schmutz weggenommen, Jungs. Ich wette, ihr riecht auch besser."

Die Jungs grinsten und stupsten einander an.

„Hat euch jemand von der Newton-Farm-Regel für Bäder erzählt?", fragte Stuart.

Die Augen der Jungs weiteten sich, als sie ihre Köpfe schüttelten.

„Bad, dann Snacks vor dem Schlafengehen. Das ist die Regel."

„Es stimmt", sagte Sandra. „Kommt mit mir in die Küche. Ich habe Cracker. Wir werden morgen Kekse backen."

Dolly hüpfte die Treppe herunter.

„Du siehst toll aus", sagte Major. „Frau Sandra hat einen Leckerbissen für uns in der Küche." Dolly folgte ihm in die Küche.

„Ich hatte ein Bad", sagte Dolly.

„Du hast Glück", sagte Brandon mit vollem Mund. „Farm-Regel. Bad, Snack, Bett."

Dolly wirbelte mit ihrem Nachthemd und plumpste dann auf ihren Sitz am Tisch. „Bad, Snack, Bett."

„Wo schlafen wir?", gähnte Henry.

„Wir haben ein Jungenzimmer und ein Mädchenzimmer im Obergeschoss", sagte Sandra.

Nachdem die Kinder im Bett waren, versammelten sich die Erwachsenen im Wohnzimmer, während Rosalie und Aimee Louise duschten.

Scott räusperte sich. „Major, der Richter und ich hatten ein ausführliches Gespräch. Er und die Kinder werden hier bleiben. Es gibt keine Möglichkeit für Rodney, allein mit drei Kindern nach Miami zu kommen. Ich werde bald gesund sein, und er auch. Wir können zusammenarbeiten, um die Farm in Schuss zu halten und die Kinder zu schützen. Und ich habe es mit Sandra geklärt."

Major lächelte.

„Wir haben den Raum und die Ressourcen. Eine Lehrerin auf der Straße hat monatliche Lektionen für verschiedene Altersgruppen entwickelt. Wir werden in Ordnung sein", sagte Sandra.

Rosalie sprang die Treppe hinunter und setzte sich auf den Boden neben Aimee Louise, die unten geduscht hatte. Die Hemden der Mädchen waren feucht von ihrem nassen Haar.

„Wasser war schön", flüsterte Rosalie. „Ich war froh zu sehen, dass es keine Zecken mehr gab."

„Noch eine Sache, Major. Ich zögere, mit den Eltern Kontakt aufzunehmen", sagte Richter Rodney. „Wenn die Nachricht von dem Unfall ohne Überlebende nach Miami zurückkommt, nimmt das nicht den Hebel für Erpressung weg? Aber ich hasse den unnötigen Schmerz, den die Eltern erleiden."

„Schwierige Entscheidung." Major stand auf und ging auf und ab. „Wir reisen frühestens übermorgen ab. Lass uns darüber nachdenken und morgen reden."

„Ihr werdet auf etwas kommen", sagte Sandra.

„Ich bin sicher, du hast Recht", sagte Major. „Scott, Sandra und ich haben über die Prioritäten für morgen gesprochen. Wir kamen auf die Reparatur der Zäune und des Ziegenstalls und die Wartung für den Traktor. Etwas anderes?"

„Das ist eine gute Liste unserer kritischen Aufgaben", sagte Scott. „Es würde nicht schaden, das Nordfeld für die Bepflanzung zu pflügen, aber ich fürchte, das ist ein ganzer Tag Arbeit. Was schlägst du vor, Sohn?"

„Aimee Louise, Rosalie und ich können die Zäune am Morgen reparieren, wenn wir früh starten und genügend Bretter und Draht zur Hand haben", sagte Stuart. „Wir werden den Traktor benutzen, um die Vorräte zu transportieren, dann werde ich die Wartung am Traktor durchführen und das Feld pflügen."

„Scott, meinst du nicht, dass wir drei den Ziegenstall und den Zaun reparieren könnten?", fragte Major.

„Natürlich könnten wir das. Es wird uns erschöpfen, aber ich freue mich darauf, aus dem Haus zu kommen und meine Hände wieder schmutzig zu machen."

Aimee Louise und Rosalie gingen nach oben.

KAPITEL FÜNF

„Richter, wir haben ein Gästezimmer im Erdgeschoss neben dem Gästebadezimmer", sagte Sandra. „Das ist Ihres. Stuart, ich nehme an, du hast in deinem Schlafzimmer Feldbetten für die Jungen aufgestellt und ein Feldbett für Dolly in dem, was wir immer das Mädchenzimmer genannt haben. Stimmt das?"

„Hab ich. Major, im Obergeschoss gibt es ein drittes Schlafzimmer, das ist Ihres. Zwischen Ihrem Zimmer und dem der Mädchen befindet sich ein Gästebad. Mein Schlafzimmer hat ein Badezimmer mit Dusche."

„Will jemand etwas vor dem Duschen oder vor dem Schlafengehen? Ich kann Kaffee oder heißen Tee machen", sagte Sandra.

„Mir geht es gut, Sandra. Ich kann Ihnen gar nicht sagen, wie sehr ich Ihr Essen genossen habe", sagte der Richter.

„Niemand muss sich wegen des Wasserdrucks Sorgen machen. Wir haben dieses Haus für eine Bauernfamilie gebaut, die schmutzig wurde", sagte Scott.

Nach all den Duschen begleiteten Major und Shadow Stuart nach draußen, um den Generator auszuschalten, und schlenderten dann über das Grundstück.

„Was denkst du, Stuart? Werden deine Eltern zurechtkommen, wenn wir einen Tag arbeiten?"

„Ich hatte erwartet, länger hier zu sein, aber ich bin zuversichtlich, dass mein Vater und der Richter nach unserer Abreise zurechtkommen werden, und Mama wird die Kinder beschäftigt halten. Die Kinder haben Papas Augen zum Leuchten gebracht, oder?"

Bevor Major die Treppe hinaufging, sagte er: „Kommst du, Shadow?"

Shadow trottete zur Haustür und ließ sich auf dem Teppich nieder.

Major lachte. „Keine Überraschung. Bis morgen."

Major wachte auf und zog sich an, als es noch dunkel war. Als er die Küche betrat, lächelte Sandra. „Der Topf ist an. Bereit für einen Kaffee?"

„Sie sind früh auf, Sandra. Kaffee klingt großartig."

Sie schenkte eine Tasse ein und reichte sie Major. „Ich habe mir angewöhnt, vor allen anderen aufzustehen, als meine Kinder klein waren. Es war die einzige Tageszeit, in der ich ein bisschen Ruhe hatte. Ich habe gelesen oder am Fenster gestanden und die Vögel beobachtet."

Major setzte sich an den Tisch und atmete das Kaffeearoma aus seiner Tasse ein. „Das mache ich auf der Farm. Ich nehme meinen Kaffee mit auf die Veranda und schaue dem Sonnenaufgang zu. Wir haben vier kleine Kinder auf der Farm neben Aimee Louise und Rosalie. Es ist schön, meine Gedanken am Morgen zu sammeln, bevor der Tag mit ihrer Energie explodiert."

„Scott hatte seit seinem Sturz Schlafprobleme, bis gestern Abend. Ich vermute, diese Tage liegen hinter uns." Sandra lächelte. „Ich habe Zimtschnecken vorbereitet, die ich gleich in den Ofen schieben kann, und wir haben Eier. Einfach und schnell."

Sie legte den Kopf schief und betrachtete Major. „Ist Aimee Louise autistisch? Mir ist aufgefallen, dass Rosalie für die beiden meist das Reden übernimmt, aber sie scheint Aimee Louises Führung zu folgen."

„Ja, das ist sie. Die beiden sind ein ziemliches Team. Ich habe Mühe, ihnen einen Schritt voraus zu sein."

„Stuart scheint auch auf Aimee Louise eingestimmt zu sein, und mir ist aufgefallen, dass es etwas Außergewöhnliches an Aimee Louise gibt, das über den Autismus hinausgeht. Ich kann es nur nicht genau benennen."

„Aimee Louise hat eine Gabe." Major nahm einen Schluck Kaffee. „Wie andere mit Autismus erkennt sie keine Gesichtsausdrücke. Vielleicht haben Sie bemerkt, dass sie nicht in Ihre Augen schaut, sondern stattdessen über Ihren Kopf hinweg. Sie sieht, was sie *Wolken* nennt, die die Gefühle oder Absichten einer Person anzeigen. Sie sagt uns, wenn sie eine Person mit einer Gefahrenwolke sieht, mit einem Code, den sie vorgeschlagen hat: *Onkel Dan.* Dan für Gefahr. Ihre Mutter nannte ihre Wolken ein Geschenk, und ich stimme dem zu. Ich verstehe es immer noch nicht, aber ich akzeptiere es. Sie hat unsere Farmfamilie mehr als einmal gerettet."

„Ich habe gespürt, dass da etwas ist." Sandra füllte ihre Tasse nach. „Nach dem Frühstück werden die Kinder und ich unseren Tag planen und vielleicht zur Lehrerin hinuntergehen, um mit ihr zu sprechen. Wenn wir heute ein paar Stunden Strom haben, können sie mir mit der Wäsche helfen."

Aimee Louise und Rosalie schlichen die Treppe hinunter. „Wir wussten nicht, ob jemand wach ist", sagte Rosalie. „Wir gehen raus, um den Sonnenaufgang zu beobachten." Shadow sprang von seinem Platz in der Nähe der Tür auf und trottete mit ihnen hinaus.

„Ich komme mit", sagte Major.

Sandra wedelte mit der Kaffeekanne, und er hielt an, um nachzufüllen. Als er nach draußen ging, fand er Aimee Louise und Rosalie auf der Ostseite des Hauses in der Nähe des Gartens. Die Mädchen saßen schweigend auf einem umgedrehten Wagen.

Major lächelte. *Aimee Louises Sonnenaufgangsregel ist, nicht zu sprechen.* Er stand hinter ihnen und nippte an seinem Kaffee. *Gute Regel.*

Rosalie wand sich, bis Aimee Louise sagte: „Guten Morgen, Sonne."

Rosalie sprang auf. „Diese letzte Minute ist die längste des ganzen Tages. Gerade wenn ich denke, ich platze gleich, geht die Sonne auf."

Die Mädchen rannten hinein, während Major noch verweilte und den Sonnenaufgang betrachtete. Shadow lehnte sich an sein Bein, und Major kratzte ihn am Ohr.

„Sandra sagte mir, ich würde Sie hier draußen finden." Der Richter nippte an seinem Kaffee. „Nachdem sie die Zimtschnecken in den Ofen geschoben hatte, kamen die Kinder die Treppe heruntergesprungen."

„Ich habe nachgedacht", sagte Major. „Wir könnten Ihrem Sohn, Brandons Mutter und Henrys Vater über das Amateurfunknetzwerk Bescheid geben und sie bitten, meinen örtlichen Sheriff zu kontaktieren. Wenn sie ihre Kinder abholen wollen, haben wir einen eingebauten Überprüfungsprozess mit uns als Zwischenkontakt. Wenn sie aus Miami kommen, liegen wir auf dem Weg."

„Das hat Potenzial. Was ist, wenn die Nachricht von Bösewichten abgefangen wird und sie auftauchen?"

„Sie und die Kinder sind immer noch sicher."

„Was ist mit Ihrer Familie?"

„Wir haben schon früher mit Gefahren umgehen müssen, aber in diesem Fall, angesichts der Anzahl an Kindern, die sie entführt haben, halte ich es für unwahrscheinlich, dass sich die Erpresser mit drei Kindern und einem Richter befassen würden. Sind Sie sicher, dass Sie nicht das Ziel waren?"

„Ich bin mir sicher, dass ich es nicht war. Nach einer hitzigen Diskussion beschloss der führende Schläger, nicht zu erwähnen, dass ich ihren Fahrer erschossen habe. Ich hatte den Eindruck, dass der große Boss nicht sehr verständnisvoll war. Sie schienen nicht zu wissen, wer ich war; zum ersten Mal war ich dankbar, *irgendein alter Kerl* zu sein."

Der Richter setzte sich in den nächsten Schaukelstuhl auf der Veranda. „Zu viele Menschen in Miami sind krank, und alle sind besorgt über eine Epidemie. Vielleicht ist es nur in Südflorida so?"

„Wir haben gehört, dass etwas im Umlauf ist, aber es hat unsere Gemeinde noch nicht erreicht." Major starrte in seine leere Tasse. „Lass uns eine Zimtschnecke holen, bevor sie alle weg sind."

Als sie zum Haus gingen, stürmten Rosalie und die jüngeren Kinder an ihnen vorbei und liefen zum Garten. Shadow änderte seine Richtung und rannte ihnen nach.

„Etwas ist los", sagte Major. „Ich bin sicher, wir werden es später erfahren." Als sie die Seitentür erreichten, hielt er inne. „Ihr Hinken ist fast verschwunden. Fühlen Sie sich besser?"

„Viel besser. Eine Dusche und eine gute Nachtruhe haben Wunder gewirkt. Und zu wissen, dass Dolly in Sicherheit ist. Was ist mit Ihrer Schulter? Wo ist Ihre Schlinge?"

„Meine Schulter schmerzt noch, aber sie wurde steif. Ich habe Stuart die Schlinge zurückgegeben, damit er sie in seinen Rucksack packen kann."

Als sie in die Küche schlenderten, fragte Sandra: „Der zweite Topf ist gerade fertig. Noch mehr Kaffee? Wie möchten Sie Ihre Eier?"

„Spiegelei für mich", sagte Major.

„Für mich auch. Was machen die Kinder?", fragte der Richter.

„Eine geheime Mission. Zumindest hat Dolly das gesagt. Ich würde mir Sorgen machen, welche Streiche sie im Sinn haben, aber Rosalie hatte das Kommando. Scott ist gegangen, um den Ziegenstall zu überprüfen, und Aimee Louise und Stuart sammeln das Material für die Reparatur der Zäune."

Major zog einen Stuhl neben dem Richter heraus und setzte sich an den hölzernen Küchentisch. „Wenn wir langsam genug essen, Richter, werden die beiden die Reparaturen bereits beendet haben."

Sandra lachte, als sie ihre Teller servierte. „Ist das nicht die Wahrheit?" Sie setzte sich mit ihrem Kaffee zu ihnen an den Tisch. „Ich erwarte, dass der Strom irgendwann heute Vormittag angeschaltet wird. Es sind vier Tage vergangen. Der Strom war noch nie so lange aus, seit die Elektrizitätsgenossenschaften im letzten Jahr zusammengekommen sind und die rollende Welle der Elektrizität begonnen haben." Sandra runzelte die Stirn und rieb sich die Stirn. „Ich bin begierig darauf, mit der Wäsche zu beginnen, aber während ich warte, kann ich die Kleidung auf dem Dachboden durchgehen. Wenn Sie gegessen haben, schicken

Sie mir die Kleinen. Sie können mir helfen, und ich befreie Rosalie von der Geheimmissionspflicht."

Nachdem die Männer ihr Geschirr abgeräumt hatten, brachte Major den Wassereimer von der Seitenveranda herein, und der Richter ging, um Rosalie und die Kinder zu holen. Sandra goss Wasser in einen großen Topf auf dem Herd, um das Wasser für den Abwasch zu erwärmen. Als Major nach draußen ging, stürmten Rosalie und die Kinder in die Küche.

„Wurden Sie überrannt?", wartete Richter Rodney auf Major im Hof. „Fast."

Als die beiden Männer den Ziegenstall erreichten, sagte Scott: „Uns fehlt eine Ziege, Major. Wenn der Richter und ich unser Material sammeln, könnten Sie nach ihr suchen? Einer ihrer Lieblingsplätze ist die Südweide in der Nähe der Kühe des Nachbarn, aber sie wird zum Stall zurückkehren, wenn sie Sie sieht." Er lachte. „Sie weiß, dass sie nicht weglaufen und ihre Babys zurücklassen soll."

Stuart und die Mädchen beluden den Anhänger hinter dem Traktor mit Zaunbrettern, Pfosten, Draht und Werkzeugen.

Stuart blickte zu den Mädchen. „Ich bin froh, dass ihr der Farmregel des Majors folgt und eure Pistolen in euren Holstern für die heutige Arbeit außerhalb des Hauses tragt, aber Rosalie, ich würde mich wohler fühlen, wenn du auch dein Gewehr mitnehmen würdest."

Rosalie rannte zum Haus und kam mit ihrem Gewehr und einer braunen Papiertüte zurück. „Ms. Sandra meinte, wir könnten einen Snack brauchen. Ich glaube, sie hat Sandwiches und Zimtschnecken eingepackt."

Stuart lachte. „Das ist meine Mutter. Aimee Louise, willst du den Traktor fahren? Ich dachte, wir fangen in der südwestlichen Ecke an und gehen zuerst entlang der Straße bis zur Auffahrt."

Aimee Louise sprang auf den Sitz und startete den Motor, während Stuart und Rosalie in den Anhänger kletterten.

„Fertig", rief Stuart über den Lärm hinweg. Als Aimee Louise abbog, um über das Feld zu fahren, fragte Stuart: „Wollt ihr fahren oder laufen? Das Feld wird holprig sein."

„Ich will laufen", sagte Rosalie. „Aimee Louise kann schneller fahren, wenn wir nicht im Anhänger sind."

„Dann los."

Sie sprangen heraus und rannten zur entfernten Ecke, und Aimee Louise beschleunigte.

Rosalie schlug Stuart bis zum Pfosten und drehte sich um ihre eigene Achse, als er die letzten Meter lief. „Ich schätze meine Baseballkappe, Stuart. Es wird nicht mehr lange dauern, bis es hier draußen heiß wird."

Als Stuart sie erreichte, beugte er sich vor, um Atem zu holen, und nickte. *Kein Wettrennen mehr mit Rosalie.*

Nachdem sich sein Atem wieder normalisiert hatte, sagte er: „Der Eckzaunpfosten steht fest im Boden und ist gerade; alles, was wir hier tun müssen, ist herauszufinden, wo der Draht durchgeschnitten ist."

Rosalie trabte entlang der Zaunlinie. „Hab's gefunden."

Die drei begannen mit den Reparaturen, und bis zum Mittag hatten sie die Auffahrt erreicht.

„Gehen wir weiter die Auffahrt runter?", fragte Rosalie.

„Wir haben nur noch ein paar Meter Zaun zu reparieren. Wollt ihr entlang des Nordfelds schauen, ob es Abschnitte gibt, die wir reparieren müssen?"

„Erst eine Wasserpause", sagte Aimee Louise.

Die drei setzten sich auf die Rückseite des Anhängers und leerten ihre Wasserflaschen, dann packte Rosalie ihr Gewehr und ging durch die Bäume zum Nordfeld.

Stuart zog ein Zaunbrett vom Anhänger, und Aimee Louise hielt es fest, während er eine Seite an den Eckpfosten nagelte. Als er die andere Seite fertig genagelt hatte, tippte Aimee Louise ihm auf den Arm und zeigte nach Süden. Ein von einem Maultier gezogener Wagen bewegte sich auf der Straße auf sie zu.

„Lauf und finde Rosalie, und ihr beide bleibt in den Bäumen versteckt", sagte Stuart, während er sich zur Nordseite des Traktors bewegte.

Stuart verengte die Augen, als der Wagen seinen Weg zur Farm fortsetzte.

„Gefahr", rief Aimee Louise aus den Bäumen hinter ihm.

„Dachte ich mir. Danke", sagte Stuart, ohne sich umzudrehen.

Der Mann verlangsamte sein Maultier und hielt am Eingang der Auffahrt an.

„Hallo, Nachbar. Ich lebe gleich die Straße hoch. Hast du etwas zu tauschen für etwas Wildfleisch? Habe gestern gerade eine große alte Hirschkuh geschossen und zerlegt, und die Kinder könnten etwas Milch gebrauchen, oder vielleicht hast du etwas Munition oder alte Gewehre, die du gegen etwas Fleisch tauschen könntest."

Sein gezwungenes Lächeln enthüllte zerbrochene, verfärbte Zähne, und die Insektenstiche in seinem Gesicht, das zerrissene Hemd und die schmutzigen Hände deuteten auf eine längere Reise hin als seine behauptete Straße hoch. „Ich trage es für dich zum Haus." Er klickte mit den Zähnen und zog an den Zügeln, um das Maultier am Eingang der Auffahrt zu wenden.

„Halt genau da, Kumpel. Klapp die Plane auf dem Wagen hoch und zeig mir, was hinten drin ist."

Das Gesicht des Mannes rötete sich. „Nennst du mich einen Lügner? Du kannst nicht so mit mir reden. Meine Kinder sind hinten in diesem Wagen. Ich habe versucht, nachbarschaftlich zu sein."

Er griff unter seinen Sitz, zog eine Pistole hervor und schwenkte sie. „Geh mir aus dem Weg."

Ein Schuss ertönte, das Maultier bockte, und der Mann schrie auf und hielt seine Hand, während seine Pistole in den Graben flog. Ein anderer Mann sprang mit einem Gewehr aus dem hinteren Teil des Wagens, und Stuart schoss ihm in die rechte Schulter.

„Verschwinde von hier und komm nicht wieder", knurrte Stuart.

Der Fahrer schlug mit den Zügeln. Der Mann auf der Straße ließ sein Gewehr fallen und sprang in den hinteren Teil des Wagens, als das Maultier nach vorne stürzte und dann zu rennen begann. Stuart starrte dem Wagen nach, bis er außer Sicht war, ging dann zur Straße und hob das Gewehr auf. Er blieb am Graben stehen und trat gegen die Pistole.

„In Ordnung rauszukommen?", rief Rosalie.

„Ja", sagte Stuart, als die Mädchen aus dem Wald traten. Rosalie trug ihre Baseballkappe mit dem Schirm nach hinten.

Stuart hob seine Augenbrauen. *Sie ist ein Naturtalent.* „Das war ein erstaunlicher Schuss. Er hat seine Pistole verloren, und ich wette, der Schmerz in seinen Fingern wird eine ganze Weile anhalten."

„Dead Eye Red", sagte Aimee Louise. „Das sagt Josh."

Stuart schüttelte den Kopf. „Josh hat Recht. Lass uns die Zäune fertig machen. Ich werde mit meinem Vater sprechen, aber ich denke, wir werden vor unserer Abreise morgen früh einen Baum über die Auffahrt fällen."

Nachdem sie den kurzen Zaunabschnitt entlang der Auffahrt fertig gestellt hatten, sagte Rosalie: „Das Nordfeld ist in Ordnung. Es gibt einen weiteren Abschnitt entlang der Auffahrt, näher am Haus. Sollen wir die Zaunlinie der Südweide überprüfen?"

„Ja, macht das. Ich werde den Traktor zum nächsten Reparaturabschnitt bringen."

Stuart beschattete seine Augen und schüttelte den Kopf, als Aimee Louise und Rosalie über das Feld vor dem Haus zur Südweide rannten. *Erstaunlich, wie sie im Tandem laufen.*

Stuart drehte den Traktor und Wagen um und fuhr zum nächsten Abschnitt entlang der Auffahrt. Major traf ihn, als er den Traktormotor ausschaltete.

„Wir haben zwei Schüsse gehört", sagte Major.

„Wir haben einige unerwünschte Besucher verjagt. Das erste Mal, dass ich Dead Eye Red in Aktion gesehen habe. Sie ist gut. Der andere Schuss war meiner", sagte Stuart. „Ich glaube nicht, dass sie zurückkommen werden, aber es werden andere kommen. Wir sollten vielleicht einen oder zwei Bäume über die Auffahrt fällen, bevor wir morgen früh abreisen."

„Klingt nach einer guten Idee. Glauben Sie, sie hatten etwas mit den Militärlastwagen zu tun?", fragte Major.

„Nein. Das waren minderwertige Verbrecher, die auf einen einfachen Überfall aus waren."

Major scannte die Gegend. „Wo sind die Mädchen?"

„Sie sind losgelaufen, um die Südweide zu überprüfen." Stuarts Mund wurde trocken. *War das ein Fehler? Ich hätte mit ihnen gehen sollen.*

„Da kommen sie." Major zeigte. „Kannst du mit ihnen mithalten, wenn sie so rennen? Sie übertreffen die geschmeidigsten Geparden, nicht wahr?"

„Wir gewinnen", sagte Aimee Louise, als sie und Rosalie vor Major zum Stehen kamen.

„Wir haben dich gesehen, Pops, und sind gerannt", sagte Rosalie. „Alle Zäune um die Südweide sind intakt."

„Nicht einmal außer Atem", murmelte Stuart.

„Ich werde beim Ziegenstall sein", sagte Major, während er die Auffahrt hinunterging.

„Wir haben diese letzten zwei Bretter zum Ersetzen", sagte Stuart, als er die gespaltenen Bretter abriss.

Aimee Louise und Rosalie hielten ein Zaunbrett an Ort und Stelle, während Stuart es an den Zaunpfosten befestigte. Als sie das zweite Brett hochhielten, fragte Rosalie: „Was machen wir als Nächstes?"

„Hier ist ein schattiger Platz", sagte Stuart, nachdem er das letzte Brett befestigt hatte. „Lass uns zu Mittag essen, dann können wir die Werkzeuge wegräumen. Ich möchte den Traktor überholen, bevor ich das Feld für Papa pflüge."

„Nein", sagte Aimee Louise.

Stuart starrte Aimee Louise an. *Nein, was?*

Er schaute zu Rosalie, und sie zuckte mit den Schultern. Er runzelte die Stirn in Richtung des Traktors und blickte die Auffahrt hinauf. „Das Feld. Du sprichst vom Feld. Ich kann den Abschnitt östlich der gepflanzten Bäume grubbern, aber nicht die Westseite, die an die Straße grenzt. Ist es das, Aimee Louise?"

„Ja", sagte sie.

„Brillant." Stuart hob seine Hand, und Rosalie klatschte ein High-Five, dann kopierte Aimee Louise Rosalie.

Nachdem sie gegessen hatten, fuhr Aimee Louise den Traktor zur Scheune, und Stuart koppelte den Anhänger ab. Rosalie fragte: „Ist es okay, wenn ich gehe? Ich möchte Ms. Sandras Garten fertig jäten."

„Klar. Wir können uns hier um die Dinge kümmern", sagte Stuart.

„Danke." Rosalie eilte zum Garten.

Stuart und Aimee Louise trugen die Werkzeuge in die Werkstatt und verstauten dann den Draht und das Holz. Stuart sprang auf den Traktor und fuhr zur Südweide. Aimee Louise schloss sich Rosalie im Garten an, um das Jäten zu beenden, dann rannten sie zur Weide. Stuart stoppte den Traktor und schaltete den Motor aus.

„Wir denken, du kannst schneller arbeiten, wenn du dir keine Sorgen machen musst, dass sich jemand anschleicht. Wir werden deine Wachposten sein. Aimee Louise wird in Bewegung bleiben, wo du sie sehen kannst, und ich werde in den Kiefern sein."

„Danke. Ich kann viel schneller arbeiten, wenn ihr beide Wache haltet." Stuart fuhr weiter zur Südweide und lächelte. *Ich habe furchterregende Schutzengel.*

Nachdem Stuart das Feld fertiggestellt hatte, fuhr er zur Scheune, und die Mädchen rannten zum Haus.

Major wartete auf Stuart in der Scheune. Er atmete aus, als die Mädchen zum Haus stürmten. *Das macht es einfacher ohne die Mädchen hier. Ich weiß nicht, wie Stuart das aufnehmen wird.*

Nachdem Stuart die Scheibe abgehängt und den Traktor geparkt hatte, sagte Major: „Stuart, wir haben eine Komplikation. Brandon hat einen Husten und hohes Fieber. Sandra möchte, dass du zu mir ziehst. Scott desinfiziert alle Feldbetten. Sandra plant, Dolly und Henry zusammenzulegen und die Mädchen auf Feldbetten im Wohnzimmer. Sie sagt, sie möchte uns von jeder Krankheit isolieren. Eine andere Option, die wir haben und die die Dinge für deine Eltern vereinfachen würde, ist, nach dem Abendessen abzureisen und die ganze Nacht zu reisen. Heute Nacht ist Vollmond, und der Himmel ist klar. Könnte sogar besser sein als eine Tagesreise."

„Wenn Dad mit dem, was wir heute geschafft haben, zufrieden ist, habe ich kein Problem damit, heute Abend abzureisen. Farmarbeit hört nie auf, aber ich mache mir keine Sorgen um sie, wie ich es tat, bevor wir hierherkamen. Dad hat sich aufgerafft, und sie haben den Richter, der ihm hilft."

„Ich musste wissen, was du denkst. Klingt, als wären wir uns einig. Lass uns mit ihnen reden."

Die beiden Männer gingen zum Haus, und Aimee Louise, Rosalie und Shadow trafen sie draußen.

„Wir haben gepackt", sagte Rosalie. „Wir sind bereit zu gehen, wann immer du sagst."

Major schüttelte den Kopf. *Die beiden sind mir immer einen Schritt voraus.*

Als Major und Stuart das Haus betraten, sagte Sandra: „Wir müssen reden. Scott wird in einer Sekunde unten sein. Holt euch ein Glas Wasser und lasst uns ins Wohnzimmer gehen."

Scott kam die Treppe herunter. „Rodney bringt Brandon ins Bett und wird dann mit Henry und Dolly herunterkommen. Major, Sandra und ich denken, ihr wärt sicherer, wenn ihr eure Exposition gegenüber dem, was Brandon hat, begrenzt. Sandra glaubt, es ist eine Erkältung, aber wir sind vorsichtig. Wenn ihr früh am Morgen oder sogar heute abreisen könntet, wollten wir euch wissen lassen, dass wir zurechtkommen werden."

Rodney kam die Treppe herunter, und Henry und Dolly hüpften Stufe für Stufe hinter ihm her. Aimee Louise und Rosalie kamen ins Wohnzimmer.

„Es scheint, als wären wir alle zur gleichen Schlussfolgerung gekommen", sagte Major. „Solange wir genug für euch getan haben, um wieder auf die Beine zu kommen, würden wir gerne abreisen, sobald wir unsere Sachen zusammenpacken können. Aber wenn es die Dinge für euch erleichtern würde, wenn wir einen weiteren Tag oder sogar zwei bleiben würden, sind wir auch damit einverstanden."

„Scott und ich haben unsere Woche geplant", sagte Rodney. „Es gibt nichts, was ihr tun könntet, um es für uns einfacher zu machen."

„Es ist entschieden. Ich werde Sandwiches für euer Abendessen einpacken und Kekse für einen Snack spät in der Nacht", sagte Sandra. „Ich würde es lieben, wenn ihr ein paar Wochen bleiben könntet, aber eure Familie zu Hause hätte vielleicht etwas dazu zu sagen." Sie lächelte.

„Wirst du bleiben, Rosalie?", fragte Dolly.

„Nein, ich muss nach Hause. Ich habe auch dort Aufgaben zu erledigen."

„Ich bin der Experte im Gartenjäten", sagte Henry. „Mama Sandra hat das gesagt. Das ist jetzt meine Aufgabe."

„Meine Aufgabe ist es, die Veranda zu fegen", sagte Dolly. „Ich habe es beim ersten Mal gut gemacht, oder?"

„Ihr zwei habt heute großartige Arbeit bei euren Aufgaben geleistet." Sandra strahlte.

„Dann lasst uns an die Arbeit gehen", sagte Major. „Ich würde gerne mit Brandon sprechen, bevor wir abreisen, um ihm zu sagen, wie tapfer er war. Kommen Sie mit, Richter?"

„Natürlich."

„Wir helfen Ms. Sandra, unser Abendessen und unseren Snack vorzubereiten", sagte Rosalie.

„Und ich. Ich werde auch helfen, und Henry auch", fügte Dolly hinzu.

Scott hielt Major auf, bevor er die Treppe hinaufging. „Major, ich muss mit Ihnen, Rodney und Stuart sprechen, nachdem Sie mit Brandon gesprochen haben. Treffen Sie uns an der Scheune?"

Major klopfte an die Schlafzimmertür. „Wie geht es dir, Brandon?"

Brandon hustete in seine Armbeuge, griff dann nach einem Taschentuch und putzte sich die Nase. „Mir geht es gut. Ich bin nur ein bisschen krank."

„Zeig mir deine Hände." Brandon hob die Handflächen, drehte sie dann um, um Major die Handrücken zu zeigen.

Kein Ausschlag. „Wir werden bald abreisen. Ich wollte dir sagen, wie tapfer du warst. Du hast dich und Henry beim Tornado gerettet, das Radio bedient und Henry ruhig gehalten. Nur wenige Erwachsene wären in der Lage gewesen zu tun, was du getan hast. Du bist ein echter Held, Brandon." Major salutierte Brandon, und mit großen Augen erwiderte Brandon den Gruß und nieste dann in sein Taschentuch.

KAPITEL SECHS

Als Major und der Richter in der Scheune ankamen, saß Scott auf einem Heuballen und Stuart organisierte Werkzeuge. Der Richter setzte sich auf einen Ballen neben Scott, und Stuart stellte sich neben Major, der sich gegen einen alten Stall lehnte.

„Ich wollte vor Sandra oder den Kindern nichts sagen, aber mit dem Strom stimmt etwas nicht", sagte Scott. „Lange Geschichte, aber Farmer und ihre Familien aus der ganzen Umgebung erhielten vor sechs Monaten Einladungen zu einem kostenlosen, schicken Abendessen. Wie zu erwarten, war es eine gut präsentierte Verkaufsveranstaltung: überzeugend und geschickt. Als wir erkannten, dass die revolutionäre Nutzpflanze, die sie allen zum Anbauen empfahlen, Sonnenblumenwurzel, eigentlich Topinambur war, hätten sich einige von uns fast an unserem Kaffee verschluckt. Sie behaupteten, die Regierung zahle Farmern im Westen dafür, Sonnenblumenwurzel anzubauen, und diese Farmer seien verzweifelt auf der Suche nach Setzlingen, die nur im Süden wachsen. Ihre schicken Grafiken und Diagramme zeigten, dass Sonnenblumenwurzel einen bemerkenswerten Nährwert hat und die hungernden Menschen in den Städten retten wird."

Major runzelte die Stirn. „Von dem, was ich über den Topinambur-Hype von vor dreißig und mehr Jahren erinnere, stimmt nichts davon. Damals war es eine Art Schneeballsystem, nur schlimmer.

Die Veranstalter verkauften die ersten Setzlinge und verdienten viel Geld. Die ersten Farmer, die die Setzlinge kauften, machten einen ordentlichen Gewinn, indem sie Topinambur-Setzlinge an andere Farmer verkauften, aber das Angebot überstieg schnell die Nachfrage, weil es niemanden gab, an den man verkaufen konnte, außer anderen Farmern. Die vorhergesagte Welle der Verbrauchernachfrage trat nie ein. Das Schlimmste war, dass der Topinambur eine invasive Knolle war, und es war praktisch unmöglich, die Felder davon zu befreien, um andere Nutzpflanzen anzubauen."

„So haben wir das auch in Erinnerung. Mein Vater erzählte mir von Farmern, die Herbizide einsetzten und dann ihre Felder abbrannten, um ihn loszuwerden. Einige von ihnen konnten zwei Jahre lang nichts anpflanzen. Farmer stellten ihre Höfe zur Versteigerung, aber die Schwemme an verfügbaren Farmen drückte den Preis."

„Ich verstehe nicht", sagte Stuart. „Was hat das mit Elektrizität zu tun?"

„Eine Gruppe von uns aus der ganzen Gegend traf sich nach diesem knallharten Verkaufstreffen und beschloss, abzuwarten. Andere Farmer stiegen ein und kauften Topinambur-Setzlinge. Unsere Gruppe traf sich erneut kurz bevor ich stürzte. Ein Farmer hatte einen Bruder, der zur Topinambur-Gruppe gehörte. Der Bruder hatte, was er als Prioritätsstatus für Elektrizität bezeichnete, solange er Topinambur anbaute und jedes Quartal mindestens drei weitere Farmer davon überzeugte, Topinambur anzubauen. Er wollte, dass sein Bruder ihm hilft, mehr Anbauer zu rekrutieren. Wer würde nicht gerne hungernde Menschen ernähren und garantierten Strom haben?"

„Und ausgebrannte Felder und kein Einkommen." Rodney schüttelte den Kopf.

„Ich denke, der Zugang zu Elektrizität ist die Bestrafung oder Belohnung, und es ist kein Zufall, dass unsere Zeiten zwischen den Ausfällen zunahmen. Bin noch nicht sicher, was wir dagegen tun können. Unsere Gruppe wird sich später diese Woche treffen."

Rodney runzelte die Stirn. „Steht das in Zusammenhang mit der Erpressung?"

„Ich würde es nicht denken, aber es gibt keine Möglichkeit, das zu sagen", sagte Major. „Was meinst du, Scott?"

„Ich stimme zu. Schwer zu sagen. Ich weiß, dass ihr losfahren müsst, aber ich habe gute Neuigkeiten. Aimee Louise hat mir ihr Handfunkgerät gegeben", sagte Scott. „Sie ist eine talentierte Lehrerin, wusstet ihr das? Sie hat mir erklärt, wie man es benutzt und sichergestellt, dass ich es verstanden habe. Lokale Funkamateure werden beim Treffen sein, und ich werde mit ihnen darüber sprechen, eine Kommunikationsgruppe für uns einzurichten. Sie sagte, sie könnten Nachrichten zu ihr durchgeben. Ich habe alle Informationen."

„Wow", sagte Stuart. „Aimee Louise spricht nicht mit vielen Leuten. Ich wusste immer, dass du großartig bist, Dad."

„Nur ein alter Hund, der bereit ist, einen neuen Trick zu lernen." Scott lächelte. „Das war alles, was ich hatte. Ihr müsst aufladen und losfahren. Rodney und ich können die Bäume fällen, nachdem ihr weg seid. Kein Grund, euch damit aufzuhalten. Rodney braucht sowieso die Übung."

„Auf jeden Fall. Ich kann ein Urteil fällen, aber meine Baumfähigkeiten brauchen Arbeit."

„Bist du sicher?", fragte Stuart.

„Wir kommen klar, Sohn. Danke."

„Du fährst bis zur Dunkelheit, Aimee Louise, dann wechseln wir uns ab", sagte Major, als sie das Beladen des Lastwagens beendeten. Nach Umarmungen und Winken startete Aimee Louise den Motor des Lastwagens, und dann fuhren sie los.

„Ich fühle mich, als würde ich meine Familie verlassen", sagte Rosalie. „Wenn Dolly rote Haare hätte, wäre sie mein Mini-Ich, nicht wahr?"

Major kicherte. „Ich habe mehr als einmal dasselbe gedacht."

Er blickte zu Aimee Louise. „Scott sagte, du hast ihm dein Handgerät gegeben. Ich habe nicht daran gedacht. Danke."

„Ich werde mir nicht so viele Sorgen um sie machen. Danke, Aimee Louise." Stuart lehnte sich in seinem Sitz zurück und schloss die Augen.

Shadow kuschelte sich an Rosalie, und sie streichelte seinen Rücken.

Nachdem Aimee Louise nach Süden abgebogen war, sagte Major: „Lass uns auf dieser Nebenstraße bleiben, bis wir in die Nähe einer Stadt kommen. Wenn es keine Straßensperren gibt, reisen wir so weit wie möglich entlang der Küste, bevor wir nach Osten abbiegen."

Als die Sonne unterging, blickte Major zu den schlafenden Insassen auf der Rückbank. „Wenn es dunkel wird, halte an, wenn du eine breite Stelle siehst, Aimee Louise. Wir sollten so viel Tageslicht wie möglich nutzen. Wir werden eine kurze Pause einlegen und dann die Fahrer wechseln und während der Fahrt essen."

Nach Einbruch der Dunkelheit hielt Aimee Louise am Seitenstreifen an, und Stuart und Rosalie setzten sich auf. „Der Seitenstreifen ist hier breit", sagte Aimee Louise.

„Wir werden eine kurze Pause einlegen, dann können Rosalie und Aimee Louise die Plätze tauschen. Ich werde eine Weile fahren", sagte Major.

Nachdem alle wieder in den Lastwagen geklettert waren, fuhr Major los, und Aimee Louise verteilte Sandwiches und süßen Tee.

„Frau Sandra sagte, wir müssten uns an Georgia Sweet Tea erinnern", sagte Aimee Louise. „Sie hat mir beigebracht, wie man ihn macht, damit wir ihren süßen Tee haben können, wann immer wir wollen."

„Ich liebe den süßen Tee meiner Mutter." Stuart nahm einen großen Schluck von seinem Getränk. Er lehnte sich über den Vordersitz und kniff die Augen zusammen. „Liegt da vorne etwas auf der Straße?"

Major verlangsamte. „Könnte ein Baumstamm sein?"

„Du hast Platz, um es auf dem linken Seitenstreifen zu umfahren, Pops", sagte Aimee Louise.

„Haltet euch fest, alle, und bleibt aufmerksam."

Major fuhr direkt auf das Objekt zu, und als er auf die Gegenfahrbahn wechselte und auf den linken Seitenstreifen zusteuerte, huschte es von der Straße. Major fuhr weiter auf der Gegenfahrbahn und kehrte dann auf seine Fahrspur zurück.

Er schüttelte den Kopf. „Das habe ich nicht erwartet."

„Was war das? Ein Alligator?", fragte Rosalie.

„Ich glaube schon", sagte Stuart. „Zumindest wird er uns nicht hinterherjagen."

„Was hat er mitten auf der Straße gemacht?", fragte Rosalie. „Sich auf dem Asphalt gewärmt?"

„Ich weiß nicht, aber ich bin froh, dass er nach rechts gerannt ist und nicht vor uns", sagte Major.

Nach einer weiteren Stunde sagte Aimee Louise: „Lichter am Himmel rechts."

„Das ist seltsam", sagte Major. „Ich bin es nicht gewohnt, so viele Lichter zu sehen. Wie nah sind wir, was meinst du?"

Stuart starrte aus seinem Fenster. „Nicht nah genug, um zu sehen, was es ist, aber wir könnten auf Verkehr stoßen, der es verlässt oder dorthin fährt. Erinnert mich an einen großen Mastbetrieb oder eine Geflügelfarm. Das kann es aber nicht sein, oder?"

Als sie sich dem Grundstück näherten, flackerten die Lichter, wurden schwächer und erloschen dann. „Das macht es noch rätselhafter", sagte Stuart.

„Ich werde beschleunigen, um daran vorbeizukommen", sagte Major. „Sagt mir Bescheid, wenn ihr Bewegung seht."

Nachdem sie das Gebiet passiert hatten, bewegte Major seine Finger, um die Muskeln zu entspannen. *Hatte das Lenkrad ganz schön fest im Griff.*

Als Major nach Süden fuhr, ging der Mond im Osten auf, und das blasse Licht warf unheimliche Schatten auf die umliegende Landschaft. Er blickte über ein Feld und starrte auf einen Traktor in der Nähe eines Zauns. „Haltet Ausschau. In diesen Schatten könnte alles sein."

„Vorne links", sagte Stuart. „Ist das ein Lastwagen im Graben?"

Major nahm seinen Fuß vom Gaspedal und verlangsamte den Lastwagen.

„Hältst du an, Pops?", fragte Rosalie.

„Ja. Rutsch hinters Steuer, wenn ich aussteige. Achte auf Stuarts Signal, an uns vorbeizufahren." Major verlangsamte und parkte. „Stuart, du nimmst die rechte Seite. Aimee Louise, deck mich."

Als er langsam aus dem Lastwagen stieg, folgte ihm Aimee Louise, und Stuart begab sich zum Graben auf der rechten Straßenseite. Major bewegte sich am linken Seitenstreifen entlang, und Aimee Louise hielt Abstand, während sie sich in den Schatten der Bäume bewegte.

Major begutachtete den Lastwagen, als er sich näherte. *Vorderseite ist im Graben. Rechte Reifen sind auf dem Seitenstreifen; der linke hat sich in den Graben gegraben.* Er lauschte. *Motor ist aus.* Als er das Heck des Lastwagens erreichte, legte er seine Handfläche auf das Auspuffrohr. *Noch warm.* Er untersuchte die offene Ladefläche des Pickups und spähte in die Fahrerkabine. *Niemand zu sehen.* Er betrachtete den Wagen und spannte sich an. *Zwei Einschusslöcher in der Beifahrertür.* Er duckte sich, näherte sich der Fahrerkabine, hielt seine Mütze am Fenster hoch und erhob sich dann, um die Kabine zu überprüfen. *Leer.*

Er ging um die Vorderseite des Lastwagens herum. Der linke Vorderreifen steckte tief im Graben, und die weiche Erde verbarg die vergrabene Vorderstoßstange.

„Hier", rief Aimee Louise.

Major eilte zur Baumgrenze am Heck des Lastwagens, wo Aimee Louise neben einem Mann kniete. Sie half dem Mann, sich aufzusetzen, und er sagte: „Hey, Major. Ein Engel hat mich gefunden."

„Was ist passiert, Phil?"

„Ein Lastwagen mit ausgeschalteten Scheinwerfern kam hinter mir her und rammte mich. Ich habe ihn nicht einmal kommen sehen. Ich weiß, dass er mich gesehen hat, denn ich hatte meine Scheinwerfer an. Ich stieg aus, um zu sehen, wie groß mein Schaden war, aber als sie zurücksetzten und auf meinen Lastwagen schossen, verstauchte ich meinen Knöchel, als ich in den Graben sprang. Ich hielt den Atem an, bis sie davonrasten."

„Ich denke, wir können den Laster herausziehen. Kannst du fahren?"

„Ja. Es ist mein linker Knöchel. Hast du eine Ahnung, wer sie waren? Ich war beim Mastbetrieb und habe dort einen Anhänger abgeliefert. Sie müssen Tiere in kleinem Maßstab transportieren. Sie fahren ihren Betrieb herunter, wenn die Lichter schwächer werden, um ihr Elektrosystem nicht zu belasten. Habt ihr ihre Lichter gesehen?"

„Als wir uns ihnen näherten, gingen ihre Lichter aus. Ich war mir nicht sicher, warum, aber jetzt ergibt es Sinn."

Aimee Louise kam mit Stuart zurück.

Major lächelte. *Sie denkt immer mit.*

„Stuart, ich denke, wir können diesen Laster herausziehen. Gib Rosalie ein Zeichen, dass sie den Truck vor Phil's bringen soll, und hol die Abschleppgurte aus dem Kofferraum."

Nachdem Rosalie den Lastwagen positioniert hatte, kletterte Aimee Louise auf den Fahrersitz. Rosalie und Shadow gesellten sich zu Phil, um den Vorgang zu beobachten. Major und Stuart befestigten die Gurte und begutachteten Phils Lastwagen. Stuart entfernte Erde, um eine Spur für den linken Vorderreifen zu schaffen, dann glitt Major in Phils Lastwagen.

„Alles bereit?", fragte Stuart.

Major startete die Zündung, und Stuart gab Aimee Louise ein Zeichen, nach vorne zu fahren, um die Gurte zwischen den Fahrzeugen zu straffen.

Auf Stuarts Signal hin zog Aimee Louise in einem langsamen, gleichmäßigen Tempo geradeaus und holte Phils Lastwagen sanft aus dem Graben auf den Seitenstreifen. Stuart signalisierte ihr anzuhalten, dann bewegte Major Phils Lastwagen vorwärts. Als die Gurte erschlafften, löste Stuart sie.

Phil stützte sich auf Rosalies Arm, als er zu seinem Lastwagen humpelte. „Das war geschickt anzusehen. Danke, Major."

„Froh, dass wir helfen konnten. Hast du etwas über diese neue Nutzpflanze, Sonnenblumenwurzel, gehört?"

„Ich habe eine Einladung zum Abendessen nächste Woche erhalten. Klingt, als wäre es eine Gelegenheit für unsere lokalen Bauern, aus dem finanziellen Loch zu kommen."

„Es ist ein geschickter Deal, aber es ist ein Betrug. Es ist der alte Topinambur neu erfunden."

„Topinambur? Danke für den Hinweis."

Nachdem Phil mit Stuarts Hilfe in seinen Lastwagen geklettert war, sagte er: „Ich treffe euch unten auf der Straße. Wir haben eine Straßensperre. Ich werde euch durchwinken."

Während Stuart die Gurte neu wickelte und sie auf die Ladefläche warf, sprangen Rosalie und Shadow auf den Rücksitz, und Major kletterte auf den Beifahrersitz. Nachdem Stuart eingestiegen war, beschleunigte Aimee Louise.

„Glaubst du, das war die Gruppe mit dem Militärlaster?", fragte Stuart.

„Ich hoffe es", sagte Major. „Ich würde ungern denken, dass noch eine andere Gruppe von Fanatikern herumfährt und auf Leute schießt."

Stuart schnaubte.

Major lächelte. *Punkt für Stuart. Er versteht meinen Humor.*

Als sie die Straßensperre erreichten, verlangsamte Aimee Louise, hielt an und ließ ihr Fenster herunter.

„Da ist sie." Phil stützte sich auf die Straßensperre. „Das ist der Engel, der mich gefunden hat. Passt auf euch auf, Major. Erinnerst du dich an Fred, der früher mit mir die Straßensperre bedient hat? Es geht ihm nicht gut. Seine Frau macht sich Sorgen."

Er winkte sie durch, und Aimee Louise beschleunigte an der Straßensperre vorbei.

Fast vergessen, dass es eine Krankheit gibt. Noch etwas, worüber man sich Sorgen machen muss. Major rieb seinen Nacken und blickte dann auf die Landschaft. „Wir werden vor Tagesanbruch zu Hause sein. Toi, toi, toi." Er klopfte auf das Armaturenbrett und lehnte sich dann in seinem Sitz zurück.

Major schloss die Augen und entspannte sich. Er wachte auf, als Aimee Louise sagte: „Plainview."

„Ich wusste nicht, dass ich schlief, bis du gesprochen hast." Stuart lehnte sich über den Sitz.

Major streckte seinen Rücken und blickte zu Rosalie, die gähnte.

„Scheint, als hätten wir alle ein Nickerchen gemacht. Danke fürs Fahren, Aimee Louise."

Sie verlangsamte, als sie sich der Straßensperre von Plainview näherte. Brad, ein weiterer Deputy des Sheriffs, schlenderte zum Lastwagen, als Aimee Louise anhielt. „Habe den Laster nicht gleich erkannt. Was ist mit euch passiert?"

„Welches Mal?", fragte Stuart, und Rosalie kicherte.

„So schlimm? Ruht euch etwas aus." Brad winkte sie durch. „Ich erwarte Geschichten."

„Wir haben zwei Stunden, um etwas Schlaf zu bekommen, bevor die Sonne aufgeht", sagte Major. „Stuart, willst du, dass wir dich absetzen, oder willst du auf unserem Sofa schlafen?"

„Ich schlafe bei euch. Es macht keinen Sinn, zwei Haushalte zu stören", sagte Stuart.

„Klug", sagte Rosalie. „Keine Babys, die in unserem Haus geweckt werden können."

Als Aimee Louise in die Hofeinfahrt einbog, winselte Shadow und drückte sich gegen Rosalie. Major stöhnte, als er die Autotür öffnete und ausstieg, um das Tor zu öffnen. „Steif von all der Fahrt. Fahrt schon mal vor; ich werde gehen. Parkt den Laster in der Nähe des Hintereingangs."

Shadow bellte kurz. Rosalie öffnete die Tür, und er sprang über sie und gesellte sich zu Major am Tor. Als Aimee Louise die Einfahrt hinunterfuhr, rannte Shadow voraus und wartete an der Scheune, während sie parkte. Major verschloss das Tor und blickte auf den hellen Mond, der über den Himmel nach Westen gewandert war. Eine leichte Brise aus dem Süden strich über die Baumkronen. *Gut, zu Hause zu sein.*

Als Major das Haus erreichte, wartete der Sheriff auf der Veranda mit der Kaffeekanne und Tassen.

„Wir können morgen früh ausladen", sagte Major. „Ihr Mädels ruht euch aus. Ich weiß, dass du es brauchst, Aimee Louise."

„Komm, Aimee Louise. Wir können ausschlafen, oder ich schaue mit dir den Sonnenaufgang an", sagte Rosalie.

„Stuart, es gibt ein Ersatzbett im Zimmer der Jungen. Sie sind Tiefschläfer. Du kannst dich nach oben schleichen, wenn du ein Nickerchen machen möchtest", sagte der Sheriff.

Nachdem die jüngere Gruppe gegangen war, goss der Sheriff zwei Tassen Kaffee ein. „Wie lief es? Was ist mit dem Lastwagen passiert?"

„Hoffe, ich muss es nicht noch einmal machen." Major nippte an seinem Kaffee und erzählte dem Sheriff von den Militärlastwagen, dem Richter, Brandon, Henry, der Krankheit, Topinambur und dem Tornado.

„Was wirst du deiner Frau erzählen?"

Major trank seinen Kaffee aus und hielt seine Tasse für mehr hin. „Sandra ist eine talentierte Köchin."

„Du suchst nach Ärger, nicht wahr?" Sheriff füllte ihre Tassen nach, als seine Frau, Molly, nach draußen trat. Ihr lockiges, dunkelblondes Haar umrahmte ihr rundes Gesicht.

Als sie lächelte, funkelten ihre blauen Augen, und ihre Grübchen saßen auf ihren Wangen. „Froh, dass du zurück bist, Major."

Sie schaute auf die Kanne in Sheriffs Hand. „Gieß mir eine Tasse ein, oder ist deine Kanne leer? Ich habe eine andere, die auf dem Herd köchelt."

Sheriff goss den Rest des Kaffees in Mollys Tasse und nahm die leere Kanne mit hinein.

Sie verengte ihre Augen. „Wie hast du deine Schulter verletzt, Major?"

„Woher weißt du das?", Major riss die Augen auf.

„Du schonst sie." Molly deutete auf seine Tasse. „Und du trinkst nie Kaffee mit deiner linken Hand."

„Ich habe meine Schulter verletzt, als der Tornado traf."

„Tornado? Ist das mit dem Lastwagen passiert? Wurde sonst jemand verletzt?"

„Nein."

„Du solltest deine Erzählfähigkeiten verbessern, bevor Vanessa aufsteht. Deine Frau ist Anwältin."

„Ich brauche mehr Kaffee", sagte Major.

„Bleib sitzen. Du siehst erschöpft aus. Sheriff bringt die frische Kanne, und ich hole eine Tasse für Herrn Young. Die Lichter seines Trailers sind an. Er und ich trinken jeden Morgen zusammen Kaffee, bevor alle anderen aufstehen. Wir nennen es unsere Erwachsenenzeit."

Sheriff trug die Kaffeekanne und eine zusätzliche Tasse nach draußen. Er reichte Molly die Tasse, bevor sie die Tür erreichte. „Hier ist Herrn Youngs Tasse, Molly."

Er füllte Majors Tasse und seine eigene nach und stellte die Kaffeekanne neben Mollys Stuhl. „Major und ich werden einen Spaziergang machen."

Sheriff und Major schlenderten zur Scheune. Unterwegs sagte Sheriff: „Ich könnte ein Problem haben."

Sie setzten sich auf die Bank vor der Scheune. Major starrte in den Himmel im Osten. Der Himmel hatte sich am Horizont aufgehellt. *Aimee Louise wird bald aufwachen, um auf den Sonnenaufgang zu warten.*

„Vor ein paar Wochen erzählte mir Pete vom Diner in der Stadt, dass zwei Typen, die er nicht kannte, am Tauschtisch auftauchten und über die Zusammenarbeit mit der Strafverfolgung sprachen. Ihr Gespräch erregte seine Aufmerksamkeit, weil es ein seltsames Thema war", sagte der Sheriff. „Er und ich kamen zu dem Schluss, dass die Fremden über das Sheriffs-Netzwerk sprachen, das wir in unserer Region haben. Dann vor zwei Tagen fand ich einen Zettel unter dem Scheibenwischer meines Streifenwagens, auf dem stand, dass die Gesundheit meiner Familie von meiner Kooperation abhänge. Gestern fand Josh ein Stück Papier, das am Pfosten des Einfahrtstors angenagelt war. Darauf stand *Kooperiere. Halte sie sicher.*"

Sheriff stand auf und ging auf und ab, dann lehnte er sich gegen die Scheunentür, während er seinen Kaffee trank. „Ich war wütend, weil ich dachte, es sei ein Streich, der zu weit ging, aber jetzt, nachdem ich von den Jungen und dem Richter gehört habe, bin ich erschrocken. Ich werde es bei unserem wöchentlichen Sheriffs-Netzwerkanruf heute Morgen ansprechen."

Major runzelte die Stirn und rieb sein Kinn. „Wir können unsere Sicherheit für die Kinder verstärken. Wir müssen alle auf die Bedrohung aufmerksam machen. Lass uns nach dem Frühstück ein Familientreffen abhalten, und wir können unsere Reise besprechen. Rosalie ist unsere beste Geschichtenerzählerin und wird mit Details einspringen. Wir müssen die Notizen, die du erhalten hast, nicht erwähnen, es sei denn, du möchtest es."

„Ich würde lieber bis nach meinem Gespräch mit den anderen Sheriffs warten", sagte der Sheriff.

Stuart schlenderte zur Scheune und hielt an der Tür inne. „Die Jungen rührten sich, also schlich ich nach unten. Molly und Herr Young sind auf der Veranda. Sie sagte mir, ich solle euch finden. Bin ich rausgeworfen?"

Sheriff kicherte. „Molly ist morgens nicht besonders subtil. Sie und Herr Young unterhalten sich jeden Morgen, bevor die Kinder aufstehen. Sie hat dich nur von der Veranda geworfen. Jetzt, da du hier bist, können wir über Sicherheit sprechen."

Sheriff erklärte die Bedrohungen. „Nach dem Familientreffen werde ich mit den anderen Deputies sprechen."

„Ich möchte, dass die lokalen Farmer auch von dem Topinambur-Betrug erfahren", sagte Major. „Ich werde den Betrug mit Herrn Young besprechen. Er könnte die Führung übernehmen, um die Nachricht zu verbreiten."

„Ich werde Sonnenblumenwurzel bei meinem Anruf erwähnen", sagte der Sheriff.

„Aimee Louise, Rosalie, die Kinder und ich können den Laster entladen", sagte Stuart.

„Wir haben gerade unsere Pläne ohne Rosalie entwickelt. Was haben wir wohl vergessen?", fragte Major, als er sich Stuart an der Tür anschloss und zum östlichen Horizont schielte. „Meinst du, es ist hell genug, dass Molly das Frühstück zubereitet hat?"

„Führe den Weg an, Major", sagte der Sheriff. „Wir sind direkt hinter dir."

„Es sei denn, Vanessa steht auf der Veranda, dann werdet ihr euch verstreuen, richtig?", fragte Major.

Sheriff grinste. „Nur um die Felder zu kontrollieren."

KAPITEL SIEBEN

Als sie das Haus erreichten, war die Veranda leer, bis die achtjährige Sara die Hintertür öffnete. „Ich habe euch kommen sehen." Sie strich ihre widerspenstigen, hellblonden Locken aus ihrem Gesicht und von ihrem mit rosa und silbernen Glitzerelementen verzierten Brillengestell. Sie war schlank und kleiner als ihr Zwilling Brett, der über ihren Kopf spähte, dann grinste und verschwand.

Major lächelte über Bretts schiefes Grinsen und braunes Haar mit dem widerspenstigen Haarwirbel. *Er ist eine Miniaturausgabe des Sheriffs.*

„Papa ist hier." Sara wirbelte auf der Veranda herum.

Brett und Josh stürmten aus der Hintertür, und Penny, der braune Mischlings-Pointer der Starrs, rannte ihnen nach. Sheriff und Molly hatten den neunjährigen Josh und seine elfjährige Schwester Annie vor einem Jahr adoptiert, nachdem ihre Eltern ermordet worden waren. Josh war der größte der vier Starr-Kinder. Seine dunkelbraune Haut und dunklen braunen Augen, die fast schwarz wirkten, bildeten einen Kontrast zu Annies hellerer brauner Haut und ihren hellbraunen Augen. Penny liebte alle Kinder, aber Josh war ihr Junge.

Josh blieb abrupt vor dem Sheriff stehen und trat dann zur Seite, bevor Brett in ihn hineinprallte. Brett stolperte, und der Sheriff fing ihn auf.

Brett senkte den Kopf. „Tut mir leid. Konnte nicht anhalten."

Penny stupste Joshs Hand mit ihrer Nase an, und er rieb ihr Ohr und grinste. „Hab' nicht gedacht, dass du das schaffst, also bin ich aus dem Weg gegangen."

Die Jungen stießen sich gegenseitig mit den Ellbogen an, und der Sheriff lachte leise, während er seine Arme um sie legte und zum Haus ging.

„Ist das Frühstück fertig?", fragte der Sheriff, als Sara ihnen auf der Veranda begegnete.

„Mama hat gesagt, ich soll dir sagen, *trödel nicht.* Was bedeutet trödeln?" fragte sie.

Stuart hielt Vanessa die Tür auf, als sie eilig aus dem Haus kam, dann folgte er dem Sheriff und den Kindern hinein.

Vanessa eilte zu Major und schlang ihre Arme um seinen Hals. Er vergrub sein Gesicht in ihrem Haar und atmete tief ein. „Hab dich vermisst", sagte er. „Du riechst gut und trägst mein Lieblingshemd, das blaue."

„Ich bin froh, dass du sicher zu Hause bist", murmelte sie. „Ich werde dich für nichts anschreien, bis morgen."

„Da muss ich dich vielleicht beim Wort nehmen."

„Was? Warum? Was hast du angestellt?" Vanessa trat zurück und musterte sein Gesicht. „Egal. Versprochen ist versprochen. Lass uns frühstücken." Sie lachte, während sie seinen Arm nahm und sie gemächlich zum Haus schlenderten. „Morgen wird schneller da sein, als du denkst."

Molly stand am Herd vor der Pfanne. Sie wendete Pfannkuchen, und Mr. Young servierte sie den drei jüngeren Kindern, die auf ihre Stühle am Tisch rutschten.

„Schön, dich zu sehen, Major." Mr. Young schob seine Drahtbrille hoch, während er einen Stapel Pfannkuchen auf den Tisch stellte. „Die Mädchen haben den Funkdienst übernommen. Sie werden bald hier sein."

„Alles okay hier?", fragte Major, während er einen Klecks von Mollys selbst eingemachter Brombeermarmelade auf seine Pfannkuchen strich.

Mr. Young schaute zu Molly und Vanessa. „Frag sie."

„Aber Mr. Young, wir haben doch vereinbart, dass wir nichts sagen, bis nach dem Frühstück." Molly schwenkte ihren Pfannenwender, und Vanessa biss sich auf die Lippe.

„Hab ich vergessen. Schätze, es ist meine Aufgabe, die Bohnen zu verschütten." Mr. Young bedeckte seinen Mund.

„Lass mich erzählen", sagte Sara. „Ich darf doch, oder, Mama?"

„Nur zu, Sara." Molly wandte sich wieder dem Herd zu.

„Mama hat die Bohnen verschüttet."

„Was?", fragte der Sheriff, und alle außer Major lachten.

Molly wischte sich die Augen. „Gestern Nachmittag trug ich einen Topf mit Bohnen nach draußen, um sie einzumachen, damit das Haus nicht so heiß wird, und ich bin gestolpert. Es war ein riesiges Durcheinander, und ich hatte große Schwierigkeiten, Penny von den Bohnen fernzuhalten."

Vanessa fächelte sich mit einer Serviette Luft zu. „Wir haben den Rest des Tages Bohnenwitze gemacht. Unsere beste Pointe war immer *Wer hat die Bohnen verschüttet?*"

Major schüttelte den Kopf. „Tut mir leid, dass ich gefragt habe."

Der Sheriff zuckte mit den Schultern. „Du bist mir zuvorgekommen. Ich danke dir dafür."

„Gestern war es lustig", sagte Mr. Young.

„Du hättest dabei sein müssen, es war zum Totlachen", fügte Josh hinzu, und sogar der Sheriff und Major lachten.

Mr. Young klopfte Josh auf den Rücken. „Das ist ein neuer, Josh. Gut gemacht."

Josh sprang vom Tisch auf und verbeugte sich, dann setzte er sich wieder und nahm sich noch zwei Pfannkuchen.

Als Aimee Louise, Rosalie und Annie in die Küche kamen, weiteten sich Mollys Augen. „Aimee Louise, du hast ein blaues Auge. Ist sonst noch jemand verletzt?"

Aimee Louise berührte ihre Wange. „Es tut nicht weh." Sie und Rosalie nahmen ihre Plätze am langen hölzernen Bauerntisch ein, den Major vor Aimee Louises Geburt mit eigenen Händen gezimmert hatte.

Mr. Young betrachtete Aimee Louises Auge genau. „Jep, definitiv blau. Hier sind deine Pfannkuchen."

„Das meiste Gesprächsthema heute Morgen war, dass der Strom jetzt viel öfter ausfällt", sagte Rosalie, während sie ihren Pfannkuchen in mundgerechte Stücke schnitt.

„Ein Funker sagte, in seiner Gegend gäbe es fast durchgehend Strom. Er meinte, die Ausfälle bei allen anderen seien eine Wartungsangelegenheit, was für mich keinen Sinn ergab", sagte Annie. „Wie könnten alle regionalen Stromversorger außer einem Wartungsarbeiten durchführen? Sie hätten das koordiniert, als Papa noch Betriebsleiter war."

„Du hast recht, Annie", sagte der Sheriff. „Dein Vater hätte das organisiert."

Annie setzte sich neben Aimee Louise, und Mr. Young servierte ihr einen frischen Pfannkuchen.

„Ich möchte gerne ein Familientreffen mit allen abhalten, dann werden wir die Kinder entschuldigen, wenn wir in weitere Diskussionen gehen." Major wischte seinen Teller mit dem letzten Bissen Pfannkuchen sauber, um jede Spur von Brombeermarmelade aufzunehmen.

„Gut, dass wir nicht bei dem langweiligen Kram bleiben müssen, oder?" Josh stupste Brett an.

Brett öffnete den Mund, um zu sprechen, und Molly hob eine Augenbraue. Er schloss seinen Mund und kaute, während er nickte. Nachdem alle gegessen hatten, halfen Stuart und Aimee Louise Molly beim Abräumen, und Mr. Young füllte die Kaffeetassen nach.

„Ich möchte, dass wir unsere Sicherheitsmaßnahmen verstärken. Ich denke, es ist Zeit, alle mehr in die Sicherheit einzubeziehen", sagte Major.

„Ich bin bereit, gefährlich zu sein", sagte Sara.

Major schluckte, um nicht zu lachen. „Daran werden wir dann arbeiten. Deputy Stuart und ich werden einen Plan ausarbeiten. Aber vorerst ist es wichtig, dass kein Kind irgendwohin außerhalb des Hauses geht, ohne dass jemand anderes dabei ist oder ein Erwachsener in der Nähe ist; Aimee Louise und Rosalie zählen als Erwachsene."

Annie runzelte die Stirn. „Was ist mit den Pflichten? Sara und Brett kümmern sich um die Hühner, Josh füttert die Ziegen, und ich baue einen neuen Geräteschuppen."

„Jeder wird weiterhin seine Aufgaben haben, aber wenn du zum Beispiel in den Garten gehst, nimm Sara oder einen deiner Brüder mit oder lass einen Erwachsenen wissen, wo du sein wirst."

Josh legte den Kopf zurück und stöhnte. „Sind wir fertig?"

Molly stand auf und wischte den Herd und die Arbeitsplatten ab. „Bevor ihr verschwindet, müssen wir den oberen Stock reinigen. Es wird nicht lange dauern, wenn ihr organisiert seid. Wir werden Rosalie lange genug freistellen, damit sie euch bei der Planung hilft, dann kann sie zu uns zurückkommen."

„Rosalie ist eine gute Planerin", sagte Josh.

„Dann los", sagte Rosalie. „Wir können uns auf die Veranda setzen, um zu planen, dann könnt ihr an die Arbeit gehen. Es wird nicht lange dauern."

Nachdem die Kinder und Penny Rosalie aus dem Haus gefolgt waren, verschränkte Vanessa die Arme. „Worum geht es hier eigentlich?"

„Wir haben unsere beste Berichterstatterin aus dem Raum geschickt. Du kannst die Details erfahren, wenn sie zurückkommt, aber es scheint einen Versuch zu geben, Strafverfolgungsbeamte zu erpressen, indem man ihre Kinder entführt", sagte Major.

Molly fiel auf ihren Stuhl. „Was? Bist du sicher?"

„Ja", sagte Aimee Louise.

Stuart erklärte, wie sie den Lastwagen, Brandon, Henry, Dolly und den Richter gefunden hatten, und Tränen strömten über Mollys Gesicht.

„Wir müssen etwas unternehmen." Vanessa stand auf und lief auf und ab. „Was sollen wir tun?"

„Zunächst einmal sorgen wir dafür, dass unsere Kinder sicher sind", sagte der Sheriff. „Ich spreche später heute mit den umliegenden Sheriffs."

„Die Kinder rennen zum Haus, wenn wir *Nach drinnen* rufen. Was müssen wir sonst noch tun?", fragte Molly.

„Annie und ich haben an ihren Schießfähigkeiten mit dem Zweiundzwanziger gearbeitet", sagte Mr. Young. „Ich kann mit Josh über Waffensicherheit sprechen."

Die Kinder polterten die Treppe hinauf, und Rosalie kam in den Raum und setzte sich neben Aimee Louise. „Wir brauchen einen Rechenschaftsprozess. Vielleicht könnten wir eine laufende Übersicht führen, wer welches Kind im Auge behält."

„Das würde mich beruhigen", sagte Molly. „Danke, Rosalie."

„Wir haben eine alte Tafel", sagte Vanessa. „Ich stelle sie neben die Hintertür, damit du sie überprüfen kannst, Molly." Vanessa trat in die Speisekammer und holte die Tafel heraus.

„Wir haben ein weiteres kritisches Problem", sagte Major. „Wir könnten den Strom verlieren. Wir haben uns an die rollende Stromwelle gewöhnt, aber unser Dienst könnte ohne Vorwarnung ausfallen. Was müssen wir heute tun, um uns auf einen Tag ohne Strom morgen vorzubereiten?"

„Wasser ist das Erste, was mir in den Sinn kommt", sagte der Sheriff. „Unsere Regenfässer sind fast leer, und wir haben aufgehört, zusätzliches Wasser für den Haushalt zu lagern."

Mollys Augen weiteten sich. „Der Gefrierschrank ist voll. Wir müssen alles einmachen, was im Gefrierschrank ist."

„Wir waschen einmal pro Woche. Wir werden auf täglich umstellen", sagte Vanessa. „Ich werde mit der Wäsche beginnen. Was ist mit der Benachrichtigung von Pastor John, den Deputies und unseren anderen Nachbarn?"

„Ich treffe mich mit den anderen Sheriffs in unserem Funknetzwerk", sagte der Sheriff. „Ich werde auf dem Weg ins Büro beim Haus der Deputies vorbeischauen und dann mit Pete sprechen, wenn ich in die Stadt komme. Er wird die Nachricht verbreiten."

„Aimee Louise und ich können zu Pastor John laufen", sagte Rosalie.

„Ihr wärt zu lange weg", sagte Major.

„Ich kann Nummer 48 nehmen. Es ist ein Nutzfahrzeug und verbraucht nicht viel Benzin. Ich werde eine Ladung Wäsche starten und dann los", sagte Vanessa.

„Nicht allein", sagte Major.

Vanessas Gesicht rötete sich. „Ich bin kein—"

„Wir hatten immer die Regel, nicht allein zu reisen." Majors Augen verengten sich. „Nicht verhandelbar."

„Gut. Aimee Louise kann mit mir gehen."

„Gute Idee. Aimee Louise ist unsere beste Fahrerin", sagte Major.

„Perfekt. Rosalie kann hier helfen, und ich werde die ganze Geschichte vor dir erfahren", kicherte Molly.

„Du und Rosalie müsst auf mich warten", sagte Vanessa. „Nachdem ich die Wäsche zusammengesammelt habe, können wir los, Aimee Louise."

Die Kinder sprangen die Treppe hinunter.

„Genau rechtzeitig", sagte der Sheriff. „Wir sind bereit, die Pflichten zu verdoppeln."

„Ich werde Molly beim Einmachen helfen", sagte Mr. Young.

„Ich möchte meinen Geräteschuppen fertigstellen, den ich für unsere Gartengeräte und die Vorräte für die Hühner und Ziegen baue. Ist das in Ordnung?", fragte Annie.

„Ich helfe dir, wenn du mir zuerst hilfst, die Regenfässer zu füllen und den Garten zu gießen", sagte Major.

„Abgemacht."

„Wir behalten alle im Auge", sagte Rosalie. „Annie, schreib deinen Namen und Pops auf die Tafel."

„Du weißt, dass wir das nie durchhalten werden, oder?", fragte Annie, während sie auf die Tafel schrieb. „Wir haben bereits die Regel *Niemand reist allein*. Können wir die nicht einfach anwenden?"

„Josh, wir können deine Ziegen füttern und tränken und ihren Stall säubern, dann werde ich den Deputies in ihrem Haus helfen", sagte Stuart.

Josh gab Stuart einen Faustschlag. „Danke, Deputy Stuart. Wirst du mir erzählen, wie du Deputy geworden bist? Ich könnte eines Tages einer werden."

„Du wirst ein großartiger Deputy sein, Josh."

„Rosalie, arbeitest du mit mir und Brett?", fragte Sara.

„Sehr gerne. Wir kümmern uns um die Hühner, jäten den Garten und halten die Wäsche am Laufen, bis Tante Vanessa zurück ist."

„Wir werden wichtig sein", sagte Brett.

„Das seid ihr immer." Molly strahlte.

Annie füllte die Tafel aus. „Habe ich alle?"

„Trage mich mit deiner Mutter ein, Annie", sagte Mr. Young, während alle anderen eilig zu ihren Aufgaben für den Morgen aufbrachen.

Molly starrte auf die Tafel. „Annie, lass uns experimentieren und sehen, wie lange das anhält. Du musst dich nicht darum kümmern, die Tafel zu aktualisieren. Wenn jemand an die Reiseregel erinnert werden muss, werde ich das tun."

Bevor er die Küche verließ, sagte Major: „Ich muss später mit dir sprechen, Mr. Young."

„Ich bin leicht zu finden." Mr. Young trat in die Speisekammer, um seine Einmachschürze zu holen.

Als Major und Annie zur Scheune schlenderten, um den Wagen zu holen, mit dem sie die Regenfässer transportieren wollten, fragte Annie: „Wird wieder etwas mit unserem Strom passieren?"

„Ich denke, es könnte ein Problem geben, und wir werden nicht so viel bekommen, wie wir im letzten Jahr hatten; tatsächlich könnten wir für eine Weile gar keinen Strom haben. Wir bereiten uns vor, nur für den Fall."

Annie zog den Wagen, dann hob Major zwei leere Regenfässer hinein. Sie gingen zum Garten, um die Fässer mit dem Schlauch zu füllen. Shadow folgte ihnen und flitzte dann zum Hühnerstall.

„Shadow hat heute einen geschäftigen Tag", sagte Major. „Sieht aus, als plane er, ein Auge auf alle zu haben."

„Rosalie hat mir erzählt, dass ein kleines Mädchen namens Dolly und zwei Jungen in einem Lastwagen waren und ihr sie zu Deputy Stuarts Bauernhof gebracht habt. Ist das der Grund, warum wir zusätzliche Sicherheitsmaßnahmen für meine Schwester, meine Brüder und mich ergreifen? Damit uns niemand in einen Lastwagen steckt?"

„Ja. Genau darum geht es. Wir sind nicht ins Detail gegangen, weil wir Arbeit zu erledigen haben und die Jüngeren nicht erschrecken wollten. Wir werden später mehr darüber sprechen."

Major stellte die Fässer innerhalb des Zauns auf, dann zog Annie den Gartenschlauch, um die Fässer zu füllen.

Annie hielt den Schlauch und beobachtete den Wasserfluss. „Josh hat manchmal Albträume, aber er will mutig sein. Er ist glücklich, wenn er mutig ist."

Als die Fässer voll waren, brachten sie den Wagen zurück in die Scheune und holten die Werkzeuge, um den Schuppen fertigzustellen.

„Ich brauche meine Handschuhe. Ich habe sie in meinem Zimmer gelassen", sagte Annie.

„Lass uns gehen", sagte Major.

Als sie das Haus erreichten, wartete Shadow auf der Veranda. Annie stürmte nach oben, und Major lehnte sich an den Türpfosten, während Molly und Mr. Young vor dem offenen Gefrierschrank standen.

„Habt ihr Ideen für eine Vorgehensweise?", fragte Molly.

„Die gute Nachricht ist, dass wir einen tollen Gefrierschrank haben", sagte Mr. Young. „Die schlechte Nachricht ist, dass das Zeug erst morgen auftaut." Er rieb sich das Kinn. „Wir können den Gefrierschrank ausschalten und alles darin lassen, außer dem Hackfleisch und dem Huhn. Legen wir das Hackfleisch in den Kühlschrank und das Huhn in lauwarmes Wasser."

„Ich will mich nicht in eure Angelegenheiten einmischen, aber könntet ihr einen Braten oder zwei in einen Schongarer legen?", fragte Major.

„Brilliant", sagte Molly.

„Ich wünschte, ich könnte den vollen Ruhm für mich beanspruchen, aber das ist, was Trish immer getan hat", sagte Major.

„Noch eine brillante Idee. Ich werde Trishs Notizen zum Einkochen überprüfen. Ich wette, da sind noch mehr Juwelen drin. Wenn das Huhn nicht genug aufgetaut ist, wenn wir bereit sind zum Einmachen, werden wir das Hackfleisch anbraten, es mit Tomatensauce mischen und es als unsere neue Mehrzwecksauce einmachen."

Mr. Young ließ Wasser ins Spülbecken laufen, während Molly Huhn und Hackfleisch herausholte.

Annie stürmte die Treppe hinunter und wedelte mit ihren Handschuhen, als sie in die Küche kam. „Bereit, Pops?"

Major öffnete die Hintertür. „Lass uns gehen. Erzähl mir, was du dir für den Geräteschuppen vorgestellt hast."

„Ich hatte vor, Gestelle und Schaufeln außen aufzuhängen und zwei Regale für Gartenbedarf und Werkzeuge zu haben. Wir könnten Ersatzfutter für Hühner und Ziegen in Metalleimern mit Deckeln lagern. Er ist hoch genug, dass du hineingehen kannst, ohne dir den Kopf zu stoßen, und ich habe ihn auf Kufen gebaut, damit wir ihn bewegen können. Ich habe ihn hauptsächlich fertig, außer dem Dach, den äußeren Aufhängungen und den Regalen. Ich habe Reste vom Dach des Hühnerstalls."

„Holen wir die Leiter und deine Dacheindeckung. Klingt nicht so, als würde das lange dauern."

Aimee Louise lief nach oben und holte ihren Rucksack. Sie hielt in der Küche an, schnappte sich ihren Wasserbecher und füllte ihn für die Fahrt. Als sie Nummer 48 erreichte, saß Vanessa auf dem Fahrersitz.

„Lass uns gehen, Aimee Louise." Vanessa startete den Motor. „Ich weiß, dass du immer fährst, aber ich hatte nie die Chance. Major fährt auch immer."

Aimee Louise zuckte mit den Schultern und sprang auf den Beifahrersitz. Vanessa drückte auf das Gaspedal, aber als es sich nicht bewegte, stampfte sie darauf. Nummer 48 ruckte rückwärts, und die plötzliche Bewegung zerrte an Aimee Louises Nacken. Vanessa trat auf die Bremse, aber Aimee Louise hatte sich bereits abgestützt.

„Wie bringe ich es dazu, vorwärts zu fahren?", fragte sie.

Aimee Louise zeigte auf den Gangschalthebel. „Ich sollte fahren, Tante Vanessa."

„Nein, nein. Ich schaffe das schon. Nur ein bisschen eingerostet. Halt dich fest. Los geht's." Vanessa drückte auf das Gaspedal und Nummer 48 fuhr langsam vorwärts. Sie drückte das Gaspedal bis zum Boden, und sie sausten die Auffahrt hinunter. Bevor sie in das Tor krachte, trat Vanessa auf die Bremse. „Es wird besser. Würdest du das Tor öffnen?" Vanessa richtete ihren Gartenhut, der verrutscht war.

Nachdem Vanessa ruckelnd durch das offene Tor gefahren war, schloss Aimee Louise es und kehrte zu Nummer 48 zurück. *Ich renne vielleicht zurück.*

Als Vanessa über das Feld raste, hielt sich Aimee Louise am Riemen neben ihrer Tür fest.

„Das ist zu schnell für das Feld. Fahr langsamer", sagte Aimee Louise.

Vanessas Körper war angespannt, während sie geradeaus starrte und sich über das Lenkrad beugte, das sie fest umklammerte. „Du fährst schnell. Ich will nicht, dass irgendjemand im Haus denkt, ich fahre wie eine alte Dame. Ich werde langsamer fahren, wenn wir außer Sichtweite sind."

Das ergibt keinen Sinn. Niemand auf der Farm hat Zeit zuzuschauen.

Vanessa traf hart auf ein Tierloch, und das Fahrzeug schleuderte. Sie lenkte zu stark gegen, und Nummer 48 neigte sich auf zwei Räder und krachte dann zu Boden, als es sich wieder aufrichtete.

„Wenn du langsamer fährst, kannst du die Gürteltiergruben sehen", sagte Aimee Louise.

„Es wird nicht so holprig sein, wenn wir das Feld hinter uns haben", sagte Vanessa.

Nein. Es wird schlimmer sein. Aimee Louise zog ihren Sicherheitsgurt fester.

Als sie den Zaun erreichten, hielt Vanessa an. „Was mache ich jetzt? Fahre ich entlang des Zauns?"

Ich weiß nicht, warum jemand entlang des Zauns fahren sollte, es sei denn, wir sollen den Zaun überprüfen, während wir hier draußen sind? Würde das nicht länger dauern? Haben wir nicht Nummer 48 genommen, damit die Fahrt kürzer ist?

„Oh, hier. Fahr du." Vanessa kletterte aus dem Fahrersitz und schlenderte um Nummer 48 herum zur Beifahrerseite. „Wenn wir in die Nähe der Straße kommen, können wir eine Pause machen, dann fahre ich. Ich möchte, dass Pastor Johns Frau mich am Steuer sieht. Ich bin eine Farmersfrau. Ich sollte wissen, wie man Traktoren und Landwirtschaftsgeräte fährt. Ich muss zu etwas gut sein."

Aimee Louise rutschte auf den Fahrersitz, und nachdem Vanessa auf dem Beifahrersitz Platz genommen hatte, fuhr sie Nummer 48 zum Pfad, der durch den Wald zur Landstraße führte.

„Ich war Jahrgangsbeste in der juristischen Fakultät. Ich habe hart gearbeitet, um die Beste zu sein. Bevor das Stromnetz letztes Jahr zusammenbrach, war ich einer der aufstrebenden Top-Anwälte des Bundesstaates." Vanessa lachte. „Es ist lustig, wenn ich jetzt darüber nachdenke. Top Gun. In meinem Alter."

Aimee Louise erhöhte ihre Geschwindigkeit durch eine Kurve.

Vanessa schaute auf den Boden, während Nummer 48 den Pfad entlangglitt. „Woher weißt du, wann du beschleunigen und wann du bremsen musst? Es gibt nichts Top-Gun-mäßiges mehr für mich. Molly ist eine einschüchternde Köchin. Mr. Young ist ein bemerkenswert geduldiger Lehrer. Major kann alles reparieren. Der Sheriff hält den ganzen Bezirk sicher. Rosalie ist eine Scharfschützin, und du bist brillant in allem, was du tust. Was mache ich? Ich bin eine Helferin, das ist alles."

„Top-Gun-Helferin", sagte Aimee Louise.

Vanessa starrte Aimee Louise an. „Ich werde darüber nachdenken."

Aimee Louise schaute zu Vanessa und verlangsamte dann. „Schnall dich an."

„Halt, halt", sagte Vanessa. „Kommt nicht bald die Landstraße? Ich übernehme ab hier."

Aimee Louise hielt an, dann lief Vanessa um Nummer 48 herum.

„Lass es im Gang", sagte Vanessa. „Wenn wir in die Nähe von Pastor Johns Haus kommen, würde es dir etwas ausmachen, auszusteigen? Dann kann Vicki sehen, wie ich alleine vorfahre. Ich weiß, es mag albern sein, aber es ist mir wichtig, zumindest kompetent auszusehen, wenn ich schon nicht Top Gun sein kann."

Aimee Louise zog die Handbremse an, stieg aus und blieb an der Seite von Nummer 48 stehen.

„Nicht hier. Steig ein. Ich bin mir nicht sicher, welchen Weg ich nehmen soll. Ich brauche dich zum Navigieren." Vanessa schnallte sich an.

Ich könnte vorlaufen, und Tante Vanessa könnte mir folgen. Nein, sie könnte mich überfahren. Aimee Louise stieg ein und zog ihren Sicherheitsgurt fest.

Vanessa trat auf das Gaspedal, aber Nummer 48 bewegte sich nicht. „Handbremse. Hab ich vergessen."

Vanessa löste die Bremse, und Nummer 48 machte einen Satz nach vorn. „Ich kann nicht mit dem Sicherheitsgurt fahren. Er ist zu eng über meiner Brust." Sie löste ihn.

Vanessa hielt an der Erhebung an, als sie die Landstraße erreichte. „Willst du die Straße überprüfen, bevor ich rüberfahre? Major hat das immer gemacht."

Aimee Louise trat auf den Seitenstreifen und schaute in beide Richtungen. „Frei."

„Komm rein. Ich warte auf dich."

Nachdem Aimee Louise ihren Sicherheitsgurt angelegt hatte, ließ Vanessa den Motor von Nummer 48 aufheulen. „Ich kann den Graben überqueren." Sie trat das Gaspedal bis zum Boden durch.

„Nein." Aimee Louise schrie, aber Nummer 48 hob ab und krachte in den Graben auf der anderen Straßenseite und überschlug sich, bevor es gegen die Bäume prallte.

KAPITEL ACHT

Aimee Louise fasste sich an den Kopf. *Kopf tut weh.* Sie fuhr mit den Fingern über ihre Stirn und spürte Nässe. Sie betrachtete ihre Hand. *Blut. Wir sind verunglückt.*

Nummer 48 lag auf der Fahrerseite, und hohes Gras und Unkraut strichen über Aimee Louises Nacken und Gesicht. Vögel in den Bäumen sangen für sie, während sie versuchte, ihren Sicherheitsgurt zu lösen. Als sie den Gurt öffnete, fiel sie zu Boden, konnte sich aber nicht bewegen, weil ihr Sitz ihren Fuß am Boden einklemmte. Sie befreite ihren Fuß und griff nach dem Armaturenbrett, um sich hochzuziehen, aber ein stechender Schmerz in ihrer Schulter stoppte sie. Sie zog ihr Hemd zurück und starrte auf die Abschürfung und Schwellung an ihrer Schulter. *Sicherheitsgurt.*

Sie stemmte sich mit ihrem linken Arm hoch und kämpfte sich durch die Öffnung, die die fehlende Windschutzscheibe hinterlassen hatte. Als sie sich umdrehte und nach ihrer Notfalltasche griff, verfingen sich ihre Füße in den Ranken, und sie fiel mit dem Gesicht in den Schmutz und das Unkraut. Sie spuckte und prustete, als sie sich in eine sitzende Position rollte, um die Ranken zu entwirren, erstarrte aber beim Geräusch eines Rumpelns.

Lastwagen kommt in diese Richtung. Sie beeilte sich, ihre Füße zu befreien und schob ihre Notfalltasche vor sich, um ihr Gesicht zu schützen, während sie durch das Gebüsch und weg von Nummer 48 kroch. Als sie höher gelegenes Gelände erreichte, spähte sie durch das Dickicht auf die Straße.

Die Druckluftbremsen des Lastwagens zischten, als er auf der Straße anhielt, und ein Mann stieg aus. Sie wich zurück. *Gefahrenwolke.*

„Kannst du erkennen, was da im Graben ist?", fragte ein Mann mit rauer Stimme.

„Könnte eine Frau sein", antwortete ein zweiter Mann mit hoher Stimme.

„Ist sie am Leben?"

„Glaube nicht." Der Knall eines Schusses brachte die Singvögel des Morgens zum Schweigen.

„Warum hast du das gemacht?"

„Unheimlich. Lass uns von hier verschwinden."

Der Mann kletterte zurück in den Lastwagen, schlug die Tür zu, und der Lastwagen brauste davon.

„Tante Vanessa?", rief Aimee Louise und richtete sich auf, aber sie hatte sich bei ihrem Sturz auf den Boden den Knöchel verdreht. Sie klammerte sich an einen Baum, bis die Schmerzwelle vorüber war, dann durchsuchte sie den umliegenden Boden, bis sie einen abgestorbenen Ast fand, auf den sie sich stützen konnte. Sie humpelte zur Straße und nutzte dafür den von Nummer 48 geräumten Pfad.

Als sie den Graben überquerte, versanken ihre Schuhe im Schlamm, und das abgestandene Wasser füllte ihre Schuhe und durchnässte ihre Socken. Als sie den Straßenrand erreichte, kroch eine Rattennatter über die Straße auf die andere Seite. Eine leere Zweiundwanziger-Hülse lag auf dem Asphalt. Ihr Herz klopfte, als sie die Straße hinunterblickte und den türkisfarbenen Fleck im Graben sah.

„Tante Vanessa?", humpelte sie am Straßenrand entlang.

„Aimee Louise? Bist du das?"

Aimee Louise hielt erleichtert inne. Als sie Vanessa erreichte, ließ sie sich vorsichtig neben ihr auf den Boden sinken. Vanessa saß im Morast am Boden des Grabens. Schlamm bedeckte ihre Haare und ihr

Gesicht, und Dreck und Unkraut bedeckten ihre Arme und Kleidung, außer an ihrer rechten Schulter, wo ihr türkisfarbenes Hemd durch die einzige saubere Stelle schien.

„Ist der Lastwagen weg?", fragte Vanessa, während sie ihr Gesicht mit ihrer schlammigen Hand abwischte.

„Ja."

„Ich bin auf dem weichen Seitenstreifen gelandet. Ich glaube, ich habe die Geduld meines Schutzengels vollständig aufgebraucht. Als ich hörte, dass der Lastwagen kam, drückte ich mich so flach wie möglich in den Graben. Ich hatte nicht richtig nachgedacht, aber es schien meine beste Option zu sein. Als der Lastwagen anhielt, hielt ich den Atem an und blieb so still wie möglich. Ist die Schlange tot?"

„Nein."

„Gut. Es tut mir so leid, dass du verletzt wurdest. Ich hätte auf dich hören sollen." Vanessa kämpfte sich auf ihre Knie, fiel aber zurück in den Graben. Ihre Augen füllten sich mit Tränen. „Kannst du mir aufhelfen?"

Aimee Louise reichte Vanessa ihren Wanderstock, und Vanessa zog sich hoch, verlor aber das Gleichgewicht, als sie ihr Gewicht auf ihr linkes Bein verlagerte. Der Stock bewahrte sie vor dem Sturz, als sie sich vorsichtig in eine sitzende Position auf dem Grabenrand sinken ließ.

„Ich glaube, ich kann es alleine in den Wald schaffen, aber es wird eine Weile dauern. Denkst du, du kannst es bis zu Pastor Johns Haus schaffen?", fragte Vanessa.

„Ja." Aimee Louise erhob sich und kämpfte sich auf dem Weg zu Pastor Johns Haus voran. Ihre Schulter pochte, und sie hielt nach jedem Schritt inne, um zu warten, bis die Schmerzwelle von ihrem Knöchel abgeklungen war.

Als Aimee Louise Pastor Johns Haus erreichte, winkte sie Vicki zu, die in der Nähe des Hauses den Gemüsegarten pflegte. Aimee Louise stolperte und brach in der sandigen Auffahrt zusammen, und die Frau des Pastors eilte zu ihr.

„John, Aimee Louise ist hier, und sie ist verletzt." Vicki winkte mit den Händen in Richtung Scheune.

Aimee Louise versuchte, auf die Beine zu kommen, entspannte sich aber, als Vicki ausrief: „Bleib einfach da."

„Was ist passiert, Aimee Louise?", fragte Vicki atemlos, als sie Aimee Louise erreichte. Vicki hielt ihre Hände für ein paar Minuten auf ihrer Brust und kniete sich dann neben sie auf den Boden.

„Wir sind mit Nummer 48 verunglückt, und es liegt auf der Seite in der Nähe des Grabens an unserer Landstraßenkreuzung. Die Wucht hat Tante Vanessa herausgeschleudert, und sie ist im Graben gelandet. Sie hat ein verletztes Bein."

„Und was ist mit dir?"

„Ich habe meinen Knöchel unter meinem Sitz eingeklemmt und verdreht." Aimee Louise rieb ihre Stirn. „Ich glaube, ich habe mir den Kopf angestoßen."

„Hast du ganz sicher, Schätzchen", sagte Vicki. „Du hast einen Schnitt am Kopf und Schwellungen unter deinen Augen. Du könntest zwei blaue Augen bekommen." Sie schaute Aimee Louise ins Gesicht. „Dein linkes Wangenknochen unter dem Auge hat einen grünlichen Farbton. Hattest du kürzlich eine Verletzung?"

„Ja, Frau Vicki."

„Ich werde den Schnitt reinigen. Sag mir, wie viele Finger du siehst." Vicki hielt drei Finger vor Aimee Louises Nase.

Aimee Louise blinzelte. „Drei."

„Das ist eine Erleichterung. Lass uns dich nach drinnen bringen." Vicki kämpfte sich auf die Füße und half dann Aimee Louise hoch, als Pastor John und sein Bruder Chuck zur Auffahrt rannten.

„Wir waren auf dem Weg hierher, um euch zu sagen, dass ihr damit rechnen müsst, dass das Stromnetz ohne Vorwarnung ausfällt", sagte Aimee Louise, als Pastor John und Chuck sie erreichten.

„Das verändert unsere Routine, nicht wahr?", runzelte Pastor John die Stirn. „Wie wurdest du verletzt?"

Aimee Louise war einen Kopf größer als Vicki, aber Vicki legte ihren Arm um die Taille von Aimee Louise. „Stütz dich auf mich", sagte Vicki. „Nummer 48 ist verunglückt und liegt auf der Seite in den Bäumen in der Nähe der Landstraßenkreuzung. Vanessa hat ein verletztes Bein. Ihr könnt den Golfwagen benutzen, weil er aufgeladen ist, und nehmt den Erste-Hilfe-Kasten, der auf dem Kühlschrank steht. Aimee Louise und ich gehen nach drinnen."

„Wenn ich den Traktor nehme, können wir Nummer 48 vielleicht wieder aufrichten", sagte Chuck.

„Klingt gut. Ich fahre den Golfwagen und treffe dich dort", sagte John.

„Lass Tante Vanessa nicht fahren", sagte Aimee Louise.

Vicki zog die Augenbrauen hoch, und Pastor John sagte: „Werde ich nicht. Danke für den Hinweis."

Pastor John führte den Weg in Vickis Golfwagen an. Als er die Landstraße erreichte, parkte er am Straßenrand und rief: „Vanessa? Hier ist Pastor John."

„Hier lang", sagte Vanessa.

Pastor John griff nach dem Erste-Hilfe-Kasten und ging in Richtung Norden auf ihre Stimme zu.

„Hier. In den Bäumen."

Pastor John spähte in den Wald. Als Vanessa mit dem Arm winkte, erhaschte er einen Blick auf einen türkisfarbenen Blitz und eilte zu ihr.

Vanessa zupfte an dem getrockneten Schlamm auf ihren Armen. „Dieses Zeug juckt", sagte sie.

Pastor Johns Augen weiteten sich. „Du musst dich bewegen, Vanessa. Du sitzt in einem Giftefeufleck. Der Schlamm schützt wahrscheinlich deine Haut."

Vanessa rutschte von dem Grün weg auf den Teppich aus Kiefernnadeln.

„Berühre dein Gesicht nicht", sagte Pastor John. „Halte deine Hände von deinen Augen und deiner Nase fern. Ich habe einen Erste-Hilfe-Kasten."

„Ich erkenne Giftefeu, wenn ich ihn sehe, aber ich habe nicht aufgepasst." Tränen strömten durch den Schlamm auf ihrem Gesicht.

„Lass uns deine Hände so gut wie möglich reinigen." Pastor John reichte ihr eine Flasche Handdesinfektionsmittel. „Reinige deine Hände, dann kannst du das Anti-Juckreiz-Gel auftragen."

Vanessa drückte die desinfizierende Flüssigkeit auf ihre Hände und rieb sie aneinander. „Das funktioniert nicht. Jetzt habe ich sauberen Schlamm."

Pastor John zog ein Paar leuchtend gelber Küchenhandschuhe an und runzelte die Stirn. „Tut mir leid, aber vielleicht hast du die Öle weggeschrubbt. Die Handschuhe sind vielleicht übertrieben, aber ich bin kein Freund von Giftefeu. Aimee Louise sagte mir, dass du dein Bein verletzt hast. Welches?"

„Das linke. Es schmerzt unter meinem Knie."

Pastor John nahm sein Taschenmesser heraus und schlitzte ihre Jeans von unten bis über ihr Knie entlang der äußeren Nahtlinie auf, dann faltete er das Material vorsichtig zurück, um ihr Bein zu untersuchen. „Wir werden vorsichtig sein. Da ragt etwas heraus – sieht aus wie ein Knochen. Es ist schwer, viel zu sehen, weil viel Blut da ist. Ich werde es verbinden, aber ich werde dein Bein schienen, bevor wir dich bewegen."

Während Pastor John die Wunde versorgte, zuckte Vanessa zusammen. „Hörst du das? Da kommt jemand. Wir müssen uns verstecken." Sie versuchte, sich aufzurichten, aber Pastor John streckte seine Hand aus, um sie aufzuhalten.

„Es ist okay. Chuck bringt den Traktor. Wir werden versuchen, Nummer 48 wieder auf die Räder zu stellen."

Nachdem Pastor John die Gaze um den sperrigen Verband gewickelt hatte, befestigte er ihn über und unter der Wunde mit Klebeband und klebte das klaffende Hosenbein wieder zusammen. „Ich habe nie gehört, wie Nummer 48 zu seinem Namen kam."

Vanessa schniefte ihre Tränen zurück. „Rosalie hat es benannt. Ich weiß nicht, woher es kam."

„Rosalie? Sie scheint nicht der Typ dafür zu sein", sagte er. „Ich werde sie fragen."

„Ein Fan wovon?", fragte Vanessa. „Kann ich mich jetzt bewegen?"

„Beweg dich nicht, bis wir dein Bein stabilisiert haben. Ich werde sehen, ob Chuck Hilfe braucht, und dann schauen, was ich für eine Schiene finden kann. Ich laufe vielleicht zurück zum Haus, um Vicki zu holen. Sie wird etwas haben. Vielleicht können wir Nummer 48 aufrichten, und vielleicht läuft es noch."

Vanessa lächelte. „Es geht mir gut. Kannst du für Nummer 48 beten?"

„Wäre nicht das erste Mal", murmelte Pastor John, als er wegging, um sich Chuck anzuschließen.

Major inspizierte das neu installierte Dach und kletterte dann die Leiter herunter. Als er die letzte Sprosse erreichte, erstarrte er.

„Haben wir etwas vergessen, Paps?", fragte Annie, als sie beim Beladen des Wagens mit Holzresten innehielt.

„Etwas stimmt nicht." Major starrte auf das Zufahrtstor. „Ich muss los."

„Brauchst du meine Hilfe?", fragte Annie.

„Mach hier fertig und schau dann, wie du deiner Mutter helfen kannst."

„Mache ich." Annie lud die restlichen Abfälle in den Wagen.

Er ging zum Haus und eilte in die Küche. Er atmete die Kochdüfte von Knoblauch, Zwiebel und Kräutern ein und genoss das zischende Geräusch aus der Pfanne auf dem Herd. Mr. Young bräunte eine Portion Hackfleisch in einer großen gusseisernen Pfanne, während Molly eine Sauce rührte und Gläser zum Einmachen vorbereitete. Josh trug Gläser aus der Vorratskammer und stapelte sie auf einem kleinen Beistelltisch.

Major füllte seine Wasserflasche mit Wasser. „Bin später zurück."

„Wohin gehst du?", fragte Molly.

„Sie sind zu lange weg, nicht wahr?", fragte Mr. Young.

„Ja." Major schnappte sich sein Gewehr und seinen Rucksack auf dem Weg zur Haustür. Shadow stürmte hinter ihm her, als er zum Tor ging.

„Du bleibst hier, Junge."

Shadow wedelte mit dem Schwanz und trottete zu seinem Lieblingsschattenplatz, dann ließ er sich fallen, um den Bauernhof zu bewachen.

Nachdem Major das Tor verschlossen hatte, joggte er über das gemähte Feld. Bevor er die Zaunlinie erreichte, blickte er zurück. Rosalie lief auf ihn zu.

Er verschränkte die Arme und wartete. Als sie ihn erreichte, sagte er: „Wir lassen den Bauernhof mit zu wenig Leuten zurück."

„Ich weiß, aber das ist wichtig. Sie hätten längst zurück sein müssen. Tante Molly und Mr. Young werden die Innen- und Außenaufgaben aufteilen, bis wir zurückkommen."

Er starrte. „Bleibe bei mir. Kein Vorauslaufen."

Rosalie grinste. „Erwischt."

Major schnaubte und ging zur Zaunlinie, dann joggte er den Pfad zur Landstraße hinunter, wobei Rosalie voraussprintete und dann zurückkehrte, bevor sie außer Sichtweite geriet.

„Du gehst fast so schnell, wie du joggst, wegen deiner langen Schritte", sagte sie, als sie das dritte Mal zurückkam. „Du wirst Energie sparen."

„Dann werde ich laufen." Major hörte auf zu joggen und streckte seine Beine, während er dem Pfad folgte. *Sie hat Recht. Ich hätte mich erschöpft.*

Als sie sich der Landstraße näherten, runzelte Major die Stirn, hielt dann seine Hand hoch und flüsterte: „Klingt wie ein Traktor. Warte hier."

Rosalie trat vom Pfad und kauerte sich ins Gebüsch, während Major zur Straße schlich. Ein Traktor drängte sich durch das Gebüsch auf der gegenüberliegenden Straßenseite, und er seufzte erleichtert auf. „Es ist okay, rauszukommen, Rosalie."

„Hey, Chuck!", rief er und winkte, als er die Straße überquerte.

Chuck schaltete den Traktor aus und wischte sich mit seinem Hemdärmel die Stirn ab, und Pastor John drängte sich aus dem Gebüsch und durch das kniehohe Unkraut.

„Du hast uns einen Ausflug zu deinem Grundstück erspart, Major. Vanessa ist die Straße hoch, und Aimee Louise ist im Haus", sagte Pastor John. „Keine schweren Verletzungen, aber wir brauchen eine Schiene für Vanessas gebrochenes Bein, bevor wir sie bewegen können."

Er blickte über die Straße. „Glaubst du, wir könnten Rosalie zum Haus schicken? Wir haben Nummer 48 fast entwirrt, damit wir es aufrichten können. Weiß aber nicht, ob es noch laufen wird."

Rosalie eilte über die Straße. „Ich gehe. Okay für dich, Paps?"

Major nickte, und sie rannte auf dem Pfad zu Pastor Johns Haus.

Nachdem er die Straße überquert hatte, hielt Major am Traktor an und untersuchte die Unfallstelle. „Was ist passiert?"

„Nicht sicher." Chuck kratzte sich am Kopf. „Ich vermute, Vanessa hat die Kontrolle verloren."

„Mach eine Pause, Chuck. Wir werden nach Vanessa schauen", sagte Pastor John.

Major und Pastor John gingen die Straße hoch. „Wir brauchen deine Expertise. Es ist ein Wunder, dass wir es nicht selbst umgeworfen haben oder von einem gerissenen Gurt getroffen wurden. Ich muss dich vorwarnen, damit du nicht geschockt aussiehst – sie ist ein Chaos. Sie ist mit Schlamm bedeckt."

Major beschleunigte seine Schritte. *So schlimm kann es nicht sein.*

Als Pastor John anhielt, suchte Major die Umgebung ab.

„Wo ist sie?", fragte er.

„Hier oben. Du brauchst eine Brille, alter Mann", sagte Vanessa.

Major warf einen Blick auf Vanessa und starrte auf den Boden, als er sich über den Graben und hinauf zum Ufer zu dem Kiefernbestand durchschlug.

„Hab's dir gesagt", murmelte Pastor John, und Major nickte.

„Geht es dir gut, Schatz?", kniete sich Major neben Vanessa und schaute auf ihr schlammbedecktes Gesicht. *Gott sei Dank für ihre feurigen blauen Augen.*

Vanessa presste die Lippen zusammen. „Mir geht's gut, außer dass Pastor John, der kein Arzt ist, sagt, ich hätte ein gebrochenes Bein und nicht aufstehen darf."

„Nicht ganz richtig", sagte Pastor John. „Ich habe vorgeschlagen, du-"

„Schon gut. Er hat mich zu den Kiefernnadeln rutschen lassen."

„Sieht aus, als hätte er einen Expertenjob gemacht, um dein Bein zu schützen", sagte Major.

„Offener Bruch", sagte Pastor John. „Nur geraten, aber deshalb brauchen wir die Schiene."

„Ich warte hier bei Vanessa, bis wir sie bewegen können, dann können wir daran arbeiten, Nummer 48 zur Straße zu bringen", sagte Major.

„Das wirst du keineswegs tun. Mir geht's gut, und ich versichere dir, ich gehe nirgendwo hin", sagte Vanessa. „Und wenn doch, würden wir Nummer 48 brauchen, um mich zu transportieren."

„Du hast Recht. Hast du deine Pfeife dabei?", fragte Major.

Vanessa funkelte ihn an, und er stand auf und räusperte sich. „Gehen wir, John. Du und Chuck haben die harte Arbeit erledigt. Sollte nicht lange dauern, es aufzurichten, um zu sehen, ob es funktioniert."

Auf dem Rückweg sagte Major: „Ich kann dir nicht genug danken, dass du mich gewarnt hast. Wenn ich auch nur gelächelt hätte, wäre ich wochenlang in Schwierigkeiten. Wie kamst du zu dem Klebeband?"

„Vicki packt es in alle unsere Erste-Hilfe-Kästen. Es hat sich mehr als einmal bewährt."

Als sie den Traktor erreichten, sagte Chuck: „Ich habe die Gurte neu positioniert. Könntest du sie überprüfen, Major?"

Major umrundete das Fahrzeug und zog die Gurte fest. „Ich werde beim Fahrzeug bleiben, um zu dirigieren. John, wenn du dich dort positionierst, wo du mich sehen kannst und wo Chuck dich sehen kann, dann kannst du ihm die Handzeichen übermitteln."

Chuck sprang auf den Traktorsitz. „Lass es uns anpacken."

Unter Majors Anleitung zog der Traktor das Fahrzeug vorsichtig von den Bäumen weg, dann rollte Nummer 48 aufrecht auf seine Räder.

Major hielt seine Hände mit gekreuzten Handgelenken hoch, um *Stopp* zu signalisieren. Chuck fuhr rückwärts, um die Gurte zu lockern, dann entfernten John und Major sie.

Chuck schaltete den Motor aus und sprang auf den Boden. „Wie haben wir uns geschlagen?"

„Ich habe keine Schäden an der Unterseite gesehen, und die Reifen sehen gut aus. Der Schlüssel steckt noch im Zündschloss." Major sprang auf den Fahrersitz, und nach drei Versuchen erwachte der Motor zum Leben. Er fuhr rückwärts und dann vorwärts über den Graben auf die Straße.

Pastor John und Chuck jubelten.

„Ich bringe den Traktor zurück. Bis später", sagte Chuck.

Als Chuck auf dem Heimweg war, tauchte Rosalie aus dem Wald auf mit einer Schiene und weiterem Verbandsmaterial.

„Frau Vicki sagte, sie möchte, dass Aimee Louise bis morgen bei ihr bleibt, damit sie sicherstellen kann, dass Aimee Louise keine Kopfverletzung hat", sagte Rosalie. „Aimee Louise hat eine kleine Schnittverletzung am Kopf und eine rötliche Schwellung unter ihren Augen, eine Abschürfung an der Schulter, und sie hat sich den Knöchel verdreht. Ich möchte auch bleiben."

„Das ist in Ordnung. Ich weiß, dass Vicki sich über deine Hilfe freuen wird. John, wir müssen reden." Major erzählte John über die Sonnenwurzel, den Strom, die seltsame Krankheit und die Bedrohungen der Gesetzeshüter. „Unterm Strich wissen wir nicht genau, was vor sich geht, aber wir bereiten uns auf einen Stromausfall vor. Als wir heute Morgen auf dem Bauernhof über die Möglichkeit gesprochen haben, wurde uns klar, wie abhängig wir von unseren täglichen Stromstunden geworden sind. Molly macht alles aus dem Gefrierschrank ein."

„Wow. Wir sitzen im selben Boot." Pastor John runzelte die Stirn. „Was ist mit den Leuten in der Stadt?"

„Der Sheriff spricht heute Morgen mit Pete. Pete wird die Nachricht verbreiten."

„Das ist eine Erleichterung." John schüttelte den Kopf. „Wir müssen uns beeilen. Ich kann nicht glauben, dass wir aufgehört haben, unseren Wasservorrat für den Garten aufrechtzuerhalten. Ich vergesse ständig, das Fallrohr zu reparieren, das Regenwasser sammelt. Ich bin sicher, uns werden noch mehr Dinge einfallen, die wir vernachlässigt haben."

„Ich kümmere mich um Vanessas Schiene, und wir kehren in Nummer 48 nach Hause zurück. Warum gehst du nicht mit Rosalie zurück zu deinem Haus? Ich weiß, dass du mit Vicki und Chuck und seiner Frau sprechen willst, damit ihr alle loslegen könnt."

„Du hast Recht. Bist du sicher?" fragte Pastor John. „Ich bleibe gerne, wenn du Hilfe brauchst."

„Nein, mir geht's gut. Geh ruhig. Ich komme morgen zurück, um die Mädchen abzuholen."

Rosalie umarmte Major, dann eilten sie und Pastor John zum Golfwagen.

Major fuhr Nummer 48 die kurze Strecke zu Vanessa. Als er mit der Schiene zu ihr schlenderte, lächelte sie. „Ich kann dir nicht sagen, wie begeistert ich war, als ich den Motor starten hörte."

Als Major sich mit der Schiene neben sie kniete, biss sich Vanessa auf die Lippe. „Warte einen Moment. Zieh deine Arbeitshandschuhe an. Ich habe aus Versehen in einem Fleck Giftefeu gesessen. Wir müssen vielleicht meine Hände und vielleicht mein Gesicht behandeln, aber der Schlamm hat mich vielleicht sonst geschützt." Sie blickte in sein Gesicht, und ihre Augen füllten sich mit Tränen. „Mach schon. Du kannst lachen."

Major traf ihren Blick. „Ich weiß, dass das schrecklich für dich ist. Wir werden später lachen. Jetzt möchte ich dich nach Hause bringen."

Während Major die Schiene anlegte, sagte sie: „Ich habe nachgedacht-"

Major presste seine Lippen zusammen und konzentrierte sich auf die Schiene. *Oh Herr.*

„Ich kann mich in der Scheune ausziehen, dann kann Molly mich abspritzen. Außer dass wir bei der offenen Wunde vorsichtig sein werden. Vielleicht hat Molly eine Idee, wie wir das alles machen können."

Major beendete den letzten Wickel für die Schiene. „Du hast Recht." Er stand auf. „Lass uns dich auf den Beifahrersitz bringen."

Er stellte sich hinter sie und beugte seine Knie, dann schlang er seine Arme um ihren Oberkörper. „Ich werde dich zum Fahrzeug heben. Bereit?"

Mit einem Schwung hob Major sie hoch und setzte sie an den Rand des Beifahrersitzes. „Alles okay?"

„Bis jetzt alles gut. Wenn ich meinen Hintern auf dem Sitz nach hinten rutsche, kann ich mich mit meinen Armen verlagern."

„Benutze nicht deine Beine. Ich kümmere mich um sie, nachdem du gut sitzt."

„Du bist der Boss", murmelte Vanessa, als ihr beim Versuch, sich mit ihren Armen zu verschieben, der Schweiß ausbrach.

„Ich bin nicht sicher, ob ich verstanden habe, was du gesagt hast", sagte Major. „Wiederhole das bitte?"

„Nein." Vanessa schlug ihm auf den Arm, und Major gluckste.

Nachdem Major ihre Beine bewegt hatte, schnallte sie sich an, und er trottete zur Fahrerseite. „Ich fahre auf der asphaltierten Straße zurück. Das wird eine sanftere Fahrt sein."

„Das sind zwanzig Meilen öffentliche Straße", sagte Vanessa. „Zu riskant. Lass uns unsere übliche Route nehmen. Du wirst langsam fahren. Ich werde okay sein."

Auf dem Rückweg sagte Vanessa: „Ich habe den ganzen Tag völlig ruiniert. Du musstest aufhören, was du getan hast, um mich zu retten. Aimee Louise ist verletzt. Rosalie wird nicht auf dem Bauernhof sein. Ich werde nutzlos sein. Das sind vier Personen, die zu einem kritischen Zeitpunkt außer Gefecht gesetzt sind, weil ich unvorsichtig war. Und hochmütig. Ich habe Pastor John und Chuck von ihren Familien weggezogen. Vicki muss sich um Aimee Louise kümmern. Molly wird sich um mich kümmern müssen." Sie jammerte und schlug mit der Faust auf das Armaturenbrett. Nachdem ihre Tränen getrocknet waren, verwandelten sich ihre Schluchzer in Schluckauf.

„Fertig?", fragte Major.

„Ja."

Gut.

Als Major anhielt, um das Tor aufzuschließen, sagte Vanessa: „Danke, dass du mir zugehört hast."

Er lächelte. „Jederzeit."

Sie schnaubte. „Ich habe einen Wutanfall gehabt. Ich plane nicht, das zur Gewohnheit zu machen."

Major fuhr die Auffahrt hinunter und parkte an der Scheune. „Ich hole Molly, dann heben wir dich aus dem Fahrzeug. Du kannst ihr deine Scheunenidee erklären. Lass mich einfach wissen, was du möchtest, das ich tue."

„Danke." Vanessas Schultern sackten durch, als Molly und die Kinder aus dem Haus strömten. „Sara wird mich ins Kreuzverhör nehmen, nicht wahr?"

„Du weißt es." Major grinste. „Lieber du als ich."

„Danke für die Unterstützung, Kumpel." Vanessas Augen funkelten.

Major kletterte aus dem Fahrzeug und lächelte Vanessa an. „Du bist eine wunderschöne schlammbedeckte Frau. Weißt du das?"

Er wich dem Schlamm aus, den sie von ihrem Arm abrieb und versuchte, auf ihn zu schleudern.

Als er lachte, seufzte Vanessa. „Ich muss auch an meinen Schlammwurffähigkeiten arbeiten."

KAPITEL NEUN

Als Major mit Nummer 48 zum Haus fuhr, stürmten die Kinder ihnen entgegen.

„Du bist ganz schlammig, Tante Vanessa", quietschte Sara. „Hast du dir dein Bein verletzt, als du in den Schlamm gefallen bist? Wo sind Aimee Louise und Rosalie? Sind sie auch in den Schlamm gefallen?"

„Zurück, alle miteinander", sagte Molly. „Wir bekommen die ganze Geschichte später. Geht zurück und helft Mr. Young. Los. Zwingt mich nicht, *Rein* zu rufen."

Nachdem die Kinder gegangen waren, stemmte Molly ihre Hände in die Hüften. „Was hat es mit der Schiene auf sich?"

„Offener Bruch", sagte Major.

„Ugh. Das verkompliziert die Dinge. Wir werden den Schlamm schrittweise entfernen."

„Meine Idee war, mich in der Scheune auszuziehen und du könntest mich abspritzen", sagte Vanessa.

„Ich dachte eher an eine Art Schwammbad, aber die Scheune ist perfekt. Ich brauche einen Stuhl, der nass werden kann, eine Möglichkeit, das Bein zu stützen, und frische Kleidung."

Auf dem Weg zum Haus sagte Molly: „Wir brauchen Heather. Ich mache mir Sorgen wegen des offenen Bruchs. Wir brauchen ihre medizinische Expertise als Anleitung."

„Nachdem du versorgt bist, fahre ich zum Haus der Deputies."

Als Major das Haus erreichte, sagte er: „Annie, würdest du mir helfen, saubere Kleidung für Tante Vanessa auszusuchen?"

„Wie kann ich helfen?", fragte Josh.

„Nimm einen unserer Plastikstühle aus dem Hof und einen der zusammenklappbaren Gartentische mit in die Scheune."

„Kann ich dir helfen, Josh?", fragte Brett.

„Ja. Lass uns gehen." Josh, Brett und Penny stürmten nach draußen.

Mr. Young lud den Einkochtopf mit Gläsern. „Kann ich eine kurze Zusammenfassung bekommen?"

Major hielt an. „Annie, such ein paar Wechselkleidungsstücke aus. Du weißt, was sie gerne trägt."

Annie eilte ins Hauptschlafzimmer, und Sara folgte ihr. „Ich helfe dir, Annie. Wir müssen etwas Glitzerndes finden."

„Vanessa ist gefahren und hat Nummer 48 überschlagen. Sie hat einen offenen Beinbruch. Aimee Louise hat eine Kopfwunde, also behält Vicki sie über Nacht zur Beobachtung da. Rosalie ist geblieben, um Vicki zu helfen. Vanessa ist mit Schlamm bedeckt, und Molly wird sie säubern. Molly will, dass Heather die offene Wunde überprüft."

„Wow. Danke. Annie und ich werden das Einkochen übernehmen, bis Molly wieder verfügbar ist." Mr. Young kicherte. „Wir müssen eine Aufgabe für Sara finden."

„Ich habe vielleicht eine Idee. Ich bin bald zurück." Major füllte seine Wasserflasche und ging dann zur Scheune. Er stieg über den Gartenschlauch, der in die Scheune führte.

„Wir haben den Stuhl und den Tisch gebracht", sagte Josh, als er und Brett auf dem Weg aus der Scheune an ihm vorbeirannten. Penny trottete hinter ihnen her.

Vanessa saß auf dem Stuhl, und der Tisch stützte ihr Bein. Molly hatte das geschiente Bein mit einem industriegroßen schwarzen Müllsack umwickelt. Vanessas Gesicht, Hände und Arme waren sauber, und sie lehnte sich zurück, während Molly ihr Haar wusch.

„Du arbeitest schnell, Molly. Ich bin auf dem Weg, mit Heather zu sprechen. Annie und Sara suchen Kleidung aus. Noch etwas?"

„Danke, Major. Sag Heather, dass ich möchte, dass sie die Wunde untersucht." Molly strich sich mit dem Handgelenk die Haare aus den Augen. „Die Jungs haben den Schlauch für mich reingezogen. Ich habe sie für meine Schere für die Jeans geschickt, aber ich denke, ich kann das Hemd retten."

„Spezielle Anfrage. Ich weiß, es ist deine Lieblingsfarbe, Liebling", sagte Vanessa.

Major beugte sich vor und küsste Vanessas Wange. „Bin bald zurück."

Er eilte zu Nummer 48 und raste zum Haus der Deputies. Stuart traf ihn am Ende der Auffahrt.

„Ist alles in Ordnung?", fragte Stuart.

„Grundsätzlich ja. Außer ein paar Komplikationen. Wo ist Heather? Es wird einfacher sein, wenn ich die Geschichte nur einmal erzähle."

„Sie ist drinnen. Geht es Aimee Louise gut?" Stuart sprang in das Fahrzeug, und Major raste die Auffahrt hinunter.

„Es geht ihr – gut." Major parkte. „Lass uns reingehen."

Als sie ins Haus traten, rief Stuart: „Major ist hier. Etwas ist los."

Major hob die Augenbrauen. *Gute Einschätzung.*

Heather kam aus der Küche. „Brad ist mit unserem Sohn hinten, Stuart. Sie lassen etwas Energie ab. Jim und ich kochen ein."

Stuart eilte zur Hintertür und kehrte mit Brad zurück, der die Hand seines dreijährigen Sohnes hielt.

Wally eilte die Treppe hinunter. „Kris bringt die Kinder für ein Nickerchen ins Bett. Können wir ohne sie anfangen?"

„Setzen wir uns", sagte Brad.

Nachdem alle Platz genommen hatten, berichtete Major über die Details des Unfalls und die Verletzungen. Heather stürmte die Treppe hinauf und kehrte mit ihrer Arzttasche zurück. „Lass uns gehen."

„Ich komme auch mit", sagte Stuart. „Ich kann von eurem Platz aus zu Pastor Johns Bauernhof laufen, Major."

„Darüber habe ich nachgedacht", sagte Major. „Es wäre vielleicht besser, wenn du hier bleibst und hilfst, die Vorbereitungen zu beenden, und dann morgen zum Bauernhof kommst. Ich werde morgen zu Pastor

John fahren, um Rosalie und Aimee Louise abzuholen. Wir könnten deine Hilfe gebrauchen, wenn du hier fertig werden kannst. Wir haben durch die Ablenkung des Unfalls fast einen ganzen Arbeitstag verloren und werden zwei Leute weniger sein."

„Ergibt Sinn", sagte Jim, als er aus der Küche kam, und Brad nickte.

„Einstimmig", sagte Wally.

„Aber du hast Aimee Louise nicht gesehen." Stuart verengte die Augen.

„Rosalie ist bei ihr. Wenn etwas nicht stimmen würde, wüssten wir es", sagte Major.

Stuart runzelte die Stirn. „Okay."

„Gehen wir." Heather tippte mit dem Fuß, während sie an der Tür wartete.

Auf dem Weg zu Majors Bauernhof sagte Heather: „Du weißt, dass Stuart fast so beschützend gegenüber Aimee Louise ist wie du."

„Ich weiß. Ich bin mir nicht sicher, ob es mir gefällt, aber ich weiß es."

„Du wirst dich daran gewöhnen." Heather lächelte. „Erzähl mir mehr über Vanessas Zustand. Hat sie sich den Kopf gestoßen? Sie wurde hinausgeschleudert, richtig?"

„Ich glaube nicht, dass sie sich den Kopf gestoßen hat. Sie fiel in einen schlammigen Graben, also war es schwer, ihre Verletzungen einzuschätzen. Sie trug robuste Jeans. Pastor John hat ihre Wunde beurteilt und verbunden, um sie zu schützen. Er hat die Stelle, wo er ihre Jeans aufgeschnitten hatte, mit Klebeband versiegelt und auch über und unter der Wunde, um sie stabil zu halten, bis wir eine Schiene hatten."

„Klebeband?", kicherte Heather.

„Anscheinend ist das sein bevorzugtes Erste-Hilfe-Werkzeug, weil Vicki es in alle ihre Erste-Hilfe-Kästen legt."

„Hast du gelacht, als du deine schlammbedeckte Frau mit ihrem abgeklebten Bein gesehen hast?"

„Machst du Witze?", Major zog die Augenbrauen hoch. „Nein."

„Gut."

Als sie das Hoftor erreichten, sagte Heather: „Die Behandlung für einen offenen Bruch ist eine Operation. Vielleicht könnten du und ich zu Docs Hof fahren, um zu sehen, was er tun möchte, nachdem ich ihr Bein untersucht habe. Er ist noch in der Gegend, richtig?"

„Bin nicht sicher. Ich habe gehört, er sei weggezogen, aber unser Tierarzt ist noch hier."

„Ich weiß, dass du wie ein Bauer denkst und alle Optionen abwägst, aber sag das nicht zu Vanessa. Niemals. Vertrau mir."

Major zuckte mit den Schultern und parkte vor der Scheune. „Brauchst du mich?", fragte er.

„Wenn ich dich brauche, schicke ich nach dir", sagte Heather. „Ich muss mir die Hände waschen, bevor ich irgendetwas mache."

Als Major und Heather in die Küche kamen, sagte er: „Heather muss sich die Hände waschen."

„Das Wasser am Waschbecken ist warm. Ich habe gerade einige Töpfe abgewaschen", sagte Mr. Young.

Nachdem Heather sich die Hände gewaschen und abgespült hatte, öffnete Major die Tür für sie. „Ich schicke Annie mit den Kleidern zur Scheune."

Heather eilte zur Scheune.

Molly traf Heather am Türeingang. „Ich habe den meisten Schlamm entfernt, aber ich war nervös, viel um die Wunde herum zu machen. Ich habe auf dich gewartet, bevor ich ihre Jeans abgeschnitten habe."

„Schauen wir mal, was wir haben. Wie fühlst du dich, Vanessa?" Heather starrte auf Vanessa, die ihre Hände aneinander rieb. „Dein Gesicht ist ein bisschen rot. Hast du dich gekratzt?"

„Nein. Ich habe es nur ein wenig gerieben. Ich bin vielleicht in etwas Giftefeu geraten."

„Lass mich deine Handflächen sehen." Heather verengte ihre Augen. „Sie sind auch etwas rot. Schneide los, Molly, und lass uns einen Blick darauf werfen. Hast du Antihistaminika? Das könnte gegen den Juckreiz helfen."

„Ich bin sicher, dass wir welche haben, aber ich werde Rosalies Liste unserer Medikamente überprüfen."

Vanessa griff nach ihrem Gesicht, und Molly sagte: „Nein. Wir müssen dir vielleicht Socken über die Hände ziehen, um dich vom Kratzen abzuhalten. Ich decke dich mit einem Laken zu, sobald ich diese Jeans ausgezogen habe."

Während Molly die Jeans wegschnitt, fragte Heather: „Was ist passiert?"

„Ich war auf unserer Seite der Landstraße und dachte, der beste Weg, über die Gräben auf beiden Seiten zu kommen, wäre, Gas zu geben. Als ich auf den Gashebel trat, schrie Aimee Louise, aber ich wollte den Sprung schaffen. Wir hoben vom ersten Ufer ab und krachten in das auf der anderen Straßenseite."

Sie seufzte. „Es wäre ein wunderschöner Sprung gewesen, wenn ich es geschafft hätte. Ich hatte meinen Sicherheitsgurt nicht an. Ich erinnere mich, wie ich flog und dachte: *Das ist nicht gut.* Ich landete mit der Brust am Rand des Grabens, und ich denke, der Aufprall hat mir den Atem geraubt. Als ich hörte, wie ein Lastwagen die Staatsstraße herunterkam, geriet ich in Panik und versuchte, tiefer in den Graben zu gelangen. Ich rollte in den Schlamm hinunter und lag dort, bis Aimee Louise mich fand."

Molly ließ die Jeans auf den Scheunenboden fallen und warf ein Laken über Vanessa. Heather schaute auf, als Annie mit Vanessas Kleidern hereinkam.

„Annie, würdest du meine Tasche aus Nummer 48 für mich holen?"

Als Annie zurückkehrte, sagte Heather: „Danke, leg meine Tasche jetzt auf einen Heuballen und öffne sie." Heather kniete sich neben Vanessas Wunde. „Annie, siehst du die Rettungsschere? Das ist die mit der Lippe in der Nähe der Spitze."

Annie reichte ihr die Schere, und Heather schnitt den Verband weg. Nachdem der Verband zu Boden gefallen war, sagte sie: „Annie, könntest du mir den Teekessel bringen?"

Annie stürmte zum Haus und kam mit dem Kessel zurück. Heather berührte ihn mit ihrem Ellbogen. „Gut. Lauwarm. Gieß einen kleinen Strahl um die Wunde herum, aber nicht direkt darauf."

Annie träufelte Wasser, wohin Heather deutete. Heather übte etwas Druck oberhalb der Wunde aus und setzte sich dann auf ihre Fersen. „Was siehst du, Annie?"

Annie begutachtete die Wunde. „Ein Stock?"

„So sieht es für mich auch aus. Gib den Teekessel deiner Mutter und bringe meinen Rucksack nahe zu mir, dann zieh ein Paar Handschuhe an. Sie sind in der Seitentasche."

„Ein Stock?", fragte Vanessa. „Da steckt ein Stock in meinem Bein?"

Molly trat näher und schaute über Heathers Schulter. „Für mich sieht es wie ein Knochen aus, aber mehr wie ein Hühnerknochen."

Vanessas Mundwinkel sackten ab und ihre Stirn runzelte sich. „Ich habe Hühnerknochen-Beine?"

„Ich habe Handschuhe an", sagte Annie.

„Gut. Geh auf die andere Seite von Vanessas Bein, mir gegenüber." Heather öffnete mehrere Packungen Gaze und reichte eine davon an Annie.

„Wickle die Gaze um den Stock und ziehe dann langsam in Richtung von Vanessas Fuß. Während du ziehst, halte ich Druck, um Blutungen zu kontrollieren."

Annie kniete sich gegenüber von Heather, wickelte den Stock mit Gaze ein und zog den Stock einen halben Zentimeter zurück. Während Annie zog, packte Heather sterile Gaze-Tupfer um die Wunde, um den Blutfluss aufzusaugen.

Nachdem sie ein Päckchen Tupfer verwendet hatte, sagte Heather: „Warte kurz." Sie entfernte die obersten Schichten der Gaze, tupfte Blut ab und untersuchte die offene Wunde. „Gut so. Es fühlt sich an, als hätten wir noch mindestens fünf Zentimeter zu gehen."

Als Annie zog, blutete die Wunde stärker, und Heather verwendete eine weitere Packung steriler Tupfer.

Vanessa rutschte unruhig hin und her, und Molly hielt zwei Finger hoch. „Hör auf zuzuschauen und halte meine Finger und drücke zu."

Vanessas Augen füllten sich mit Tränen, und sie hielt Mollys Finger in ihrer Faust.

Heather tupfte das Blut mit Gaze-Tupfern ab. „Mach weiter."

Annie zog, bis sie den Stock entfernt hatte.

„Er ist draußen. Gut." Heather übte Druck auf die blutende Wunde aus.

„Danke." Vanessa ließ Mollys Finger los.

„Ich hätte deine quetschen sollen. Versuche, das Gefühl zurückzubekommen." Molly wackelte mit ihren Fingern.

„Ich halte noch etwas Druck. Halte den Stock so, dass ich ihn sehen kann." Heather inspizierte den Stock, während Annie ihn in ihrer flachen Hand hielt und langsam drehte. „Wie sieht er für dich aus?"

„Er ist etwa eineinhalb Zentimeter im Durchmesser und zehn Zentimeter lang. Hartholz. Vielleicht Pekannuss? Beide Enden sehen abgebrochen aus. Nicht sauber geschnitten."

Heather kniff die Augen zusammen, während sie den Stock betrachtete. „Ich bin nicht sicher, ob ich das Holz hätte identifizieren können, Annie. Gut gemacht. Wenn ein Splitter zurückgeblieben ist, müssen wir Doc bitten, ihn herauszuschneiden." Heather verlagerte sich in eine bequemere Position. „Ich habe das Holzstück nahe der Oberfläche gefühlt, aber vom Winkel, in dem es herauskam, könnte es ziemlich tief gewesen sein." Sie griff nach Antibiotikacreme, Gaze und Klebeband und verband die Wunde.

„Du vergisst etwas." Vanessa lächelte.

Heather schnaubte. „Mein Klebeband ist alle."

„Lass uns dich anziehen und nach drinnen bringen." Mollys Augen weiteten sich, als sie eine durchsichtige Bluse aufhob.

„Hier ist ein T-Shirt zum Tragen unter dem Hemd, das Sara ausgesucht hat", sagte Annie.

„Danke, Annie", sagte Vanessa.

„Gib deinem Bein eine Chance zu heilen." Heather packte ihre Tasche. „Bleib mindestens drei Tage davon weg, dann benutze einen Stock als Gleichgewichtshilfe, um sicherzugehen, dass du nicht fällst. Molly, wechsle den Verband dreimal täglich und achte auf Rötungen und Schwellungen an der Wunde. Schick nach mir, wenn du brauchst, dass ich mir die Wunde ansehe, aber ich vertraue deinem Urteil. Wenn ihr mich nicht für etwas anderes braucht, werde ich nach Hause gehen."

Während Molly und Annie Vanessa beim Anziehen halfen, ging Heather zum Haus, um Major zu finden.

Major begegnete Heather auf dem Weg zum Haus. „Bereit, um Doc zu besuchen?", fragte er.

„Nicht nötig. Es war kein offener Bruch, aber wir konnten es nicht wirklich erkennen, bis wir es ein bisschen gesäubert hatten. Pastor John hat das Richtige getan. Vanessa soll mindestens drei Tage lang ihr Bein nicht belasten. Molly wird sie im Auge behalten, und ich bin bereit, nach Hause zu gehen."

Auf der Fahrt zum Haus der Deputies fragte Major: „Keine gebrochenen Knochen? Hat sie nur einen Schnitt?"

„Ich glaube nicht, dass sie einen Bruch hat, aber es war keine einfache Schnittverletzung; es ist mehr eine tiefe Stichwunde. Sie hatte einen Stock in ihrem Bein stecken. Ich kann dir nicht sagen, wie es passiert ist, aber ihre Verletzungen hätten viel umfangreicher sein können. Wir wissen nicht, ob ein Splitter zurückgeblieben ist. Molly wird auf Anzeichen einer Infektion oder Schwellung achten."

Major schüttelte den Kopf. „Was für ein Durcheinander. Wir haben eine Person weniger, vielleicht zwei, je nach Aimee Louises Zustand."

„Du meinst drei. Molly wird sich um Vanessa kümmern müssen."

„Ich habe das vielleicht abgedeckt."

Als Major vor dem Haus der Deputies anhielt, kam Stuart heraus, um ihn zu treffen. „Wie geht es Aimee Louise?"

„Ich hole sie morgen ab. Komm zum Mittagessen zum Bauernhof. Kläre es zuerst mit Brad ab. Es ist seine Entscheidung, nicht meine oder deine."

Als er am Ende der Auffahrt abbog, schaute Major zurück zum Haus. Stuart stand immer noch auf der Veranda mit verschränkten Armen. *Ich verstehe vielleicht mehr, als du denkst, Junge.*

Nachdem er geparkt hatte, schlenderte Major zum Hühnerstall, wo er wusste, dass er Sara und Brett finden würde. „Wie geht es den Hühnern?", fragte er.

Sara hielt den Eierkorb hoch. „Sie mögen das warme Wetter. Das ist der beste Tag der ganzen Woche."

Brett kam aus dem Hühnerstall. „Ich habe das Stroh in einem der Nistplätze ersetzt. Manchmal kratzen sie das Stroh raus. Ich glaube, sie suchen nach Käfern."

Sie kamen aus dem Auslauf, und Brett schloss das Tor. Major schlenderte mit ihnen mit.

„Sara, glaubst du, du könntest eine zusätzliche Aufgabe übernehmen? Tante Vanessa braucht jemanden, der sich um sie kümmert. Sie ist verletzt und braucht eine Krankenschwester. Könntest du das tun?"

„Ja. Ich könnte die Krankenschwester für Tante Vanessa sein. Ich werde die beste Krankenschwester sein, die sie je hatte. Ich werde die beste Krankenschwester sein, die der Bauernhof je gesehen hat. Außer Tante Heather. Ich könnte nie so gut sein wie Tante Heather." Sara schob den Korb zu Brett und rannte zum Haus.

Brett hielt den Korb und schaute zu Major auf. „Was ist mit mir, Paps? Bekomme ich auch ein besonderes Projekt? Ich hätte gerne ein besonderes Projekt."

„Das tust du sicher. Du wirst die doppelte Arbeit haben, weil Sara beschäftigt sein wird. Kannst du die Arbeit von zweien machen? Ich weiß, das ist viel. Schaffst du das?"

„Das schaffe ich auf jeden Fall. Danke, Paps." Brett stolzierte zum Haus.

Shadow trottete zu Major und legte sich dann zu seinen Füßen hin. Major kniete sich hin und streichelte Shadows Rücken. Als er aufstand, kam Molly aus dem Haus und schlenderte den Weg entlang, um ihn zu treffen.

„Sara sagte, du hast sie beauftragt, sich um Vanessa zu kümmern. Sie und Mr. Young basteln eine Krankenschwesterhaube. Ich musste raus, um es dir zu sagen, weil ich jedes Mal lachen muss, wenn ich daran

denke. Du bist genial." Molly brach in Gelächter aus und wischte sich
die Augen.

Als sie sich wieder unter Kontrolle hatte, sagte sie: „Ich habe das
Mittagessen für dich auf den Tisch gestellt. Während du isst, werden wir
dich auf den neuesten Stand bringen, was wir bisher getan haben. Wir
werden nicht alles schaffen, aber wenn wir alle ranklotzen, können wir
morgen früh fertig werden, es sei denn, du willst, dass wir nach Einbruch
der Dunkelheit arbeiten."

„Wir sollten nach dem Abendessen aufhören. Die Kinder können
baden und lesen oder sich entspannen vor dem Schlafengehen. Ich
habe das Gefühl, Stuart wird zum Frühstück hier sein und die Mädchen
abholen wollen, also werde ich in der Lage sein, einige meiner Dinge zu
erledigen."

„Mr. Young und Annie haben viel eingeweckt. Wir werden bis
morgen Mittag fertig sein, aber wir sind nicht mehr so abhängig von der
öffentlichen Stromversorgung wie heute Morgen."

Als sie die Veranda erreichten, hielt Molly an. „Werden wir Stuart
auf einer semi-permanenten Basis hier haben?"

„Kommt darauf an, ob Brad ohne ihn auskommt, aber ich vermute,
ja."

„Er ist willkommen, hier zu bleiben, und wir haben den Platz. Ich
hoffe nur, er weiß, worauf er sich einlässt. Unsere Aimee Louise ist
anders."

„Er weiß das. Es fällt mir jedoch schwer, mich nicht einzumischen."

„Verständlich. Bereit, Saras Krankenschwesternhaube zu sehen?
Denk daran, nicht lachen und nicht mich anschauen."

Major wusch sich die Hände und setzte sich an den Tisch. Er
betrachtete sein Sandwich. „Hühnersalat? Mein Favorit."

„Wir essen zuerst die leicht verderblichen Lebensmittel. Genau wie
in alten Zeiten."

Mr. Young rührte in einem Topf Eintopf auf dem Herd. „Fast bereit
zum Einwecken, Molly."

„Klingt gut. Was steht auf unserem Zeitplan für den Rest des Tages?"

„Von der Küchenseite aus, einwecken." Er schaltete den Brenner herunter und füllte ein Litereinmachglas für den Dampfdruckkochtopf.

„Major, Mr. Young und ich werden uns auf das Einkochen konzentrieren, wenn es dir nichts ausmacht, die Aufgaben der Kinder zu überprüfen. Dann kannst du an dem arbeiten, was du geplant hattest."

Sara stolzierte in die Küche. Sie trug ein weißes Taschentuch, das im Stil eines Motorradfahrerbandanas gebunden war. Auf der Vorderseite ihrer Kopfbedeckung hatte sie ein rosa Kreuz gemalt und es mit Silber- und Goldglitzer bestreut.

„Hallo, Paps. Ich bin Tante Vanessas Krankenschwester. Sie braucht Wasser und einen Snack. Sie sagte, sie wolle sich ausruhen, aber sie muss essen, sonst wird sie mürrisch. Mama sagt, ich werde mürrisch, wenn ich hungrig bin." Sara zog ein Keksblech heraus und legte eine Dinosaurier-Tischunterlage darauf. „Es ist wichtig, dass ein Snack hübsch aussieht."

„Vielleicht kann sie ihren Snack später haben, Krankenschwester Sara", sagte Molly. „Sie ist jetzt vielleicht müde. Du kannst ein Glas Wasser auf ihren Tisch stellen, wo sie es erreichen kann."

„Okay, Mami. Ich werde einen Stuhl neben ihre Tür stellen, damit sie mir sagen kann, wenn sie etwas braucht."

„Klingt gut. Denk nur daran, frage sie nicht, ob sie etwas braucht. Wir müssen sie ruhen lassen."

Sara marschierte mit dem vollen Wasserglas aus der Küche.

„Vanessa steht in deiner Schuld, Molly." Mr. Young kicherte.

„Ich werde sicherstellen, dass sie das weiß."

Nachdem Major sein Sandwich und sein Glas Wasser fertig hatte, nahm Molly sein Geschirr und reichte es Mr. Young.

„Fließbandarbeit", sagte sie. „Geh schon. Sara wird mir sagen, wenn Vanessa sich rührt. Wir haben das im Griff."

Major schlenderte zum Schuppen. Annie, Josh und Brett räumten ihre Eimer und Vorräte weg. „Ich muss Zäune reparieren. Josh und Brett, ihr könnt den Wagen ziehen, und Annie, du kannst mir helfen, die Bretter anzunageln. Wir werden wahrscheinlich vier Wagenladungen

Holz brauchen. Wir müssen diesen ganzen Abschnitt entlang der Straße reparieren."

Josh und Brett salutierten, und Annie kicherte, dann luden die vier den Wagen mit Holz und Werkzeugen.

Nach der zweiten Ladung Holz sagte Major: „Bringt mit der nächsten Ladung Wasser mit, und wir werden eine Pause machen. Das geht schneller, als ich erwartet hatte."

„Wir sind ein ausgezeichnetes Team", sagte Josh.

„Das sind wir auf jeden Fall." Major und Annie platzierten das nächste Brett und befestigten es, während Josh und Brett eilten, um die letzte Ladung Holz und Wasser für eine Pause zu holen.

Sheriff hielt am Straßenrand an und stieg aus seinem Truck. „Sieht gut aus. Kann ich irgendwie helfen?"

„Wir machen eine Pause, wenn die Jungs zurück sind. Es wird nicht lange dauern, bis wir fertig sind, nachdem wir uns mit Wasser versorgt haben."

„Ich sehe dich am Haus." Sheriff drehte an der Einfahrt um und winkte den Jungen zu, die zum Zaun liefen.

Nach ihrer Wasserpause rannten die Jungen zurück zum Haus, und Major und Annie reparierten weiter den Zaun mit neuen Brettern.

„Paps, ich wünschte, Aimee Louise wäre hier." Annie nagelte das letzte Brett an den Zaunpfosten.

Major hielt inne, während er seine Werkzeuge in den leeren Wagen legte. „Sie wird morgen hier sein. Warum?"

Annie fügte ihren Hammer und die Wasserwaage zur Werkzeugsammlung hinzu. „Sie muss Mr. Young anschauen. Ich glaube nicht, dass er sich wohl fühlt."

„Ich werde mit ihm reden."

„Du kannst es versuchen. Er ist verschlagen." Annie lächelte, und Major kicherte.

Nachdem sie den Werkzeugschuppen erreicht hatten, sagte Major: „Ich muss deinen Vater finden. Ich denke, er möchte mit mir reden."

„Das denke ich auch."

Sheriff traf sie an seinem Truck, und Annie eilte ins Haus. „Lass uns gehen. Hätte nichts dagegen, Annies Schuppen zu sehen."

KAPITEL ZEHN

Als sie den Schuppen erreichten, weiteten sich die Augen des Sheriffs. „Annie hat das gemacht? Ganz allein?"

„Allerdings. Das Einzige, wobei ich geholfen habe, waren ein paar Platten auf dem Dach, um Zeit zu sparen. Es ist alles ihr Design und ihre Arbeit. Geh mal um die Rückseite."

Der Sheriff schlenderte um den Schuppen, und der Major folgte ihm.

„Ein Pflanztisch?" Der Sheriff schüttelte den Kopf. „Unglaublich. Sie hat schon von einem Gewächshaus gesprochen."

„Ich bin sicher, wir werden bis zum Herbst eins haben. Heather hat ihr ein paar alte Samen gegeben. Annie hofft, uns das ganze Jahr über mit Gemüse zu versorgen."

Der Sheriff lehnte sich an den Tisch. „Ich hatte heute einen Besucher im Büro. Er sagte, er arbeite für Charles McNeil."

„Was? Ich dachte, Charlie sitzt im Gefängnis." Der Major verengte seine Augen.

„Das dachte ich auch. Nachdem mein Besucher gegangen war, habe ich nachgeforscht. McNeil muss einflussreiche Kontakte gehabt haben, von denen wir nichts wussten, denn das Gefängnis hat ihn vor drei Monaten entlassen, und er ist zurück in seiner alten Position im Büro der Behörde. Es gibt keine Papierspur von irgendwelchen Anklagen, Verurteilungen oder Gefängniszeit. Alles gelöscht." Sein Gesicht rötete sich, und er schlug mit der Faust auf den Tisch. „Er hat die Morde an Joshs und Annies Eltern, Russell und Margo Gaston, befohlen, und er ist frei."

„Ich kann nicht glauben, dass er draußen ist und wieder die Behörde leitet." Der Major runzelte die Stirn. „Was will er?"

Der Sheriff schnaubte. „Meine Kooperation bei dem Sonnenwurzelprojekt. Es stellt sich heraus, dass es meine Ehre und meine patriotische Pflicht als Gesetzeshüter ist, die neue Bundesrichtlinie durchzusetzen, nach der Farmer Sonnenwurzeln anbauen müssen, um die hungernden Kinder unseres Landes zu ernähren."

„So ein Schwachsinn. Wir hätten McNeil dauerhaft ausschalten sollen, als wir die Chance hatten. Wie weit reicht sein Einfluss, weißt du das? Irgendwelche Drohungen?"

„Nach meinen Informationen leitet er die Behörde für den Südosten. Sicher für Florida, Georgia, Alabama und Tennessee. Keine Drohungen bei diesem Besuch, aber ich bin sicher, das war nur der erste Warnschuss. Er wird es noch verstärken."

„Ich denke, wir haben unsere Prioritäten klar. Die Kinder schützen und bereit sein, wenn der Strom dauerhaft ausfällt, dann nehmen wir uns Charlie vor."

„Richtig. Die anderen Sheriffs in unserer Region wissen jetzt von dem Betrug. Einige waren skeptisch, aber die meisten werden auf der Hut sein. Wir werden Ressourcen haben, auf die wir zurückgreifen können."

„Ich wette, du hast noch nicht zu Mittag gegessen. Molly hat Hähnchensalat gemacht." Der Major lachte. „Wir müssen ihn aufessen, bevor der Strom ausfällt."

Als die beiden Männer zum Haus schlenderten, sagte der Sheriff: „Ich dachte, nachdem wir den Gefrierschrank leeren, könnten wir Behälter mit Wasser füllen und sie hineinstellen, sodass wir Eisblöcke haben, wenn wir den Strom verlieren."

„Das ist eine hervorragende Idee. Ich habe vielleicht ein paar Behälter im Schuppen, die wir schrubben und verwenden können."

Als sie die Veranda erreichten, sagte der Major: „Fast hätte ich vergessen, dich zu warnen. Krankenschwester Sara ist im Dienst, und ihre Patientin ist Vanessa."

„Oh je." Der Sheriff lachte, als er die Tür öffnete.

„Da seid ihr ja", sagte Molly. „Annie hat mir gesagt, dass du hier bist. Dein Mittagessen steht auf dem Tisch. Die Jungs helfen uns beim Einmachen."

Sara eilte in die Küche. „Mama, Tante Vanessa braucht Mittagessen. Sie wäscht sich gerade die Hände. Ich habe mir schon die Hände gewaschen, damit ich ihr ein Sandwich machen kann. Würdest du ihr heißen Tee machen? Sie sagte, sie mag süßen Tee. Ich dachte, heißer Tee wäre besser für kranke Leute, aber wenn sie verletzt ist und nicht krank, kann sie dann süßen Tee haben?"

„Ich mache ihr ein Sandwich", sagte Molly. „Du könntest ihr etwas süßen Tee einschenken. Der ist gut für verletzte Leute", sagte Molly.

„Wenn es dir nichts ausmacht, Molly, könnte ich Annies Hilfe bei einem anderen Projekt am Geräteschuppen gebrauchen, es sei denn, du hast etwas anderes für uns zu tun", sagte der Major.

„Ich kümmere mich nur ums Einmachen und Sandwiches", sagte Molly. „Nur zu."

Der Sheriff sagte: „Molly, ich habe eine Idee für die Gefrierschränke, nachdem du sie geleert hast."

„Lass uns gehen, Annie", sagte der Major.

Annie hüpfte, um mit dem langen Schritt des Majors zum Schuppen Schritt zu halten. „Was ist unser Projekt?", fragte sie.

„Wir werden Eimer und Behälter finden, die nicht undicht sind, und sie reinigen, damit sie Wasser halten können. Wir werden sie in die Gefrierschränke stellen, um Eisblöcke zu machen."

„Das ist brillant", sagte sie.

„Die Idee deines Vaters."

„Ich habe Mr. Young gesagt, dass er gerötet aussieht, und er hat mir gesagt, dass das Einmachen einem alten Mann das antut."

„Du hattest recht. Schlau."

Als sie den Schuppen erreichten, sagte der Major: „Mir gefällt deine Idee, Aimee Louise und Rosalie früher zurückzuholen. Wenn Stuart heute Nachmittag auftaucht, werde ich ihn schicken."

„Das ist gut, denn er wird vor dem Abendessen hier sein." Annie lächelte und hob einen Eimer auf. „Ich werde Eimer mit Wasser füllen, und wir können sehen, ob sie undicht sind."

Nachdem sie die Eimer getestet und die, die nicht undicht waren, geschrubbt hatten, sagte der Major: „Lass uns diese zum Haus bringen. Wir können sie auf der Veranda umgedreht stehen lassen, bis deine Mutter sie braucht."

Annie nahm die zwei kleinen Eimer, und der Major griff sich die drei großen.

Als sie die Veranda erreichten, saß Vanessa in ihrem Stuhl mit hochgelegtem Bein. „Wir haben hier die bemerkenswerteste Waffe gegen Selbstmitleid. Sara sagte mir, ich solle aus dem Bett steigen, weil es Zeit für das Mittagessen sei, und meine Haare unordentlich seien." Vanessa lachte. „Molly half mir zur Veranda, und Sara brachte mir mein Mittagessen."

Nachdem Annie ihre Eimer umgedreht neben der Tür abgestellt hatte, eilte sie ins Haus.

Der Major küsste Vanessa auf den Kopf. „Deine Haare sind immer unordentlich." Er setzte sich neben sie und grinste.

„Du bist so ein Stinker", sagte Vanessa. „Was steht als Nächstes auf deiner Agenda?"

„Die Generatoren testen. Wir testen sie einmal im Monat, und obwohl sie erst nächste Woche fällig sind, ist es einfacher, heute alle Probleme zu beheben."

Der Sheriff kam zu ihnen auf die Veranda. „Ich dachte dasselbe. Wir sollten auch den Traktor und die Kettensägen anwerfen. Die Tankstelle war offen, als ich die Stadt verließ. Ich hielt an und füllte meinen Tank und den einen Kanister, den ich mitführe. Ich werde die restlichen Kanister überprüfen, um zu sehen, wie unser Status ist. Ich kann schnell zurück in die Stadt fahren, wenn wir Nachfüllungen brauchen. Niemand fährt mehr viel herum, also gibt es keine Schlangen für Treibstoff."

„Warum überprüfst du nicht das Benzin, und ich stelle sicher, dass alle unsere Werkzeuge bereit sind."

Annie kam aus dem Haus zurück. „Sara sagte Mr. Young, er müsse sich setzen, damit sie seine Temperatur messen könne. Mama stand mit verschränkten Armen hinter Sara. Du hättest sein Gesicht sehen sollen. Er sagte Mama, er könne es nicht mit beiden aufnehmen, und Sara nahm seine Temperatur. Mama überprüfte. Sie war normal, aber sie zwang ihn, eine Pause zu machen. Was machen wir als Nächstes, Papa?"

„Wir werden all unsere Geräte laufen lassen. Fangen wir mit den Generatoren an."

„Ich nehme die Jungs mit und fahre mit ihnen in die Stadt", sagte der Sheriff. „Molly und Mr. Young können sicher schneller alleine arbeiten."

„Du könntest genauso gut lernen, wie man die Generatoren startet", sagte der Major. Annie startete mit Anleitung den ersten Generator. Der Major erklärte, wie man Fehlersuche betreibt, wenn er nicht startet, dann gingen sie zum nächsten Generator. Der zweite Generator war der älteste, und er stotterte und startete nicht. Nach dem dritten Versuch trat Annie zurück und hob ihre Hände. „Ich rieche Benzin. Ich habe ihn überflutet, oder?"

Der Major lachte. „Wenigstens hast du nicht weitergemacht. Gib ihm eine Minute: Du hast den Choke vergessen."

Beim dritten Generator startete Annie ohne Probleme, dann diskutierten sie über die Eigenheiten und Unterschiede der Generatoren.

„Was ist mit dem Verlegen näher zum Haus? Wie mache ich das, wenn du nicht hier bist?", fragte Annie.

„Gute Frage. Wir müssen an Eventualitäten denken. Warum nicht..." Der Major hielt inne. „Lass mich dich fragen, was für dich funktionieren würde?"

Annie starrte auf den Generator und dann auf das Haus. „Wenn der Generator auf einem Schlitten wäre, könnte ich ihn an den Aufsitzmäher anhängen und rüberziehen."

Der Major nickte. „Genau das dachte ich. Lasst uns das Ersatzholz überprüfen, um zu sehen, ob genug da ist, damit du einen Schlitten für den größten Generator bauen kannst. Welche anderen Projekte hast du im Sinn?"

„Ich möchte ein Gewächshaus bauen. Mr. Young sagte, es könnte etwas Plastik auf seinem alten Bauernhof geben, das ich nutzen könnte, wenn Pastor John nicht schon etwas dafür im Sinn hat."

„Das kann dein nächstes Projekt sein. Wir werden Stuart bitten, das Plastik zu überprüfen, um zu sehen, ob das eine Option ist, wenn er zu Pastor John geht. Lass uns die Kettensägen und den Rest der Ausrüstung überprüfen."

Nachdem sie alle Geräte getestet und kleinere Reparaturen durchgeführt hatten, sagte der Major: „Wir sind bereit. Lass uns eine Pause machen."

Als sie die Hinterveranda erreichten, saß Sara in Majors Stuhl neben Vanessa. Sara las laut vor, und Vanessas Augen waren geschlossen. Sara winkte, und Vanessa öffnete ihre Augen.

„Ich lese Tante Vanessa mein Lieblingsbuch vor." Sara hielt ihr Buch hoch.

„Ich bekomme eine Auffrischung über Feen", sagte Vanessa. „Es ist eine Weile her, seit ich mir die Zeit genommen habe, mich zu entspannen, und Sara ist eine ausgezeichnete Vorleserin. Wir haben ein weiteres Buch für morgen ausgesucht."

„Es geht um Feen", sagte Sara.

„Wir werden uns säubern und sehen, was wir sonst noch tun müssen", sagte der Major. „Brauchst du irgendetwas?"

Vanessa schüttelte den Kopf, und Sara las weiter.

Molly und Mr. Young saßen am Tisch, als sie in die Küche kamen.

„Ihr zwei habt hart gearbeitet", sagte Molly. „Ich habe eine Grenze beim Einmachen erreicht. Macht eine Pause mit uns. Bedient euch am Ziegenkäse und den Crackern."

Der Major goss zwei Gläser Wasser ein und setzte sich an den Tisch neben Annie.

„Vanessa, Sara und ich haben früher über den Garten gesprochen", sagte Mr. Young. „Wir wollen nächste Woche Tomaten- und Pfeffersamen in Töpfe pflanzen."

Josh und Brett stürmten durch die Hintertür. „Wir sind am Verhungern", sagte Josh.

„Wascht eure Hände, dann setzt euch an den Tisch und nehmt einen Snack", sagte Molly. Als die Jungs zum Waschbecken eilten, sagte sie: „Nein. Nicht hier. Geht ins Badezimmer."

Als der Sheriff hereinkam, reichte Molly ihm ein Glas Wasser, und er trank es in einem Zug aus. „Annie, ich habe etwas Holz in der Stadt gefunden. Schau nach meinem Truck nach deinem Snack. Molly, wir schulden Pete Erdbeermarmelade und vier Gläser eingelegte Bohnen. Major, lass uns auf die Veranda gehen. Mr. Young, kommst du mit?"

„Ich komme auch gleich", sagte Molly. „Schickt auch Sara für eine Pause rein."

Nachdem die Erwachsenen draußen waren, sagte der Sheriff: „Ich habe Neuigkeiten. Erstens, Stuart wird später heute Nachmittag hier sein. Die Deputies haben entschieden, wenn Stuart hier ist, kann Jim aus dem Junggesellenanhänger ausziehen, der neben dem Haus stand. Sie können das Propan des Anhängers als Reserve zum Erhitzen von Wasser oder sogar als warmen Aufenthaltsort verwenden, wenn die Dinge hart werden. Heather mochte den Plan, einen Ort zu bestimmen, um jemanden zu isolieren, der krank ist."

Vanessa lächelte. „Ich vermute, Krankenschwester Sara würde dem zustimmen."

Der Sheriff lachte. „Zweitens, McNeils Organisation bewegt sich schnell. Die Stadt südlich von uns verlor gestern ihren gesamten Strom, und das Elektrizitätswerk sagte dem Bürgermeister, die Bauern, die außerplanmäßig Strom gestohlen hätten, hätten eine technische Störung verursacht. Charlie muss seine Zielgruppen besser recherchieren. Der Bürgermeister ist ein Bauer, und der Sprecher des

Elektrizitätswerks gab zu, dass sie keine Beweise für eine technische Störung oder für jemanden, der Strom stiehlt, hatten."

„Er erweitert die Wege, wie er Druck auf die Bauern ausüben kann", sagte Mr. Young. „Wenn die Bauern das System betrügen würden, würde die Amateurfunkgemeinde darüber sprechen. Niemand hat etwas gesagt."

„Die Gemeinschaften in *wir* und *sie* Kategorien zu teilen, ist nicht neu, aber es kann wirksam sein", sagte der Major. „Wie können wir Charlie stoppen?"

„Ich sehe nicht, wie wir das können", sagte Vanessa. „Ich sehe keine eindeutigen Beweise für strafrechtliche Anklagen gegen McNeil. Eine Zivilklage könnte etwas Publizität bringen, aber sie könnte auch als triviale Klage nach hinten losgehen."

„Das erledigt das", sagte Molly. „Nicht unsere Sache."

„Du hast recht", sagte Mr. Young. „Fall abgeschlossen. Pause vorbei." Er zwinkerte dem Major zu und ging hinein.

Später am Nachmittag stellten der Major und Josh eine Regentonne neben der Scheune auf, unter der Aufsicht von Penny und Shadow.

Shadow bellte, und Josh zeigte. „Stuart kommt die Straße runter. Kann ich ihm entgegengehen?"

„Geh nur", sagte der Major.

Josh und Penny rannten zum Tor. Stuart trug seinen Rucksack und zwei übergroße Sporttaschen. Sein Gitarrenkoffer hing über einer Schulter und sein Gewehr über der anderen.

Der Major runzelte die Stirn. *Ich hoffe, das geht nicht nach hinten los.*

Er schüttelte den Kopf und befestigte das Fallrohr an der Tonne.

Als Stuart und Josh das Haus erreichten, winkte der Major. „Willkommen, Stuart. Melde dich bei Molly."

Mr. Young gesellte sich zu Major an der Scheune. „Ich habe einige Gedanken über McNeil; allerdings würden technisch gesehen keine davon den Vanessa-Anwaltstest der Legalität bestehen."

„Es macht Sinn für mich, ihn zu verfolgen, weil ich nicht will, dass er zum Bauernhof kommt. Was ich brauche, ist eine Falle." Der Major sammelte seine Reste und Werkzeuge auf und legte sie in den Wagen.

„Mein Bauernhof hätte eine Option sein können, wenn Pastor John und Familie nicht dort wären", sagte Mr. Young.

„Richtig." Der Major ging auf und ab. „Wenn wir einen Ort für eine Falle brauchen, öffnet das Bezirksgebäude nur zweimal pro Woche. Petes Diner wird nicht genutzt, außer für die informellen Treffen an den Tauschtischen draußen."

„Wenn der Strom abgeschaltet wird, werden die Leute wieder dazu übergehen, Wasser aus dem Brunnen des Diners zu holen. Woran denkst du?"

„Nicht sicher. Es muss etwas geben, das Charlie aus seinem Versteck locken würde. Du sagtest, du hättest einige Gedanken."

„Ich muss meine Füße ausruhen." Mr. Young humpelte in die Scheune und setzte sich auf einen Heuballen. Der Major lehnte sich an die Tür.

Mr. Young stützte seine Füße auf einen kleineren Ballen. „Der Bürgermeister, der ein Bauer war, brachte mich zum Nachdenken. Das war ein Fehltritt. Was ist, wenn es andere Fehlkalkulationen gibt, wo er gestoppt wird? Zum Beispiel verbreitet sich durch die Kontakte des Sheriffs und das Amateurfunksystem das Wort über das Sonnenwurzelschema. Du und der Sheriff kennt ihn besser als ich, aber ich kenne seinen Typ. Er ist von seinem eigenen Ego geblendet. Wann, glaubst du, wird er entscheiden, dass es Zeit für ihn ist, persönliche Auftritte zu machen, um die Dinge mit seinem selbst wahrgenommenen Charme zu glätten?"

„Du könntest da eine Idee haben. Wir müssen nur wissen, wann und wo."

„Vielleicht gibt es einen Weg, wie wir dabei helfen können." Mr. Young stand auf. „Frag mich jetzt nicht wie."

Der Major bot Mr. Young seinen Arm zur Stütze an, als sie zum Haus zurückkehrten. „Habe ich einen Fehler gemacht, Stuart hierher zu lassen?"

Mr. Young hielt an der Veranda an. „Nein. Wir brauchen die zusätzliche Sicherheit, und die Deputies mussten ihre Basis straffen. Es war das Richtige. Falls es dich beruhigt, ich verstehe deine Bedenken bezüglich Aimee Louise. Ich habe zwei Töchter."

Als der Major ins Haus ging, saßen der Sheriff und Annie am Küchentisch, und Vanessa hatte ihre Beine auf dem Sofa ausgestreckt. Sie rieb ihre Hände, aber als sie zum Major blickte, steckte sie sie unter ihre Arme.

„Meine Vorleserin hat mich verlassen, um zuzusehen, wie Stuart auspackt. Stuart hat vielleicht nicht die Kontrolle erkannt, unter der er stehen wird." Vanessa lächelte.

„Nicht alles schlecht." Der Major grinste.

„Major, schau dir Annies Design an. Ich bin nicht sicher, ob wir genug Holz haben, aber wir können anfangen. Schau, was du denkst", sagte der Sheriff.

„Sieht gut aus. Mir gefällt, wie du die Belüftung handhabst. Was ist dein Zeitplan?"

„Wenn ich morgen den Schlitten für den Generator bauen kann, kann ich mit dem Gewächshaus beginnen. Wir denken, Vollzeit wären drei Tage, aber mit unseren normalen Pflichten eine Woche", sagte Annie.

Stuart kam die Treppe herunter, gefolgt von seiner neuen Entourage: Sara, Josh und Brett.

„Ich bin oben eingerichtet. Molly sagte, ich solle bei dir nachfragen, Major", sagte Stuart.

„Ich würde dich schicken, um die Mädchen bei Pastor John abzuholen, aber mir wurde klar, dass Vicki wegen Aimee Louises Abreise streiten wird. Ich muss gehen. Tut mir leid."

Stuart nickte. „Nummer 48 hat Platz für zwei. Wenn ich mit dir fahre, könnte ich mit Rosalie zurücklaufen, damit sie nicht allein laufen muss."

Der Sheriff murmelte: „Touché", und Vanessa kicherte.

Der Major starrte Vanessa an, und sie zuckte mit den Schultern.

„Hol deine Sachen. Ich werde den kleinen Anhänger anhängen, dann können wir gehen", sagte der Major.

Stuart traf den Major bei Nummer 48 mit seinem Rucksack, und sie machten sich auf den Weg zu Pastor Johns Haus.

Unterwegs sagte der Major: „Ich bin froh, dass es geklappt hat, dass du zum Bauernhof kommst. Ich muss Charlie McNeil stoppen, und ich werde mich besser fühlen, wenn du da bist."

„Gehen Sie hinter ihm her?", fragte Stuart.

Der Major blickte ihn an. „Ich glaube, ich muss das."

„Ich bin bereit, mit Ihnen zu gehen, Sir."

„Ich weiß das, aber ich könnte dich bitten, auf dem Bauernhof zu bleiben. Ich habe allerdings noch keinen Plan." Major machte Stuart mit seinem Gespräch mit Mr. Young bekannt.

„Klingt, als ob sich die Dinge schnell bewegen. Wir müssen einfach schneller sein", sagte Stuart.

„Genau meine Gedanken."

Als sie die Einfahrt von Pastor John herunterfuhren, fragte Stuart: „Was werden Sie zu Frau Vicki sagen?"

Der Major lachte. „Ich habe keine Ahnung, aber es sollte besser gut sein."

Stuart nickte. „Geben Sie mir ein Zeichen, wenn Sie bereit sind zu fliehen."

Der Major brach in Lachen aus. „Es könnte dazu kommen. Wusstest du, dass die süße Frau des Pastors auf die drei Straßenräuber geschossen hat, die Jim letztes Jahr angegriffen haben? Hat sie gestreift. Pastor John erzählt die Geschichte besser."

Vicki stand mit verschränkten Armen auf der Veranda. Der Major lächelte, und sie starrte finster.

Hier geht's los. Spiel an.

„Ich wusste, dass du heute Nachmittag hier sein würdest, Major. Was hast du zu deiner Verteidigung zu sagen?"

Der Major räusperte sich. „Wir sind heiße und müde Reisende..."

Vicki warf den Kopf zurück und lachte. Pastor John und Chuck lugten um die Ecke des Hauses.

„Major, du bist voller Überraschungen. Ich hatte eine langatmige Reihe von Ausreden erwartet." Vicki wischte sich mit ihrer Schürze die Augen. „Kommt rein und trinkt etwas süßen Tee, bevor ihr zurückfahrt. Wir haben auf dich gewartet, und die Mädchen haben ihre Sachen zusammengepackt. Aimee Louise geht es bisher gut. Ich weiß, dass Molly sie überprüfen wird, und ihr seid näher an Heather als wir, falls irgendwelche Probleme auftreten."

Pastor John schritt zum Major und folgte ihm ins Haus.

„Das war genial", flüsterte er. „Woher kam das?"

„Angst. Reine, eiskalte Angst."

Pastor John erstickte fast. „Meine Frau hatte recht; du bist definitiv voller Überraschungen."

Als der Major hineintrat, umarmte er die wartenden Mädchen.

„Wie geht es Vanessa?", fragte Pastor John.

„Nachdem sie Vanessas Wunde gereinigt hatte, entdeckte Heather ein eingebettetes Holzstück in Vanessas Bein und beaufsichtigte, wie Annie es entfernte. Vanessa steht immer noch unter der Anordnung, sich auszuruhen, aber es sah viel schlimmer aus, als es sich herausstellte."

„Ich kann dir nicht sagen, wie erleichtert ich bin." Pastor John ließ sich in seinen Sessel fallen. „Wir haben offene Fraktur in Vickis medizinischem Buch nachgeschlagen..."

„Nachdem wir gelesen hatten, dass die Behandlung eine Operation ist, habe ich mir die ganze Nacht Sorgen um Vanessa gemacht", sagte Vicki. „Ich weiß nicht, ob es irgendwelche Ärzte in der Umgebung gibt, seit das Krankenhaus geschlossen hat. Wir müssen wissen, welche Optionen wir haben, bevor wir einen medizinischen Notfall haben."

„Du hast recht. Ich werde das untersuchen", sagte der Major.

„Wie werden wir alle in Nummer 48 passen?", fragte Rosalie.

„Ich sage es dir, wenn du mir sagst, wie ihr auf den Namen gekommen seid", sagte Stuart.

Pastor John lehnte sich zurück. „Du meinst, du weißt es nicht, Deputy? Ich weiß es."

„Wirklich?", fragte der Major.

„Ja. Mein Vater war ein Stockcar-Rennfahrer in Tennessee, bevor er zur Armee ging. Ich bin Experte in zwei Dingen: Der Heiligen Bibel und der Geschichte von Stockcars und berüchtigten Fahrern." Pastor John grinste.

„Der Vater meiner Mutter wusste alles über Stockcars", sagte Rosalie. „Wenn wir Opa besuchten, nahm er uns mit zu Rennen. Er hatte eine Geschichte über jedes Auto und jeden Fahrer. Mama sagte, sie sei mit Stockcars aufgewachsen und hätte Autoabgase im Blut."

„Das ist fantastisch", sagte Pastor John.

„Jetzt bin ich neugierig", sagte Vicki. „Was hat diese ganze Familiennostalgie mit Nummer 48 zu tun?"

„Jimmy Johnson war eine Legende, und sein Auto war die Nummer 48. Mama wäre begeistert, wenn sie wüsste, dass wir Jimmy Johnson ehren", sagte Rosalie, und Pastor John strahlte.

Vicki schüttelte den Kopf und ging in die Küche.

„Wusstest du das, Aimee Louise?", fragte Stuart.

„Ja."

„Warum hast du es nicht gesagt?", fragte der Major. „Egal. Niemand dachte daran, dich zu fragen, oder?"

„Nein."

„Hier ist euer süßer Tee." Vicki reichte dem Major und Stuart Gläser.

Stuart hielt sein Glas hoch. „Ich salutiere Jimmy Johnson." Er nahm einen langen Schluck. „Ich bin dran. Rosalie, du und ich werden zurücklaufen."

Pastor John lächelte. „Einfach. Immer das Beste."

„Stuarts Idee", sagte der Major. „Bevor wir gehen, wollte ich fragen, ob du irgendwelche Pläne für das Plastik und das zusätzliche Holz hast, das Mr. Young in seiner Scheune gelagert hat."

„Überhaupt keine Pläne. Brauchst du es?"

KAPITEL ELF

„Annie baut ein Gewächshaus und hat nicht genug Holz oder überhaupt Plastik. Wenn du es nicht benutzen wirst, würde ich gerne etwas davon mitnehmen."

„Bedien dich", sagte John.

Als Major und Stuart von der Scheune zurückkehrten, reichte Vicki jedem ein frisches Glas süßen Tee.

„Ich bin bereit." Rosalie zog ihren Rucksack an. „Lass uns gehen."

„Danke für den Tee." Stuart trank ihn hastig aus und eilte mit Rosalie nach draußen.

„Bist du fertig, Aimee Louise?", fragte Major, als er seinen Tee austrank.

„Ja."

Auf dem Weg zur Farm fragte Aimee Louise: „Sind wir bereit, den Strom zu verlieren?"

„Wir sind etwas besser vorbereitet, aber ich mache mir Sorgen, dass wir etwas vergessen haben. Wenn wir zur Farm zurückkommen, würde ich gerne, dass du schaust, was du finden kannst."

„Rosalie auch", sagte Aimee Louise.

„Natürlich."

Major überholte Rosalie und Stuart an der Landstraße und fuhr weiter zur Farm. Aimee Louise lehnte sich in ihrem Sitz zurück.

„Ich habe darüber nachgedacht, wie wir den Sohn des Richters kontaktieren können", sagte Major. „Könntest du die Funker nach Amber-Alarmen aus Miami fragen?"

„Ja. Ich werde ihnen sagen, dass sie die Sheriffs im nördlichen Florida kontaktieren sollen."

„Das ist einfach." Major hielt am Tor. „Ich schließe auf."

Nachdem er das Tor geöffnet hatte und wieder auf den Fahrersitz geklettert war, sagte er: „Aber das werden sie nicht tun, oder? Sie werden das Amateurfunkgerät benutzen."

„Ja, aber die Nachricht wird über die Funker-Community hinaus zirkulieren."

Major lachte leise, während er das Tor schloss und dann zum Haus fuhr.

Nach dem Abendessen ließen sich Aimee Louise, Rosalie und Annie am Funkgerät nieder, und Stuart schlenderte zum Computerraum, um zuzuhören. Vanessa kehrte zur Couch zurück, und Sara, Molly und Sheriff gingen spazieren, um den Garten, die Hühner und die Ziegen zu kontrollieren. Josh und Brett rannten zum Ziegengehege und kletterten auf den Zaun, um zu warten. Shadow und Penny blieben auf der Veranda.

Major und Mr. Young entspannten in ihren Schaukelstühlen, als die Sonne in einem feurigen Orange am Horizont versank und eine leichte Brise aus dem Westen die Luft kühlte.

„Ich freue mich morgens auf den Sonnenaufgang, aber nichts ist entspannender als der Sonnenuntergang", sagte Mr. Young, während er schaukelte. „Hast du weitere Gedanken?"

„Ich habe das Gefühl, dass es für Charles McNeil nicht gut läuft. Ich muss nur bereit sein, wenn sich die Gelegenheit bietet."

„Es scheint, als sollten wir Vorräte für dich bereitstellen, damit du im Handumdrehen aufbrechen kannst. Mein Wohnwagen wäre vielleicht der beste Ort."

„Gute Idee." Major verengte seine Augen. „Annie sagte, dein Gesicht war vorhin gerötet. Hast du Fieber?"

„Nein, mir geht es gut. In der Küche wurde es mir zu heiß, und ich hatte nicht den Verstand, eine Pause zu machen. Molly hat mich nach draußen geschickt, um abzukühlen. Sie sagte, wenn ich keine Pausen mache und Wasser trinke, wird sie mich feuern." Mr. Young schüttelte den Kopf. „Es ist lange her, dass eine Frau sich um mich gekümmert hat. Ich hatte vergessen, wie grantig eine Frau ist, wenn sie sich Sorgen macht."

„Irgendwie schön, nicht wahr?" Major lächelte, als Mr. Young schnaubte.

Stuart, Aimee Louise und Annie kamen aus dem Haus.

„Rosalie wird gleich hier sein. Sie ordnet ihre Notizen. Wo ist der Sheriff? Sind sie die Tiere kontrollieren gegangen?" fragte Stuart. „Er muss das hören."

Josh und Brett rannten zur Veranda und rutschten an der ersten Stufe zum Stehen. Sara und Penny holten sie ein, und Molly und Sheriff schlenderten hinterher.

„Ihr vier habt uns alle geschlagen", sagte Molly. „Wir versuchen es morgen wieder."

„Du kannst nicht gewinnen, wenn du nicht rennst, Mami." Sara posierte auf der Veranda mit den Händen in die Hüften gestemmt.

„Spuckt ihrer Mutter aus dem Gesicht geschnitten", flüsterte Mr. Young, und Major lächelte.

Rosalie kam aus dem Haus. „Gut. Alle sind hier."

„Ihr werdet sitzen wollen." Stuart deutete auf die Stühle von Sheriff und Molly.

Als Rosalie sich auf die Stufen setzte, setzten sich Aimee Louise und Annie neben sie; Stuart stand hinter Aimee Louise. Die Zwillinge lehnten an Mollys Stuhl, und Josh lehnte sich an Sheriff. Penny ließ sich zu Joshs Füßen nieder.

„Aimee Louise fragte nach Amber-Alarmen im Gebiet von Miami. Niemand wusste etwas, aber die Funker werden nachforschen. Sie hat ihnen gesagt, dass die Anfrage von den Sheriffs im nördlichen Teil des Bundesstaates kam." Rosalie schluckte schwer. „Dann berichtete ein Funker vom Hinterhalt und den Morden am Sheriff und seinen drei Deputies zwei Landkreise von uns entfernt."

Sheriff stand auf. „Was? Wann?"

„Heute früh bei der Schichtwechsel kurz vor Tagesanbruch", sagte Stuart. „Die Details sind spärlich, aber ein rasender militärähnlicher Truck mit Männern auf der Ladefläche hat die Tierschutzbeauftragte angefahren und schwer verletzt, als sie auf die Schüsse zulief. Sie wird wieder in Ordnung kommen." Rosalie rutschte zum Ende der Stufe, und Stuart quetschte sich zwischen sie und Aimee Louise.

Stuart rieb sich den Nacken. „Der Landkreisbewerter fand den Sheriff und die Deputies. Sie hatten nicht einmal Zeit, ihre Waffen zu ziehen."

Rosalie räusperte sich. „Die Funker sagten, der Bürgermeister behauptete, es sei eine Gruppe von Farmern gewesen, die der Sheriff verhaften wollte, weil sie den Strom der Stadt stahlen."

„Propaganda verbreitet sich schnell", sagte Mr. Young.

„Einige Funker sind Farmer", sagte Stuart. „Sie waren wütend auf den Bürgermeister und sagten, niemand würde solchen Quatsch glauben."

„Rosalie hat mir erklärt, was Quatsch bedeutet", sagte Annie. „Ein praktisches Wort, das man kennen sollte."

„Du wirst es mir später erklären, oder?", fragte Sara.

„Als Nächstes. Savannah", sagte Aimee Louise.

„Richtig", sagte Rosalie. „In der Diskussion über Farmen erwähnte ein Funker aus Georgia, dass ihm jemand erzählte, dass dieses kommende Wochenende ein großes Treffen für Farmer in der Nähe von Savannah stattfindet. Irgendein hohes Tier wird dort sein, um über eine revolutionäre Ernte zu sprechen, die ihnen garantiert Geld einbringen wird."

„Was bedeutet das für uns?", fragte Molly mit einem Blick auf die jüngeren Kinder.

„Es bedeutet, dass alles, was wir tun, richtig ist. Wir halten zusammen und bereiten uns auf einen Stromausfall vor, und unsere Nachbarn tun dasselbe", sagte Sheriff.

„Unsere Stadt und unsere Farmer unterstützen unseren Sheriff", sagte Major. „Wir müssen keine Angst haben."

„Du hast recht. Ich fühle mich besser", sagte Molly. „Es ist fast Schlafenszeit. Wer braucht einen Snack? Ich könnte ein paar Kekse haben, die nach freundlichen Mündern suchen, die sie essen."

Die jüngeren Kinder sprangen auf und rannten hinein. Molly folgte ihnen. „Wascht euch zuerst die Hände."

Annie hob ihre Augenbrauen in Richtung Sheriff, und er lächelte und nickte. Annie stand auf und klopfte ihre Jeans ab, dann schlenderte sie hinein.

„Sie wird erwachsen", sagte Major.

„Ich nicht. Ich hole mir einen Keks", sagte Sheriff. „Sonst noch jemand?"

Mr. Young erhob sich von seinem Stuhl, und Sheriff hielt ihm die Tür auf.

Vanessa ging früh ins Bett. Nachdem die vier Starr-Kinder gebadet hatten und im Bett waren, duschten die Mädchen, und Shadow folgte ihnen in ihr Schlafzimmer. Mr. Young ging zu seinem Wohnwagen, und Molly und Sheriff entspannten auf dem Sofa.

Stuart begleitete Major bei seiner nächtlichen Sicherheitskontrolle.

Major blieb am Torschloss stehen, als er dorthin kam. „Ich habe gelernt, dass ich mich erinnern werde, dass ich ein Schloss überprüft habe, wenn ich es berühre; sonst müsste ich mitten in der Nacht noch einmal rauskommen, wenn ich aufwache und mir Sorgen mache."

„Du willst immer noch hinter McNeil her, oder?", fragte Stuart, als sie vom Einfahrtstor zum Ziegengehege schlenderten.

Major hielt inne und blickte Stuart an. „Fragst du als Deputy?"

„Ich hätte vielleicht ja gesagt, bevor wir zur Farm meiner Eltern gefahren sind." Er schüttelte den Kopf. „Die Zeiten sind anders."

„Da hast du recht." Major zog an der Gehegetur und dem Schloss.

„Ich will mit dir gehen." Stuart hielt auf dem Weg zum Hühnerstall inne.

„Ich weiß, dass du das willst, aber die Farm muss..." Major hob seine Hand und flüsterte: „Etwas hat sich in der Baumgruppe auf der anderen Seite des Hauses bewegt. Nimm die Rückseite des Hauses zur südwestlichen Ecke. Ich gehe an der Vorderseite des Hauses entlang. Nachdem wir die Ecken erreicht haben, deckst du mir den Rücken."

Stuart ging zur Rückseite, und Major schritt zur Vorderseite des Hauses. Er wartete an der südöstlichen Ecke, bis er Stuarts charakteristischen Kardinalspfiff hörte.

Major machte zwei Schritte und blieb dann stehen, um zu lauschen. Er hob seine Hand bei dem Geräusch von Rascheln im Wald. Stuart ließ das tiefe Gurren einer Trauertaube hören. Als Major zurückblickte, zeigte Stuart auf das westliche Ende des Baumhains, als eine Hirschkuh über den hinteren Zaun sprang und im hohen Gras verschwand, dann krachten zwei Gestalten am östlichen Ende durch das Unterholz. Stuart raste an Major vorbei, aber das Brüllen eines Motors erfüllte die Nachtluft, bevor er den Zaun erreichte.

Als Stuart zurückkehrte, fragte er: „Denkst du, der Hirsch hat sie verscheucht?"

„Vielleicht, aber sie könnten gesehen haben, wie ich mich bewege. Gut, dass du dabei warst."

Stuart starrte auf die Straße. „Es wird heute Nacht schwer zu schlafen sein."

Als sie zum Haus gingen, sagte Major: „Es ist jede Nacht schwer zu schlafen."

Als Major in sein Schlafzimmer ging, schloss er vorsichtig die Tür, um Vanessa nicht zu stören.

„Ich bin wach", sagte Vanessa. „Ist alles in Ordnung?"

„Stuart und ich haben zwei Eindringlinge aufgescheucht, die davonliefen, bevor Stuart sie einholen konnte." Er zog seine Stiefel aus. „Das verkompliziert die Dinge. Sheriff wird näher bei der Farm bleiben und eine Vierundzwanzig-Stunden-Wache koordinieren."

„Du gehst Charlie McNeil nach, oder?"

Major ging ins Badezimmer und putzte sich die Zähne.

„Nun, tust du das?", fragte Vanessa, als er zurückkam.

„Was bringt dich darauf?"

„Ich kenne dich. Was kann ich tun, um zu helfen?"

„Ich habe ein riesiges Streitgespräch erwartet. Versuchst du, mich auf Trab zu halten?" Er lachte und zog sein Hemd aus, dann setzte er sich aufs Bett. „Ich bin mir nicht sicher, wann ich abreise, aber ich denke, bald. Ich muss Vorräte für die Reise sammeln, und ich weiß nicht, wohin ich gehe."

„Mr. Young hilft dir, richtig? Überlass es uns. Wir werden dich bis zum Ende des Tages morgen reisefertig haben."

Major schüttelte den Kopf. „Du bist erstaunlich."

„Ich weiß. Ruh dich aus."

Als Major vor Tagesanbruch auf Zehenspitzen in die Küche kam, begrüßten ihn Shadow und der Duft von Kaffee.

„Guten Morgen, Major. Ich habe dir eine Tasse eingeschenkt", sagte Mr. Young.

Nachdem sie mit ihrem Kaffee nach draußen getreten waren, jagte Shadow einem Kaninchen nach, und Mr. Young sagte: „Es gab letzte Nacht einen Aufruhr. Hast du einen Eindringling aufgescheucht?"

„Das haben wir. Wie du gesagt hast, es geht schnell voran."

„Es gab keinen Strom, als ich vor einer Stunde aufstand, aber jetzt ist er da, also habe ich eine Ladung Wäsche gestartet. Ich habe über die Krankheit nachgedacht, die gerade umgeht. Molly und ich haben vor einiger Zeit Gesichtsmasken im Abstellraum gefunden, und ich habe sie zur Wäsche hinzugefügt. Ich werde zwei davon für dich einpacken." Mr. Young schaukelte und nippte an seinem Kaffee. „Weißt du, wir sollten Rosalie wirklich eine Liste für uns machen lassen."

„Gibt es einen Weg, es theoretisch zu halten? Sonst werden mir die beiden Mädchen nachspüren, weil ich sie nicht mitnehmen würde."

Mr. Young schnaubte. „Da ist was dran. Ich werde versuchen, eine Liste zu machen, und du kannst sie dann ergänzen."

„Da wir Strom haben, fahre ich in die Stadt, sobald ich meinen Kaffee ausgetrunken habe, um zu sehen, ob ich die leeren Kanister und meinen Truck volltanken kann. Ich plane, die Abdeckung abzunehmen und sie heute Nachmittag zu reparieren." Major stand auf. „Vielleicht kann Stuart helfen. Das sollte ihn ablenken. Er will mit mir kommen, aber ich kann ihn nicht mitnehmen. Ich kann seine Karriere nicht ruinieren."

„Kann ich mitfahren? Ich würde gerne mal rauskommen." Mr. Young stand auf. „Ich nehme deine Tasse mit rein und hinterlasse Molly eine Notiz auf dem Küchentisch."

Major wartete auf Mr. Young, dann schlenderten sie zu Majors Truck.

„Ich glaube nicht, dass jemand den Motor starten hören wird, aber Aimee Louise beobachtet jeden Morgen den Sonnenaufgang. Sie wird wissen, dass wir gegangen sind." Major schüttelte den Kopf. „Schwer, hier irgendetwas heimlich zu machen."

Mr. Young lachte und zeigte auf den Beutel zu seinen Füßen. „Ich habe ein paar Gläser von Mollys Erdbeermarmelade mitgenommen, falls es etwas Gutes auf dem Tauschtisch gibt. Ich hatte keine Zeit, den Schrank umzuräumen, aber das spielt keine Rolle. Molly hat ein Radar und hätte gewusst, dass etwas fehlt."

Als Major in Richtung Stadt fuhr, hellte sich der östliche Himmel auf. „Vanessa wird dir helfen, Vorräte für die Reise zu sammeln. Sie hatte herausgefunden, dass ich abreise, und wir haben geredet. Sie war ruhig und hat nicht geschrien oder mir gar verboten zu gehen."

„Es ist wirklich schwer, heimlich zu sein. Ich habe ein Glas Bohnen und eine kleine Schachtel Cracker in eine Tüte getan, während sie auf dem Sofa ein Nickerchen machte. Sie muss einen Blick geworfen haben und herausgefunden haben, was vor sich geht", sagte Mr. Young.

Als sie die Stadtgrenzen erreichten, sagte Mr. Young: „Setz mich bei Pete ab. Ich würde gerne sehen, ob Doc da ist, und vielleicht höre ich etwas."

Major parkte bei Pete. „Nachdem ich getankt habe, werde ich bei allen offenen Geschäften vorbeischauen, um zu sehen, was ich finden kann."

„Wenn du Süßigkeiten siehst, nimm mir welche mit, denn mein Vorrat wird knapp. Die Kinder und ich haben angefangen zu rationieren, und wir sind bei einem Stück pro Tag für jeden von uns."

Major fuhr an die Zapfsäule der Tankstelle und stellte seine zwei Benzinkanister auf den Boden, um sie zu füllen.

Ein Farmer an der angrenzenden Zapfsäule schloss die Heckklappe seines Trucks. „Kein Diesel, Major. Ich habe drei Fünf-Gallonen-Kanister mit normalem Benzin für meinen Traktor und Generator gefüllt, aber auch das normale Benzin ist niedrig, weil die Pumpe langsam läuft. Es dauert eine Weile." Er winkte, als er wegfuhr.

Während Major seine Benzinkanister füllte, blickte er sich um. Keine der umliegenden Geschäfte war geöffnet. Verwitterte und verzogene Sperrholzplatten bedeckten Fenster und Türen, Unkraut spross durch Risse im Bürgersteig, und Schmutz streifte die Fensterscheiben. *Ist schon eine Weile her, dass ich in der Stadt war.* Er runzelte die Stirn. *Es ist wirklich heruntergekommen.* Nachdem er die drei Kanister gefüllt hatte, schlenderte er in die Tankstelle und scannte die leeren Regale.

„Habe dich eine Weile nicht gesehen", sagte der Tankstellenbesitzer. „Ich habe fast kein Benzin mehr. Ich habe vor zwei Wochen einen Lastwagen erwartet. Jetzt weiß ich nicht mehr. Der Laster war nie mehr als ein paar Tage zu spät. Ich höre, dass die Trucker nicht von zu Hause weg wollen."

„Das habe ich auch gehört. Ich hoffte, es wäre nicht wahr. Hast du Süßigkeiten oder Kaugummi?" Major zog seine Brieftasche heraus, um zu bezahlen.

„Nein. Ich wünschte, ich hätte welche." Der Besitzer schob das Geld in die Kasse. „Ich höre, dass die Farmer rund um die Uhr Strom haben. Stimmt das?"

„Nicht hier. Warum?"

„Jemand sagte, es ist die Schuld der Farmer, dass unser Strom ausfällt, weil sie Priorität haben, und einige Leute werden aufgebracht. Meine Frau und Kinder sind bei ihren Eltern auf einer Farm in Alabama. Ich hoffe, es geht ihnen gut. Wenn ich bis zum Ende des Tages kein Benzin bekomme, denke ich, ich werde aufbrechen und mich ihnen anschließen."

„Hast du alles, was du brauchst?"

„Ich dachte schon, bis du Süßigkeiten erwähnt hast." Er schüttelte den Kopf und lächelte.

„Sie werden sich freuen, dich zu sehen. Gute Reise."

„Danke, Major. Und pass auf dich auf. Du solltest auch Pastor John raten, vorsichtig zu sein, wenn er in die Stadt kommt."

Auf dem Weg, Mr. Young abzuholen, fuhr Major am Haus des Sheriffs vorbei und verengte die Augen. *Zerbrochenes Fenster.* Er fuhr in die Einfahrt und nahm sein Gewehr, dann trat er zur Seitenveranda und versuchte den Türknauf. Die Tür schwang auf, und er blickte hinein. *Durchwühlt.* Er durchsuchte jeden Raum und überprüfte Schränke, als er weiterging. *Alles klar.*

Die Eindringlinge hatten Schubladen durchsucht und Möbel zerschlagen. Major entfernte das übrig gebliebene Bein vom Couchtisch, dann eilte er zu seinem Truck, um seinen Werkzeugkasten zu holen. Nachdem er das zerbrochene Fenster mit der Tischplatte gesichert hatte, schloss er die Tür ab und ging.

Als er bei Pete's Diner ankam, standen Mr. Young und Pete Schulter an Schulter am Tauschtisch und stellten sich drei Männern gegenüber, die ihre Fäuste geballt hatten. Major sprang mit seinem Gewehr aus seinem Truck und positionierte sich hinter den Männern.

„Wie geht's allen?" Er hob sein Gewehr.

Als die drei Männer herumfuhren, griff Pete nach seiner Schrotflinte, die unter einem fleckigen, ehemals weißen Laken auf dem Tauschtisch gelegen hatte.

„Warum zieht ihr drei nicht weiter?" fragte Major, während er sein Gewehr anlegte.

„Das werdet ihr noch bereuen", knurrte der Mann in der Mitte und hob seine Faust.

Major verengte seine Augen beim Anblick des Ausschlags auf den Händen des Mannes. „Wirklich? Wer ist euer Boss? Ich wette, er und ich sind alte Freunde."

„Lass uns gehen", sagte der Mann rechts, und die drei Männer eilten zu dem geparkten blauen Truck, der die Front des Diners blockierte.

Nachdem sie mit quietschenden Reifen abgefahren waren, fragte Major: „Worum ging es da?"

Pete schnappte sich einen Stuhl hinter dem Tisch und stellte ihn neben Mr. Young. „Setz dich."

Mr. Young ließ sich auf den Stuhl fallen. „Danke, Pete."

Pete lehnte sich gegen den Tisch. „Als diese drei auftauchten, sagten sie, sie würden nach Farmern suchen. Sie sagten, sie müssten den Farmern eine Lektion erteilen."

„Pete sagte ihnen, er sei Zahnarzt, und ich sei Gynäkologe." Mr. Young kicherte.

„Das erste, was mir in den Sinn kam." Pete zuckte mit den Schultern.

„Geht es dir gut, Mr. Young?", fragte Major. „Hast du Doc gesehen?"

„Doc sagt, ich werde alt und muss es ruhig angehen lassen." Mr. Young starrte finster und verschränkte die Arme.

Pete nickte. „Und er sagte, du musst deine Blutdruckmedizin nehmen."

„Ist dir deine Medizin ausgegangen?", fragte Major.

„Nein. Ich nahm sie jeden zweiten Tag, um sie länger reichen zu lassen", murmelte Mr. Young.

„Aber Doc hat ihm genug für ein Jahr gegeben", sagte Pete. „Und wenn er stirbt, soll er zurückgeben, was übrig ist. Das habe ich vorgeschlagen."

Major räusperte sich. „Pete, ich bin mir nicht sicher, ob es sicher für dich ist, hier allein zu sein. Gibt es jemanden, der bei dir sein kann?"

Pete rieb sich das Kinn. „Eine Zahnarztassistentin? Ich glaube, mir fällt jemand ein."

Mr. Young stand auf und klopfte auf seine Hemdtasche. „Hab meine Medikamente. Ich bin bereit zu gehen."

Auf ihrem Weg zur Farm sagte Major: „Mir ist aufgefallen, dass einer der Typen einen Ausschlag an den Händen hatte."

Mr. Young nickte. „Ich glaube, sie wollten sich anschleichen, aber er hat das mit einem Hustenanfall zunichte gemacht. Als Pete auf sie zuging, zog ich ihn zurück. Ich hoffe, wir haben genug Abstand gehalten. Wie ansteckend ist diese Sache? Wissen wir das?"

„Jemand vielleicht, aber ich habe nichts gehört." Major trommelte mit den Fingern auf das Lenkrad. „Ich bin mir nicht sicher, ob ich gehen sollte. Wir haben keine Beweise, dass Charlie McNeil hinter all dem steckt. Lasse ich meine intensive Abneigung gegen einen korrupten Bundesagenten mein Urteilsvermögen trüben?"

„Vielleicht. Aber wäre es nicht ungewöhnlich, dass jemand anders in unserer Gegend eine große Organisation zusammenbringt, ohne dass McNeil schon lange vorher eingeschritten wäre?"

„Das stimmt. Das fühlt sich nicht wie ein Machtkampf an. Es scheint jedoch, dass er seine wichtigsten Leutnants verloren hat und nun zweitklassiges Talent seine schmutzige Arbeit erledigen lässt."

„Vanessa und ich werden alles für dich bereit haben, bevor der Abend kommt."

Major lachte. „Du hast recht. Ich gehe."

Als sie ins Farmhaus schlenderten, sagte Molly: „Meine Spione haben mir gesagt, dass ihr unterwegs seid. Euer Frühstück wird in einer Minute fertig sein."

Sheriff schlenderte in die Küche. „Die Mädchen haben Neuigkeiten für euch. Esst und kommt dann zur Veranda. Wir treffen uns dort."

Molly stellte Mr. Youngs Teller vor ihn, und er platzierte seine Pillenflasche in der Mitte des Tisches.

„Hab's dir ja gesagt", sagte sie.

„Gut. Du hast eine Nachfüllung bekommen." Vanessa klopfte Mr. Young auf die Schulter, als sie zur Veranda ging.

Während sie aßen, sagte Mr. Young: „Hier gibt es überhaupt keine Privatsphäre."

„Da hast du recht."

Sie beeilten sich mit ihrem Frühstück und traten auf die hintere Veranda, wo alle warteten.

Rosalie tippte auf ihr Notizbuch. „Mehrere Funker mit Kontakten im Gebiet von Miami berichteten, dass Kinder von Strafverfolgungsbeamten in der letzten Woche oder so verschwunden sind. Ein FBI-Agent aus Miami wird heute oder morgen in einem Sheriff-Büro im nördlichen Florida sein." Rosalie blickte von ihren Notizen auf. „Das ist alles, was wir an Informationen haben. Die Funker spekulierten, dass der Agent eine Mitfahrgelegenheit mit einem Achtzehradlaster auf dem Weg zu einem Verteilerzentrum in Atlanta ergattert hat und in den Landkreis gehen wird, wo die Morde stattfanden."

„Könnte auch in meinem auftauchen. Kommt darauf an, in welche Richtung der Lkw-Fahrer fährt", sagte Sheriff. „Ich werde nach dem Mittagessen zu meinem Büro fahren und mich im Netzwerk der Sheriffs umhören."

Major lehnte sich in seinem Schaukelstuhl nach vorne. „Es wird rau in der Stadt. Drei Schläger tauchten bei Pete's Diner auf, und jemand hat ein Fenster an deinem Haus eingeschlagen. Ich habe das Fenster abgedeckt, aber du solltest es dir vielleicht selbst ansehen."

Sheriff nickte.

„Kann ich mit dir kommen?", fragte Josh.

Sheriff runzelte die Stirn. „Ich denke nicht..."

Molly unterbrach ihn. „Ich stimme dir zu. Es gibt keinen Grund, warum Josh nicht mitkommen kann; schließlich ist unsere neueste Regel, dass niemand allein geht."

„Ich werde darüber nachdenken, Josh", sagte Sheriff. „Molly, können wir unter vier Augen sprechen?"

KAPITEL ZWÖLF

„Noch etwas, Rosalie?", fragte Major.

„Farmen", sagte Aimee Louise.

„Richtig. Ein Funker hat berichtet, dass jemand im Süden von Florida Bauernhäuser und Scheunen in Brand setzt. Ein anderer meinte, dass es eine Art Kopfgeld für jede niedergebrannte Scheune gibt."

„Die Belohnung verdoppelt sich, wenn die Farm der Strafverfolgungsbehörde gehört", fügte Aimee Louise hinzu.

„So lautet das Gerücht", sagte Rosalie.

„Keine ermutigenden Neuigkeiten?", fragte Molly.

„Doch. Es soll heute Abend oder morgen früh regnen, was genau rechtzeitig zum Säen kommt. Das ist alles, was wir haben", sagte Rosalie.

„Darf ich gehen?", fragte Annie. „Ich würde gerne meine Schleppvorrichtung für den Generator bauen."

Major stand auf, um mit Annie zu gehen.

„Major, würdest du einen Moment bleiben?", fragte Sheriff.

„Natürlich. Annie, ich komme gleich nach. Du kannst schon vorgehen."

Annie sprang von der Veranda und hüpfte über den Hof zur Scheune.

Molly setzte sich auf ihren Stuhl, und Josh blieb zögernd an der Tür stehen, bis Sheriff auf den Stuhl neben sich klopfte.

„Was denkst du, Major?", fragte Sheriff, nachdem alle anderen gegangen waren.

„Josh, was hast du dir dabei gedacht, als du gefragt hast, ob du mitkommen kannst?", Major beugte sich nach vorne.

„Ich kann ein zweites Paar Augen und Ohren sein. Ich kann Befehle befolgen und schnell laufen. Ich möchte nicht, dass Dad allein ist." Josh richtete seinen Rücken auf und blickte kurz zu seinem Vater.

„Was wirst du tun, wenn jemand deinen Vater erschießt?"

„Was immer er sagt."

„Wenn ich angeschossen werde, würde ich wollen, dass du dich in Sicherheit bringst. Lass mich zurück. Könntest du das tun?", fragte Sheriff.

„Ich sollte wohl ja sagen, aber wenn es einen anderen Weg gäbe, würde ich bleiben."

„Ehrliche Antwort. Danke, Josh. Geh Mr. Young helfen. Wir werden nicht lange brauchen", sagte Sheriff.

Nachdem Josh gegangen war, sagte Sheriff: „Molly, er ist erst neun Jahre alt."

„Du verstehst Jungen besser als ich, Jack. Ich wäre völlig zufrieden, wenn er bei mir bleibt, aber es ist ihm wichtig, bei dir zu sein."

„Glaubst du, er will bei mir sein, weil er nicht bei Russell und Margo war, als sie ermordet wurden? Denkt er, wenn er bei ihnen geblieben wäre, hätte er sie retten können?"

„Ich weiß es nicht. Vielleicht, aber du fährst nicht in die Stadt, um in eine Schießerei zu geraten. Ich weiß, dass du dich jedes Mal, wenn du weggehst, der Gefahr näherst. Nimm ihn einfach mit; er muss bei dir sein. Ich kann nicht erklären warum, und ich bleibe nicht hier draußen, um mit dir zu streiten. Ich muss das Einkochen fertigstellen." Molly stand auf und knallte die Tür hinter sich zu, als sie hineinging.

„Abgesehen davon, dass ich Ärger habe, was denkst du, Major?"

„Zwei Dinge: Du siehst nur den schlimmsten Fall, und die Zeiten sind anders." Major stieg von der Veranda und ging zur Scheune.

Als er Annie erreichte, begutachtete er ihre Handwerkskunst. „Du bist fast fertig. Sieht stabil aus. Ich komme gerade rechtzeitig, um den Generator zu laden, oder?"

Sie wischte sich den Schweiß aus dem Gesicht und grinste. „Es ist ein einfaches Design, deshalb hat es nicht lange gedauert."

Sie luden den Generator auf die Schleppvorrichtung, dann hängte Annie ihn an den Rasentraktor und fuhr ihn zum Haus.

Major trottete hinter ihr her. „Ausgezeichneter Testlauf."

„Braucht noch ein paar Gurte, dann stelle ich den Generator in die Scheune", sagte Annie.

Nachdem Major die Gurte festgezogen und den Generator geparkt hatte, fragte er: „Was ist dein nächstes Projekt?"

„Das Gewächshaus. Ich werde den Anhänger ausladen; vielleicht kann ich etwas Hilfe bekommen."

Als sie zum Haus schlenderten, sagte sie: „Ich habe über hydroponischen Gartenbau gelesen und im Schuppen einige Bewässerungsrohre gefunden. Ich könnte mein Design ändern, aber ich bin mir nicht sicher, wie ich mit dem Wasser umgehen soll. Ich kann die Pumpe mit Solar einrichten, aber ich muss mit Aimee Louise sprechen. Sie weiß alles."

„Lass mich wissen, wenn du mich brauchst."

Als Major sich dem Haus näherte, winkten Sheriff und Josh, als sie mit dem Zweiundzwanziger-Gewehr zum Schießstand der Farm gingen. *Gut für Josh, etwas Zeit mit seinem Vater zu verbringen.*

Mr. Young und Brett saßen am Küchentisch. Bretts Kinn war auf gleicher Höhe mit den mit Hühnchen gefüllten Einmachgläsern, die den Tisch bedeckten. Brett wischte die Oberseiten der Gläser ab, dann schrieb Mr. Young den Inhalt und das Datum auf die Deckel. Rosalie fügte jedes Glas ihrer Liste hinzu, dann stellte Aimee Louise sie in die Speisekammerregale, wobei das neueste Datum nach hinten kam.

„Ihr habt hier eine effiziente Fließbandarbeit", sagte Major.

„Das ist das Letzte, was wir im Gefrierschrank hatten. Es fühlt sich gut an, das fertigzustellen." Molly wischte sich mit ihrer Schürze das Gesicht ab.

„Was steht als Nächstes auf deinem Plan?", fragte Major.

„Die Wäsche fertig machen und dann nach dem Mittagessen den Garten bepflanzen. Brauchst du Hilfe bei irgendwas? Vanessa und Sara sind in deinem Schlafzimmer. Ich glaube, Sara liest."

„Ich könnte nach dem Mittagessen etwas Hilfe bei meinem Wohnwagen gebrauchen", sagte Mr. Young. „Annie hat Stuart rekrutiert, um ihr beim Entladen des Anhängers zu helfen."

Major ging ins Schlafzimmer. Sara saß mit gekreuzten Beinen auf dem Kingsize-Bett, während Vanessa eine Sporttasche mit Kleidung packte. Sara las ein weiteres Buch über Feen.

Vanessa rollte eines von Majors langärmeligen T-Shirts zusammen und legte es in die Tasche.

„Tante Vanessa packt, während ich lese", sagte Sara.

„Ich lege einige deiner Winterkleider beiseite, um Platz für Sommerhemden zu schaffen." Vanessa lächelte Major an.

„Übertreib es nicht", sagte er.

Major hob drei Munitionskisten aus dem Schrank. „Die kann ich wegbringen. Hilft das?"

„Auf jeden Fall", sagte Vanessa.

Major trug die Munition durch die Vordertür zu seinem Truck.

„Brauchst du Hilfe, Major?", Stuart schlenderte zum Truck.

„Hilfst du mir, die Abdeckung abzunehmen? Ich möchte sehen, ob ich die Dellen herausklopfen kann."

Nachdem sie sie abgehoben hatten, legten sie sie auf den Boden und untersuchten den Schaden. „Vielleicht können wir einige dieser Dellen von innen herausklopfen", sagte Major. „Ich werde zwei Hämmer holen."

Als er zurückkam, hatte Stuart die Abdeckung auf die Seite gelegt. Sie begannen mit der tiefsten Delle und hämmerten sie zurück.

Major untersuchte die Außenseite der Abdeckung. „Viel besser. Wird nicht lange dauern."

Sie hämmerten den Rest der Dellen aus, bis die Unterseite ihrer ursprünglichen Form ähnelte.

„Das ist großartig. Setzen wir sie wieder auf", sagte Major.

Nachdem sie die Abdeckung gesichert hatten, sagte Major: „Sieht aus wie ihr altes Selbst mit nur ein paar Falten. Perfekt."

„Klingeln deine Ohren noch?", fragte Stuart. „Meine tun es."

Major lachte. „Ich werde die Hämmer wegräumen und dann nach Annie sehen."

„Wir sehen uns im Haus." Stuart ging weg.

Annie traf Major auf seinem Weg zur Scheune. „Ich habe eine Pumpe für den Wassertank gefunden. Ich weiß nicht, ob sie funktioniert. Ich wette, Stuart könnte sie zum Laufen bringen. Aimee Louise sagt, Stuart kann alles. Ich habe die Rohre ausgelegt, aber mir fehlen einige Verbindungsstücke und ich habe keinen Wassertank. Hast du irgendwelche Ideen?"

„Wir haben Fünf-Gallonen-Eimer, aber du willst wahrscheinlich etwas näher an zwanzig Gallonen, richtig? Nichts hier. Frag Mr. Young, ob es auf seiner Farm etwas geben könnte." Major inspizierte ihre Anlage. „Ich bin sicher, wir haben mehr Verbindungsstücke. Also, wie viele brauchst du jetzt? Nach meiner Zählung brauchst du fünf weitere. Was ist deine erste Ernte?"

„Aimee Louise hat Salat zum Anfang vorgeschlagen. Mama war aufgeregt wegen Salaten das ganze Jahr über. Wusstest du, dass Oma Trish ein Buch über hydroponisches Gemüse hatte? Aimee Louise hat es mir zum Lesen gegeben. Ich dachte, Hydroponik wäre neu."

Major lächelte über die Begeisterung in ihrer Stimme. „Ich konnte mich nicht an das Buch erinnern, aber ich wusste, dass Oma Trish sich für Hydroponik interessierte. Sie sprach über Solar. Sie sagte, es sei zu teuer, aber der Preis würde sinken, und jeder würde Solar haben. Sie wäre stolz auf dich. Ich bin stolz auf dich."

Annie starrte auf die Rohre. „Danke, Papa."

„Nach dem Mittagessen können wir im Geräteschuppen nach Verbindungsstücken suchen, und Stuart kann die Pumpe testen. Lass uns mit Mr. Young sprechen."

Während sie aßen, sagte Sheriff: „Josh kommt mit mir in mein Büro, um im Sheriffs-Netzwerk nachzusehen. Fällt jemandem sonst noch etwas ein?"

„Annie braucht einen fünfzehn oder zwanzig Gallonen Behälter mit Deckel, den sie als Reservoir für ihren Hydroponik-Garten verwenden kann", sagte Major.

„Könnte bei Pete nachfragen", sagte Mr. Young. „Wenn er nichts hat, habe ich vielleicht einen Dreißig-Gallonen-Behälter auf der Farm. Hast du das Design für dein Gewächshaus verändert, Annie?"

„Ich arbeite daran. Ich zeige dir nach dem Mittagessen, was ich mir vorstelle. Aimee Louise, ich habe auch einige Fragen zur Hydroponik."

„Sara und ich würden gerne an der Diskussion teilnehmen", sagte Vanessa.

„Wir werden vorbeischauen und Pete besuchen, während wir in der Stadt sind", sagte Sheriff.

„Nimm deine Deputy-Mütze am Tisch ab, Josh", sagte Molly.

„Ups. Vergessen." Josh zog die Mütze ab und hielt sie auf seinem Schoß.

„Ich habe sie ihm geliehen", sagte Stuart. „Ich habe vergessen, ihn daran zu erinnern, sie abzunehmen."

„Du siehst mit der Mütze wie ein Deputy aus", sagte Sara. „Und das ist kein Quatsch."

Sheriff kicherte, und Sara lehnte sich zu Annie. „Habe ich *Quatsch* richtig im Satz verwendet?"

„Ja, hast du", sagte Annie. „Ausgezeichnete Wahl."

Nachdem alle gegessen hatten, sprang Josh vom Tisch auf und stülpte sich die geliehene Mütze auf den Kopf. Aimee Louise reichte ihm seinen Rucksack.

„Wir brechen auf", sagte Sheriff.

„Warte einen Moment. Nehmt etwas Erdbeermarmelade für Pete mit."

Molly kam mit zwei Gläsern Marmelade aus der Speisekammer zurück.

„Fahren wir im Streifenwagen, Dad?", fragte Josh, als sie nach draußen gingen. Penny folgte Josh.

„Nein, lass uns meinen Truck nehmen. Der Streifenwagen könnte Aufmerksamkeit erregen." Sheriff hielt am Truck an und öffnete die hintere Tür. „Okay, Mädchen. Du kannst auch mitkommen."

Nachdem sie das Farmgelände verlassen hatten, fragte Josh: „Erregt Stuarts Mütze Aufmerksamkeit?"

„Daran habe ich nicht gedacht. Wir sollten beide unsere Mützen im Truck lassen."

„Sind wir undercover?", fragte Josh.

„Ich denke schon. Undercover-Josh und Undercover-Dad sind im Dienst."

„Und Undercover-Penny." Josh kicherte.

Als sie am Haus der Deputies vorbeikamen, das Joshs Eltern gehört hatte, sagte Josh: „Ich denke immer an Mom und Dad, wenn ich unser Haus sehe."

Sheriff nickte. „Vermisst du sie?"

Josh schniefte Tränen zurück. „Ja."

„Ich denke, das wirst du immer tun."

Als sie Petes Diner erreichten, sagte Josh: „Mom wäre glücklich mit Annies neuem Garten."

„Da hast du recht."

Josh schob seine Mütze unter seinen Sitz, als Sheriff den Truck vor dem Diner parkte. Pete spähte aus dem Diner und kam dann nach draußen.

„Schön, dich zu sehen, Sheriff. Hallo, Josh. Was bringt euch in die Stadt?"

„Ich habe ein Treffen mit dem Sheriffs-Netzwerk, und Molly hat dir etwas Marmelade geschickt."

Josh öffnete die Tür für Penny und hielt dann die beiden Gläser hoch.

„Mollys Erdbeermarmelade ist die beste im Landkreis. Sag ihr, dass ich es schätze." Pete steckte die beiden Gläser in die Tasche seiner Latzhose.

„Wir suchen nach Sachen für Annies neuestes Gartenprojekt. Sie braucht einen Zwanzig-Gallonen-Wassertank. Mr. Young dachte, du könntest etwas haben."

Pete schlug sich aufs Knie und lachte. „Ich habe genau das Richtige. Ich habe ein Dreißig-Gallonen-Gurkenfass, das einfach zu gut war, um es wegzuwerfen. Ich bin froh, dass endlich jemand etwas dafür gefunden hat. Lass uns reingehen."

Als sie die Küche des Diners erreichten, zeigte Pete auf einen großen schwarzen Behälter mit einem Deckel. „Ist sie nicht hübsch? Lebensmittelecht. Könnte ein bisschen größer sein, als sie sich vorgestellt hat, aber ich vermute, sie wird es nutzen können. Annie richtet einen hydroponischen Garten ein? Weiß nicht, warum wir nicht alle daran gedacht haben. Ich habe einige Erbsamen, die ich vom Tauschstand genommen habe: Tomaten, Kürbis und Gurken. Sie kann verwenden, was sie will, und den Rest teilen."

„Ich denke, es ist perfekt, Pete, und ich weiß, dass Kris und Vicki sich über die Samen freuen werden."

„Schön, dass du mir helfen kannst, sie zu teilen. Ich komme in diesen Tagen nicht so weit raus. Ich bleibe in der Nähe von zu Hause und dem Diner."

Josh untersuchte das Gurkenfass.

„Heb es hoch", sagte Pete.

Josh beugte seine Knie, umschlang das Fass zur Hälfte mit seinen Armen und hob es an.

„Es ist leicht, aber ich kann nicht darum herumsehen." Josh grinste und schlurfte zur Vordertür.

Pete kicherte und öffnete die Tür.

„Dann werden wir jetzt gehen, Pete. Danke für alles." Sheriff hielt das Fass fest, um Josh zum Truck zu führen, öffnete dann die Tür der Fahrerkabine, und Penny sprang hinein. Sheriff half Josh, das Fass auf den Rücksitz zu heben.

„Als Nächstes werden wir das Haus überprüfen. Ich werde sicherstellen, dass alles in Ordnung ist, dann kannst du sehen, ob es etwas gibt, das wir zur Farm mitnehmen können. Major sagte, jemand sei eingebrochen, also könnte das meiste im Haus unordentlich sein."

„Ich rieche Gurken", sagte Josh. „Ist es immer noch in Ordnung für Annies Garten?"

„Es wird in Ordnung sein. Sie wird es vielleicht ein bisschen ausspülen oder es einfach so lassen, wenn es den Pflanzen nicht schadet. Sie wird wissen, was zu tun ist."

Auf dem Weg zum Haus starrte Josh aus seinem Fenster. „Sieht unheimlich aus. Niemand ist da."

„Die meisten Leute in der Stadt sind weggegangen, um sich ihren Familien anzuschließen. Es gibt einige Nachbarschaften, in denen sich Leute in Gruppen zusammengetan haben, aber nicht viele."

Als Sheriff in seine Einfahrt fuhr, sagte er: „Da ist das Brett, das Major angebracht hat. Ich sehe keine weiteren zerbrochenen Fenster. Bleib hier, während ich das Haus überprüfe. Wenn du etwas siehst, hupe."

Sheriff verschloss die Tür des Trucks, nachdem er ausgestiegen war. Josh kletterte über die Mittelkonsole zum Fahrersitz, und Penny rückte auf Joshs Sitz. Sheriff zog seine Pistole aus dem Holster und schloss die Tür auf.

Sheriff scannte den Raum und die zerbrochenen Möbel. *Gut, dass Major mich gewarnt hat.* Er ging von Raum zu Raum, trat dann nach hinten und untersuchte den Hinterhof. Als er wieder hineinging, schloss er die Hintertür ab.

Er trat nach vorne und winkte Josh herein. Josh und Penny sprangen aus dem Truck. „Im Hauswirtschaftsraum ist ein Wäschekorb. Lass uns ihn ins Wohnzimmer stellen und zusammensammeln, was wir finden können."

Josh trug den Korb mit einer neuen Flasche Reinigungsspray und Reinigungstüchern darin heraus.

„Wo willst du anfangen? Küche oder Schlafzimmer?", fragte Sheriff.

„Küche", sagte Josh.

Die beiden durchsuchten das Haus und füllten den Korb mit Reinigungsmitteln, Küchenutensilien und Vorratskammer-Artikeln.

Sheriff fand eine Reisetasche in seinem Schrank und füllte sie mit Bettwäsche, Handtüchern und Spielzeug.

„Ziemlich gute Ausbeute", sagte Sheriff. „Du und Penny könnt Ausschau halten, während ich den Truck belade."

„Komm, Mädchen." Josh ging zur Vordertür, und Penny folgte ihm.

Sheriff schwang sich die Reisetasche über die Schulter und nahm dann den Korb. Er lud die Gegenstände auf die Ladefläche des Trucks und schloss dann das Haus ab.

„Jetzt ins Büro", sagte Sheriff, als er aus seiner Einfahrt fuhr.

„Immer noch unheimlich, dass niemand da ist", sagte Josh.

„Da stimme ich dir zu." Er hielt auf dem Parkplatz. „Ich werde das Gebäude überprüfen. Du hupst, wenn du jemanden siehst."

Während Sheriff die Außenseite des Gebäudes überprüfte, nahmen Josh und Penny ihre Positionen im Truck ein. Sheriff kehrte zum Eingang zurück, schloss die Tür auf und scannte die Lobby. *Riecht muffig.* Er überprüfte jedes Büro und die Gefängniszellen und kehrte dann zum Truck zurück.

„Gehen wir rein." Sheriff öffnete die Beifahrertür, und Penny sprang heraus. Josh griff nach seinem Rucksack, und Sheriff verschloss die Tür.

„Das Gebäude ist auch unheimlich", sagte Josh, nachdem sie drinnen waren.

„So ruhig ist es nachts. Komm in mein Büro. Ich schalte das Funkgerät ein, und du kannst es dir gemütlich machen."

Josh setzte sich im Schneidersitz auf den Boden und öffnete seinen Rucksack. „Aimee Louise hat zwei Bücher hier reingelegt." Er rutschte zurück gegen die Wand und öffnete sein Buch. Penny ließ sich neben ihm auf den Boden fallen.

Sheriff schaltete sein Funkgerät ein und nahm ein Buch aus seinem Regal.

Nach einer Stunde knisterte das Funkgerät und erschreckte Sheriff. „Bist du da, Jack?"

Sheriff griff nach dem Mikrofon. „Bin hier."

„FBI-Agenten... außerhalb von Orlando. In deine Richtung... zwei Stunden."

„Du bist etwas abgehackt, aber ich werde in meinem Büro sein."

„Nächster Punkt ist..." Das Funkgerät schaltete sich aus, und das Büro war dunkel.

„Hey, Dad", sagte Josh.

„Bin hier, Josh. Gib mir eine Sekunde." Sheriff zog eine Taschenlampe aus seiner Schreibtischschublade und schaltete sie ein.

„Was ist passiert?", fragte Josh.

„Der Strom ist ausgefallen. Hier ist eine Taschenlampe für dich." Sheriff nahm eine zweite Taschenlampe heraus und reichte sie Josh.

„Ich gehe mit meinem Handfunkgerät nach draußen, um zu sehen, ob ich die Übertragung empfangen kann. Wirst du in Ordnung sein?"

„Wir werden in Ordnung sein."

Sheriff ging mit seinem Handfunkgerät durch die Hintertür. Er entfernte sich vom Gebäude und lauschte. Als er nichts hörte, meldete er sich an und wartete.

„War das du, Jack?"

„Wir haben den Strom verloren. Ich habe mein Handgerät."

„Du warst nicht der Einzige. Ich bin draußen mit meinem. Ich denke, es war die Region..." Die Stimme verblasste und war dann wieder stark. „...morgen wieder treffen. Wenn es... wir werden mobil sein."

Sheriff ging zurück zu Josh und Penny. „Wir müssen ungefähr zwei Stunden hier bleiben. Hast du irgendwelche Vorlieben?"

„Etwas draußen?"

„Lange her, dass wir den Fluss überprüft haben."

Sheriff fuhr in den baumbestandenen Park südlich der Stadt und neben dem Fluss, und Penny winselte. Sheriff kicherte: „Das ist ihr Lieblingsort zum Laufen."

„Meiner auch", sagte Josh. „Können wir laufen?"

„Natürlich können wir das. Ich laufe mit dir."

Josh gab das Tempo vor, als sie die zwei Meilen lange Strecke am Fluss entlang und um den Park herum liefen. Als sie zum Truck zurückkehrten, holte Sheriff ihr Wasser heraus, und sie leerten ihre Flaschen.

„Guter Lauf, Josh", sagte Sheriff. Sheriff hob seine Hand bei einem Grollen. „Bleib hier." Er hielt in der Nähe der Straße an, als ein Achtzehntonnenlaster nach Norden in die Stadt raste.

Er ging zurück zum Truck. „Vielleicht ist es unser Besucher. Lass uns gehen."

Sheriff holte den Achtzehntonnenlaster in der Nähe des Stadtrandes bei Petes Diner ein. Der Laster verlangsamte, als er durch Plainview fuhr, und hielt dann vor dem Büro des Sheriffs an. Ein Passagier sprang aus der Kabine, und der Laster lief im Leerlauf.

„Setzen wir unsere Sheriff- und Deputy-Mützen auf?", fragte Josh.

„Es ist Zeit."

Sheriff fuhr langsamer, als der Passagier sich der Vordertür näherte. Als Sheriff in der Nähe des Gebäudes parkte, drehte sich der Passagier um und blickte zum Truck. Sie hatte ihre langen, schwarzen Haare zu einem Pferdeschwanz zusammengebunden, der nach vorne fiel, als sie sich umdrehte. Ihre dunkelbraunen Augen verengten sich, und sie hatte ihre Hand auf ihrer rechten Hüfte.

„Es ist eine Dame", sagte Josh. „Sie ist hübsch."

„Allerdings. Bleib im Truck und sei meine Verstärkung. Hupe, wenn du siehst, dass jemand versucht, sich an mich anzuschleichen." Sheriff stieg aus dem Truck.

„Kann ich Ihnen helfen?", fragte er. Er behielt eine entspannte Haltung bei, scannte aber die Umgebung.

„Ich muss mit dem Sheriff sprechen." Sie verengte ihre Augen und blickte von ihm zum Truck.

„Sie sprechen mit ihm."

„Verstehe."

Sheriff starrte sie an, und sie erwiderte seinen Blick.

„Wenn das alles ist, was Sie haben, werde ich gehen." Sheriff trat rückwärts zum Truck. Als er die Tür öffnete, sprang Penny heraus, wedelte mit dem Schwanz und trottete zu der Frau, die Penny ihre Hand zum Schnuppern anbot.

„Penny, warte." Josh sprang aus dem Truck, erstarrte aber neben seiner Tür.

Die Frau blickte zu Penny und Josh und lachte dann. „Ich weiß nicht, wer Sie sind, Mister, aber Sie sind kein gefährlicher Typ. Ich bin Peyton aus Miami."

„Das FBI ist eine Dame, Dad", sagte Josh.

„Haben Sie einen Ausweis?", fragte Sheriff. „Ich hole meinen aus der Tasche." Sheriff klappte seine Brieftasche auf, um seinen Ausweis und seine Marke zu zeigen.

Sie kniff die Augen zusammen. „Ich kann ihn von hier aus nicht sehen. Ich werfe Ihnen meinen zu, wenn Sie mir Ihren zuwerfen." Sie griff in ihre Tasche und warf dann eine gefaltete Brieftasche, die in der Nähe seiner Füße landete.

Er schleuderte seine Brieftasche, und sie landete auf ihrem Stiefel.

KAPITEL DREIZEHN

„Du bist näher drangekommen, Papa", sagte Josh.

Peyton lachte, als sie sein Abzeichen und seinen Ausweis aufhob. „Nun, Sheriff Jack Starr, Sie haben einen der scharfsinnigsten Deputies, die ich je getroffen habe."

Sie sprang auf das Trittbrett des wartenden Trucks, klopfte dann an das Fenster und hielt einen Daumen hoch. Nachdem sie vom Truck zurückgetreten war, rumpelte er davon.

„Danke, Agent Peyton Romero. Was ist Ihr Plan?"

„Ich muss den Sheriff finden, der Informationen über die vermissten Jungen aus Miami hat."

„Den haben Sie gefunden. Ich habe eine Frage. Waren Sie in der Nähe von jemandem, der krank war?"

„Drei Kollegen aus dem Büro, die mit einem schlimmen Grippevirus nach Hause gegangen sind, aber ich war im Außendienst. Überwachung. Komisch, dass Sie fragen. Mein Fahrer fuhr in eine Raststätte, damit wir eine Bio-Pause einlegen konnten, und zeigte dann auf einen Mann an der Zapfsäule, der sich die Hände kratzte. Als er wegfuhr, fragte ich warum, und er sagte, der Mann sei ansteckend."

„Gut zu hören, dass sich das herumspricht. Das ist kein geeigneter Ort zum Reden." Sheriff rieb sich das Kinn. „Ich nehme an, Sie haben keine Pläne zum Abendessen. Gehen wir zur Farm. Dort sind wir sicher, und Sie können mit dem pensionierten Staatspolizisten sprechen, der Informationen aus erster Hand hat."

Josh kletterte auf die Rückbank und Penny rannte um den Truck herum und sprang neben ihm hinein.

Peyton runzelte die Stirn. „Ich weiß nicht. Ich sollte hier bleiben. Gibt es ein Motel in der Nähe?" Sie scannte die verlassene Gegend und nahm dann ihre Reisetasche. „Okay. Obwohl ich nicht sehen kann, wie eine leere Stadt unsicher sein könnte."

Sie warf ihre Reisetasche auf die Ladefläche des Trucks und stieg in den Beifahrersitz.

„Hier sind Ihr Ausweis und Abzeichen", sagte sie, als der Sheriff seine Tür schloss.

„Und hier sind Ihre." Er startete den Motor und fuhr zur Farm. „Ich habe gehört, dass zwei Agenten kommen sollten."

„Es gibt einige Probleme in der Behörde. Mein Partner, Agent Cabello, ist vorübergehend abgeordnet und konnte nicht so schnell weg wie ich. Ich konnte nicht auf ihn warten. Mein Schwager ist Fernfahrer und hat einen Gefallen eingefordert."

„Ich bin noch nie in einem Achtzehner gefahren", sagte Josh.

Peyton drehte sich um und lächelte. „Es hat Spaß gemacht. Du erinnerst mich an jemanden, den ich kenne. Bist du zehn?"

„Ich bin neun, aber ich bin groß."

„Der Junge, den ich kenne, ist acht, und er ist auch groß."

Josh umarmte Penny, und sie leckte ihm übers Gesicht.

„Du hast nicht übertrieben, als du Farm gesagt hast." Peyton schaute aus ihrem Fenster. „Nicht viel Beton hier. Da fühle ich mich wirklich wie ein Stadtmädchen. Das Höchste, was ich sah, nachdem wir die Gegend von Orlando verlassen hatten, war ein Handymast."

Als der Sheriff in die Einfahrt bog, sprangen Josh und Penny heraus.

„Wir schließen das Tor und laufen dann zum Haus", sagte Josh.

Nachdem Josh das Tor geöffnet hatte, fuhr der Sheriff zum Haus, blickte aber in seinen Rückspiegel.

„Er ist ein guter Junge", sagte Peyton.

„Danke. Er hat seine Momente, aber du hast recht, das ist er."

Mr. Young und Brett warteten neben dem Haus auf den Truck.

„Hi Dad", sagte Brett. „Du kommst genau rechtzeitig, um mir zu helfen, Wasser für Mom in die Küche zu tragen, Josh."

„Kann ich außer Dienst sein, Papa?"

„Jep. Dein Auftrag ist erledigt. Gut gemacht."

Brett und Josh rannten zum Brunnen.

Als Peyton aus dem Truck stieg, stellte der Sheriff sie Mr. Young vor.

„Willkommen, Agent Romero", sagte Mr. Young. „Wir haben hier eine große Mannschaft."

„Stimmt", sagte der Sheriff. „Ich habe vergessen, Sie zu warnen. Wir haben zwei Familien und Mr. Young, die hier leben. Die Farm gehört Major. Nehmen Sie Ihre Tasche, dann gehen wir hinein."

„Ich bleibe nicht lange. Ich muss in der Stadt sein, falls mein Partner schneller freigekommen ist als erwartet."

Als sie das Wohnzimmer betraten, quietschte Sara: „Wir haben Besuch."

Nachdem der Sheriff Agent Romero allen vorgestellt hatte, sagte Molly: „Sie haben ein gutes Timing, Sheriff. Das Abendessen ist fast fertig."

Am Ende der Mahlzeit räumten Annie und Mr. Young den Tisch ab, während Molly Wasser auf dem Herd erhitzte, um das Geschirr zu spülen.

„Setzen wir uns auf die Veranda, Peyton", sagte Major, und Stuart gesellte sich zu ihnen. Ein kühler Wind stieß aus Nordwesten.

„Mein Mann, Troy, ist auf einer Farm in South Carolina aufgewachsen. Er ist Bauunternehmer und ein talentierter Schreiner. Jetzt verstehe ich, warum er wieder nach Hause ziehen wollte." Peyton schaukelte in ihrem Stuhl und starrte auf die dunkler werdenden Wolken. „Sheriff sagte, Sie könnten mir von den vermissten Jungen aus Miami erzählen."

Major erzählte ihr von der Reise zur Farm der Newtons, dem Tornado und dem verunglückten Truck.

„Wir fanden nur zwei Überlebende im Truck", sagte Major. „Einen Richter und seine Enkelin."

Peyton starrte Major an.

„Und zwei Jungen auf einem nahegelegenen Feld", fügte Stuart hinzu.

„Richter Cabello?", fragte sie.

„Sie kennen ihn?", hob Major seine Augenbrauen.

„Agent Nathaniel Cabello ist sein Sohn. Nate hoffte, mit mir reisen zu können, aber er wartete auf die Reisegenehmigung. Als unser Vorgesetzter seinen Antrag ablehnte, plante er, seinen Urlaub zu nutzen, aber unser Vorgesetzter sagte ihm, er könne seine vorübergehende Aufgabe nicht verlassen, und behauptete dann, das Hauptbüro hätte alle Freistellungen gestrichen. Gibt es eine Möglichkeit, ihm eine Nachricht zukommen zu lassen, damit er mich in der Stadt treffen kann?"

„Sprechen wir mit Aimee Louise und Rosalie. Aimee Louise checkt jeden Morgen und Abend bei der Amateurfunk-Community ein. Wie wurdest du genehmigt?"

„Ich habe gelogen. Nate ist den großen Chefs gegenüber loyaler als ich. Aimee Louise wirkte so ruhig. Sie ist Amateurfunkerin?"

„Eine der Besten", sagte Major.

„Ich hole Aimee Louise und Rosalie", sagte Stuart.

Als die Mädchen zu ihnen auf die Veranda kamen, brachte Stuart sie auf den neuesten Stand der Diskussion.

„Wie informieren wir Agent Cabello?", fragte Major.

„Dolly", sagte Aimee Louise.

„Das ist perfekt", sagte Stuart.

„Es ist der einzige logische Weg", fügte Rosalie hinzu.

Molly schlüpfte nach draußen und entspannte sich in ihrem Stuhl. Annie gesellte sich zu ihr.

Peyton starrte Aimee Louise an und rieb sich dann die Stirn. „Ich bin erschöpft. Ich habe Schwierigkeiten, alles zu verarbeiten. Dolly geht es gut?"

„Ja. Der Richter, Dolly und die beiden Jungen sind auf der Farm meiner Eltern in Georgia", sagte Stuart.

„Zwei Jungen?", fragte Peyton. „Das habe ich auch überhört."

„Peyton, du bist praktisch todmüde", sagte Molly. „Lass die schlauen Leute das herausfinden. Wir haben Wichtigeres zu tun, wie zum Beispiel dir etwas Schlaf zu verschaffen. Ich werde eine Matte für Sara in meinem Zimmer einrichten, und Annie wird frische Laken auf ihre Liege für dich legen. Komm mit uns. Annie wird dir das Mädchenzimmer und das Badezimmer zeigen und wie man die Toilette spült."

„Du hast recht, Molly. Ich werde morgen schlau sein." Peyton folgte Molly und Annie ins Haus.

„Wir müssen auch nach drinnen. Es ist Radiozeit", sagte Rosalie.

Nachdem Aimee Louise und Rosalie gegangen waren, fragte Major: „Was glaubst du, wird Aimee Louise sagen?"

„Etwas Schlaues." Stuart lachte und folgte den Mädchen.

Major lockte Shadow und Penny von der Veranda für einen Spaziergang, und dann liefen er und die Hunde zur Hintertür, als der leichte Sprühregen zu schwerem Regen wurde.

Major schlüpfte aus seinem Schlafzimmer und schloss die Tür leise, dann wartete er einen Moment, bis seine Augen sich an die Dunkelheit gewöhnt hatten. Als er die Küche erreichte, führte ihn das Zündfeuer auf dem Herd zur Kaffeekanne. Er goss sich eine Tasse ein und ging nach draußen, und Shadow folgte ihm.

„Guten Morgen, Major. Hast du deine Pläne geändert?", fragte Molly.

Sein Stuhl knarrte, als er sich setzte. „Weiß jeder über meine Angelegenheiten Bescheid?"

Molly nippte an ihrem Kaffee. „Der Sheriff vielleicht nicht, wenn dir das hilft, dich besser zu fühlen, aber das nur, weil er und Josh die meiste Zeit des Tages von der Farm weg waren."

„Ich werde mindestens einen Tag verschieben." Major blickte auf den Wohnwagen, der in der Nähe des Hauses geparkt war. „Im

Wohnwagen ist Licht. Mr. Young wird bald draußen sein. Ich fülle meinen Kaffee nach und überprüfe dann die Scheune und die Tiere."

„Bevor du gehst, Major, wie hat Vanessa geschlafen? Sie hatte Probleme mit starken Schmerzen in ihrem Bein. Ich prüfe ihre Wunde dreimal täglich. Keine Anzeichen einer Infektion, was gut ist."

„Sie war, was die Schmerzen angeht, nicht annähernd so unruhig wie in der Nacht zuvor, aber das Jucken macht sie verrückt."

Die Tür öffnete sich, und Shadow stand auf und wedelte mit dem Schwanz.

„Möchtest du einen Kaffee, Peyton?", fragte Molly.

„Woher wusstest du, dass es Peyton ist?", starrte Major Molly an.

„Ich bin eine Mutter und habe Augen am Hinterkopf, weißt du; außerdem hat Shadow es mir gesagt."

Major lachte. „Ich hole dir eine Tasse, Peyton. Ich wollte mir gerade selbst nachschenken."

Als er zurückkehrte, sagte Molly: „Wir haben nur schwarzen Kaffee. Wir sparen den Zucker für den Tee und die Milch für die Kinder."

„Da habe ich Glück. Genau so trinke ich meinen Kaffee", sagte Peyton, als sie die Tasse hielt, während Major eingoss.

Als die Wohnwagentür zuknallte, sagte Major: „Ich werde die Tiere überprüfen. Willst du mitkommen, Peyton?"

Der Morgenhimmel im Osten hatte sich zu einem blassen Blaugrau aufgehellt, und die Vögel sangen ein Versprechen auf klaren Himmel.

Als sie den Weg zur Scheune entlanggingen, sagte Peyton: „Ich habe meine Karriere aufgegeben, nachdem wir in Miami gehört hatten, dass ein umgekippter Laster gefunden worden war, und..." Sie presste die Lippen zusammen und fuhr mit den Fingern durch ihr Haar. „Ich erkannte, wer meinen Sohn entführt hatte. Ich bin einfach gegangen und hierher gekommen. Brandon war..."

Major packte ihren Arm. „Du hast *Brandon* gesagt. Hast du ein Foto?"

Ihre Augen weiteten sich, und sie rannte zurück zum Haus. Major eilte hinter ihr her.

„Was ist los?", fragte Mr. Young.

„Nicht sicher." Major lehnte sich gegen das Geländer, während sein Herz pochte.

Stuart kam mit einer Tasse Kaffee aus dem Haus. Er ließ seine Tasse fallen, und sie zerschellte, als er zu Major eilte. „Geht es dir gut?"

„Gut. Wir könnten..."

Peyton eilte aus dem Haus und schob Major ein Bild hin. „Brandon."

Der Sheriff folgte ihr nach draußen.

Als Stuart sich vorbeugte, um das Foto zu betrachten, lächelte er. „Ja. Das ist unser Brandon."

Peyton griff nach Mollys Stuhl und sank zu Boden. „Er lebt? Ihr habt ihn gefunden?"

„Komm zu Atem, dann wirst du eine Geschichte über den mutigsten Jungen hören, den wir je kennengelernt haben", sagte Major. „Ich mache einen weiteren Topf Kaffee. Stuart wird dir von Brandon erzählen."

Major pfiff leise, während er darauf wartete, dass der Kaffee blubberte. Vanessa humpelte in die Küche und ließ sich auf einen Stuhl fallen. „Du bist heute Morgen nervig fröhlich. Es sollte eine Regel geben: erst Kaffee, dann Pfeifen."

„Peyton ist Brandons Mutter. Ich kann mir keinen besseren Start in den Morgen vorstellen."

Vanessa hob ihre Augenbrauen. „Definitiv pfeifwürdig."

Die Kinder donnerten die Treppe hinunter.

„Ich nehme das zurück. Der Klang fröhlicher Füße ist eine weitere." Er zwinkerte.

„Wo ist Ms. Peyton? Sie war in Eile, etwas zu finden. Was hat sie gefunden? Kann ich es sehen?", fragte Sara.

„Sie ist draußen", sagte Major, und Sara und Annie sprangen zur Tür hinaus. Major nahm die Kaffeekanne.

„Schütte mir eine Tasse ein, bevor du rausgehst", sagte Vanessa. „Ich werde meine hier drinnen trinken. Ich bin sicher, ich werde die ganze Geschichte später von Sara erfahren."

Major goss eine Tasse für Vanessa ein, griff nach zusätzlichen Tassen und ging mit der Kaffeekanne nach draußen. Peyton hatte Tränen, die über ihr Gesicht liefen, und Molly strich über ihre Wange.

„Brandon geht es gut? Er wurde nicht verletzt?", blickte Peyton zu Stuart.

„Es geht ihm gut. Meine Mutter sagte, er hat eine Erkältung", sagte Stuart.

Major klopfte auf Peytons Schulter. „Wir haben die Krankheit gesehen. Brandon hat sie nicht."

„Ich muss ihn sehen. Wie lange würde es dauern, dorthin zu laufen?"

„Ich weiß es", sagte Sara. „Kann ich es sagen, Mama? Es ist okay, oder? Weil ich es weiß. Ich kann es Ihnen sagen, Ms. Peyton."

„Woher weißt du das?", fragte Stuart.

Sara winkte ab. „Jeder weiß es. Darf ich es sagen?"

„Nur zu", sagte der Sheriff.

Stuart flüsterte Major zu: „Weiß jeder über meine Angelegenheiten Bescheid?"

Major nickte. „Über deine und meine."

„Zehn Tage", sagte Sara. „Wenn alles gut läuft, was es wird, weil Sie eine Mutter sind."

Molly stand auf. „Diese Mutter sagt, es ist Zeit fürs Frühstück. Jeder, der noch nicht angezogen ist, muss sich anziehen." Sie starrte Josh und Brett an, die an der Tür lauschten. Die Jungen verschwanden.

„Was ist mit dir passiert?", runzelte Molly die Stirn und deutete auf den Verband an Mr. Youngs rechtem Daumen.

„Küchenunfall. Entlasse mich nicht."

„Kein solches Glück. Wir werden nach dem Frühstück über einen Plan sprechen." Molly ging in die Küche.

„Küchenhelfer, los geht's." Mr. Young folgte Molly, und Annie und Sara reihten sich hinter ihm ein.

„Ich werde sehen, ob Aimee Louise etwas von mir braucht", sagte Stuart.

Als Mr. Young begann, die Teller zu servieren, nahmen Aimee Louise, Rosalie und Stuart ihre Plätze am Tisch ein.

Rosalie legte ihr Notizbuch auf den Tisch und starrte auf die Blaubeerpfannkuchen, die Mr. Young vor sie stellte.

„Du kannst zuerst essen", sagte Molly. „Wir werden warten."

Rosalie stürzte durch ihr Frühstück und hob dann ihr Notizbuch auf.

„Erstens", sagte Stuart, „Aimee Louise ist brillant. Gestern Abend erzählte sie den Funkamateuren von einer genealogischen Verbindung zur Amber-Warnung, und die Experten lokalisierten Ms. Madison durch den Stammbaum. Die Funkamateure führten eine lange Diskussion über DNA und Genealogie. Bevor er sich abmeldete, fragte der Funker aus Miami Aimee Louise, ob sie neue Stiefel hätte, und sie sagte ja. Er ist ein scharfsinniger Kerl."

„Und das war gestern Abend, richtig? Wenn er nach neuen Stiefeln fragt, denkst du, das ist wie boots on the ground, was wir damals unsere Truppen genannt haben?", sagte Mr. Young.

„Ja", sagte Aimee Louise.

Rosalie tippte auf ihr Notizbuch. „Zwei heiße Themen heute. Das erste war die mysteriöse Krankheit. Als ein Funker erwähnte, dass ein Ausschlag ein Hauptsymptom sei, sagten mehrere andere, sie hätten Menschen mit Ausschlägen an den Händen gesehen. Das zweite Thema war die Kontroverse, die zu Angriffen auf Bauern führte, und die Behauptung, dass Bauern Strom stehlen würden. Das löste eine laute, hitzige Diskussion aus. Viele der Funkamateure sind Bauern, und mehrere der Nicht-Bauern-Funker zitierten Quellen, die sagten, dass die Umleitung von Strom wahr sei. Es wird zu einem Keil zwischen den beiden Gruppen. Ein Funker fragte Aimee Louise, ob sie auf einer Farm lebt."

„Sie fragte *warum?*", lachte Stuart. „Die Funker waren alle für ein paar Sekunden still. Ich dachte, unsere Übertragung wäre unterbrochen worden."

Rosalie lächelte. „Ihre Antwort führte zu einem Themenwechsel. Wir sind nicht sicher, wie lange das anhalten wird. Funker berichteten von weiteren Stromausfällen, die jedes Mal länger andauern. Unser

Funker aus Miami verpasste den täglichen Check-in, aber wir blieben dran und warteten. Als er sich meldete, sagte er, die Experten hätten die DNA-Familientests freigegeben und Ms. Madison stehe auf der Liste. Er sagte auch, er würde mit seiner Frau und vielleicht ihrem Bruder für höchstens zwei Tage offline sein. Wir interpretierten das so, dass Nate heute oder morgen hier sein wird. Das ist alles, was wir haben."

Molly blickte um den Tisch. „Kinder, ihr seid fertig mit dem Essen. Ihr müsst nicht herumsitzen; ihr könnt gehen."

„Sara, wir können lesen oder zeichnen, du kannst wählen. Wir können auf der Veranda sitzen, aber ich muss mein Bein hochlegen", sagte Vanessa.

Annie sprang auf, um an ihrer Konstruktion zu arbeiten. „Gehe zu meinem Projekt", sagte sie.

Die beiden Jungen gingen, um nach den Hühnern und Ziegen zu sehen.

„Es scheint, als hätten wir ein Potenzial für widersprüchliche Pläne", sagte der Sheriff. „Wann hast du vor abzureisen, Major? Wer geht mit dir?"

„Fangen wir mit Peyton und Nate an", sagte Major. „Wenn Nate in einem Fahrzeug auftaucht, könnten wir ihnen klare Anweisungen geben und sie zur Farm der Newtons schicken?"

„Ich habe unsere Reise protokolliert", sagte Rosalie. „Ich habe genaue Anweisungen und Informationen darüber, worauf man achten sollte, was das angeht, worauf wir gestoßen sind."

„Warum denkst du, dass der Funker Familie, seine Frau und vielleicht ihren Bruder erwähnt hat?", fragte Aimee Louise.

Stuart starrte Aimee Louise an. „Du hast eine Theorie. Denkst du, er meinte, dass Nate seine Frau und Peytons Mann mitbringt?"

Der Sheriff schüttelte den Kopf. „Das ist weit hergeholt."

„Das ist es", sagte Molly. „Aber warum sollte er das sagen? Machen Funkamateure Smalltalk, Mr. Young?"

„Funkamateure reden gerne und manchmal schweifen sie ab, und manchmal wird ein Detail bei der Nacherzählung geändert, aber meine Interpretation ist Nate, seine Frau und ein anderer Mann."

„Wenn das stimmt, dann fahren sie", sagte Major. „Was meinst du, Peyton?"

„Das ist genau das, was Nate tun würde. Mit Dolly und seinem Vater außerhalb von Miami würde er gehen und seine Frau mitbringen und anbieten, einen anderen Elternteil mitzunehmen."

Der Sheriff nippte an seinem Kaffee. „Was ist, wenn wir uns irren? Ändert das deine Pläne, Major?"

„Nicht dass ich sehen könnte." Major klopfte mit seinem Finger auf seine Tasse.

„Wann brechen wir auf?", fragte Rosalie.

Majors Gesicht rötete sich. „Ich gehe allein."

Mr. Young räusperte sich. „Nach dem Klang deiner letzten Reise haben ihr vier ein beeindruckendes Reiseteam gebildet, und als Mitglied des Heimteams kann ich bezeugen, dass unser Betrieb reibungslos lief. Denk darüber nach, Major. Du wirst einen erfahrenen Deputy, den besten Schützen des Staates und einen brillanten Kopf bei dir haben. Klingt für mich perfekt."

Major erhob sich und stampfte zur Hintertür hinaus.

Der Sheriff starrte auf die Tür. „Sitzung vertagt."

„Kommen wir zur Sache", sagte Molly. „Wir haben viel zu tun, bevor ihr alle abreist."

Major verlangsamte seinen Schritt, als er den Zaun an der westlichen Weide in der Nähe der Stromleitung erreichte. Erinnerungen an den ersten Stromausfall überfluteten ihn, und er schüttelte den Kopf. *Stuart hat recht. Die Zeiten sind anders.* Er starrte in den blauen Himmel mit den hohen weißen Wolkenfetzen. *Könnte ich das wirklich ohne Aimee Louise schaffen?* Ein männlicher Kardinal flatterte entlang des Zauns und ließ sich dann auf einem Zaunpfahl nieder, während sein Weibchen im Gras und an den Unkrautsamen pickte. *Rosalie hat mir den Rücken gestärkt, als wir nach Georgia gingen.* Er ging zum Bauernhaus und lächelte, als er Sheriff am Zaun warten sah. *Ich habe mir Sorgen gemacht, Stuarts Karriere als Deputy zu ruinieren, aber seine Karriere hat sich zur Landwirtschaft gewandelt.*

Als Major am Zaun stehen blieb, sagte er: „Die Zeiten sind anders."

„Ja, und ich mag es auch nicht."

Als sie zum Haus schlenderten, lachte Major. „Wenn ich den Schrecklichen Drei sage, dass sie zwei Minuten zum Einladen haben, würden sie es tun, oder?"

Sheriff schnaubte. „Du weißt es."

„Ich werde dafür Ärger bekommen, aber ich brauche ein schlankes Team. Ich nehme nur Stuart mit."

„Du hast recht. Du wirst Ärger bekommen, aber was es wert ist, ich stimme zu, dass es insgesamt am besten ist."

Major neigte den Kopf. „Hast du das gehört? War das Nummer 48?"

Sheriff runzelte die Stirn. „Es entfernt sich von uns. Etwas stimmt nicht."

Sie jogten über das Feld, und Josh und Brett trafen sie an der Scheune. „Wir haben euch gesucht", sagte Josh. „Mr. Young ist krank. Aimee Louise und Rosalie sind losgefahren, um Heather zu holen."

Als Major und Sheriff durch die Hintertür stürmten, knieten Molly, Vanessa und Peyton neben Mr. Young auf dem Küchenboden, der auf der Seite lag.

Mollys Augen waren weit. „Er zog seine Handschuhe aus, hörte mitten im Satz auf zu sprechen und griff nach einem Stuhl. Ich habe ihn sanft zu Boden gebracht. Ich habe ihn auf die Seite gelegt, weil ich mal gelernt habe, dass das die Erholungsposition ist. Das ist das volle Ausmaß meiner medizinischen Ausbildung."

„Er atmet." Vanessas Gesicht war angespannt, als sie an seinem Kopf kniete. „Es ist unregelmäßig, aber er atmet. Aimee Louise und Rosalie sind aus dem Haus gerannt, dann haben wir Nummer 48 gehört. Wir denken, sie sind losgefahren, um Heather zu holen. Wir haben die Jungen losgeschickt, um euch und Stuart zu suchen, und Sara ist nach vorne gegangen, um nach den Mädchen Ausschau zu halten, wenn sie zurückkehren."

Stuart öffnete die Hintertür und hielt dann seine Hand aus, um Annie zu stoppen.

„Was sollen wir tun?", fragte der Sheriff.

Major schaute sich im Raum um. „Wir brauchen nicht alle hier drinnen. Lasst uns nach draußen gehen. Josh und Brett können auf der Veranda bleiben, um uns zu holen, wenn du Hilfe brauchst, Molly."

Als sie sich auf der Veranda versammelten, sagte Major: „Wir können nicht helfen, indem wir herumstehen."

„Ich habe noch ein paar Dinge zu erledigen, dann muss ich meinen Arbeitsbereich aufräumen", sagte Annie.

„Ich werde dein Assistent sein", sagte der Sheriff.

„Stuart, kannst du mir in der Scheune helfen?", fragte Major.

KAPITEL VIERZEHN

Als sie vom Haus weggingen, sagte Major: „Stuart, ich würde gerne nach dem Mittagessen abreisen, aber vielleicht warte ich bis heute Abend. Kommt darauf an, ob ich gebraucht werde, um mit Mr. Young zu helfen. Ich habe beschlossen, die Mädchen nicht mitzunehmen, und das bestätigt, dass es besser für sie ist, hier zu bleiben."

Stuart blieb mitten auf dem Weg stehen. „Du bittest mich doch nicht etwa, es ihnen zu sagen, oder?"

Major lachte. „Das wäre doch ein Test für deine Verhandlungsfähigkeiten, nicht wahr? Nein, ich werde es ihnen sagen. Aimee Louise wird die Logik erkennen, und Rosalie wird diskutieren."

Major setzte sich auf einen Heuballen. „Und was ist mit dir? Denkst du, es ist auch besser, wenn du hier bleibst?"

Stuart verengte seine Augen. „Nein. Ich muss mit dir gehen."

„Ich stimme zu. Ich nehme an, du bist gepackt und bereit. Schauen wir mal am Truck nach, was Vanessa und Mr. Young zusammengesucht haben."

Als sie den Truck erreichten, hob Major das gefaltete Papier auf, das zwischen der Anhängerkupplung und dem Stoßfänger steckte. Er schnaubte und las dann laut vor: „Pops, wir wissen, dass wir nicht mitkommen. Das ist eine Liste für dich und Stuart. AL&R."

Stuart lachte. „Ich klettere in die Ladefläche, und du kannst unsere Sachen abhaken."

Als Stuart aus dem Truck kletterte, kündigte das Dröhnen von Nummer 48 seine Ankunft an der Auffahrt an.

„Es fehlen einige wichtige Dinge", sagte Major.

„Ich kümmere mich darum, wenn du reingehen willst." Stuart hielt seine Hand für die Liste hin.

Major ging zur Hintertür. „Wie geht es ihm?"

„Keine Veränderung. Noch bewusstlos, aber er atmet."

Major trat zur Vordertür und wartete auf Heather, als sie aus dem Fahrzeug sprang und zur Veranda eilte.

„Wie geht es ihm?", fragte Heather, als er die Tür öffnete.

„Er atmet. Bewusstlos. In der Küche." Major folgte ihr nach drinnen.

Molly und Vanessa knieten noch immer neben Mr. Young. Vanessa rückte von ihm weg, um Platz für Heather zu machen, doch Heather erstarrte an der Tür. „Wie lange hat er schon den Ausschlag an seinen Händen?"

„Ich habe es nicht bemerkt", sagte Vanessa. „Er trägt seit dem Schnitt am Daumen Handschuhe in der Küche."

„Welcher Ausschlag?", fragte Molly, als sie seine Hände betrachtete. „Oh. Der war vorher nicht da."

„Ich kann nicht hier bleiben. Kommt nach draußen, wo wir reden können."

Molly blieb bei Mr. Young, während alle anderen Heather nach draußen zur Vordertür folgten.

„Kommt mir nicht zu nahe und haltet auch voneinander Abstand, wenn ihr könnt", sagte Heather. „Ihr müsst euch alle unter Quarantäne betrachten. Ich schlage vor, ihr tragt Masken und seid gründlich beim Händewaschen. Desinfiziert die Küche und isoliert Mr. Young. Sein Wohnwagen ist der perfekte Ort. Bestimmt eine Person für seine Pflege und behandelt diese Person ebenfalls als ansteckend. Ich weiß nicht, was er hat, aber es gibt ein Virus, das mit dem Symptom eines Ausschlags an Händen und Füßen umgeht. Im Moment ist er dehydriert und leidet offenbar unter Erschöpfung. Ich denke, es wird helfen, ihn aus der heißen Küche zu bringen. Legt nasse Tücher in seinen Nacken, um ihn abzukühlen. Sobald er zu sich kommt, gebt ihm Wasser in kleinen Schlucken. Haltet ihn gut hydriert und gebt ihm Brühe zu trinken. Ich gehe zu Fuß zurück."

Heather schnappte sich ihre Arzttasche aus Nummer 48 und joggte zur Straße. Major beobachtete sie, bis sie außer Sichtweite war. Als er sich umdrehte, wartete Peyton auf der Veranda. Tränen liefen über ihr Gesicht. „Heißt das, ich kann Brandon nicht sehen? Was passiert, wenn Nate auftaucht? Werden wir ihn abweisen?"

„Es wäre sicherer, bis wir mehr über Mr. Youngs Zustand wissen, wenn sie nicht hier bleiben. Wir haben die Möglichkeit, dass sie das Haus des Sheriffs in der Stadt nutzen könnten, und wir könnten ihnen grundlegende Vorräte und Nahrung geben. Eine andere Option wäre, dass sie mit Rosalies Anweisungen zu den Newtons weiterfahren könnten, aber ich fürchte, das müsste ohne dich sein."

Peyton strich über ihre Wangen. „Du hast recht. Wir haben Optionen. Brandon und Dolly sicher zu halten, ist meine oberste Priorität. Wann reist du ab? Gibt es etwas, womit ich helfen kann?"

„Wir werden vier Leute weniger sein, wenn ich abreise. Deine Hilfe ist entscheidend, besonders bei der Sicherheit. Ich bin nicht sicher, ob ich abreisen könnte, wenn du nicht hier wärst."

„Vier? Also geht Stuart mit dir, und du machst dir keine Sorgen, Charles McNeil anzustecken." Sie kicherte.

„Ich freue mich auf die Gelegenheit, ihm die Hand zu schütteln." Major lächelte.

Als Major ins Haus ging, waren Sheriff und Stuart dabei, Mr. Young mit Mollys Hilfe auf ein Laken zu rollen.

„Ich habe die Kinder nach draußen geschickt, bis ich die Küche desinfizieren kann", sagte Molly. „Vanessa ist bei Mr. Youngs Wohnwagen. Wir haben entschieden, wenn sie etwas braucht, kann sie einen Zettel ans Fenster hängen."

„Vanessa?", runzelte Major die Stirn.

Molly erhob sich und stemmte die Hände in die Hüften. „Es ist entschieden. Nicht deine Entscheidung."

Nachdem Mr. Young auf der provisorischen Trage positioniert war, griffen Sheriff und Stuart jeweils das Kopf- und Fußende des Lakens, während Major und Molly je eine Seite hielten.

„Bis drei." Sheriff sagte: „Eins, zwei, drei." Die vier trugen Mr. Young zum Wohnwagen, dann trugen Sheriff und Stuart ihn hinein.

„Mittagessen", sagte Molly. „Vielleicht machen wir ein Picknick auf der Hinterveranda."

Als sie das Haus erreichten, hatten Peyton und Annie einen Tisch auf die Veranda gestellt und einen Wassereimer in die Nähe der Stufen gestellt.

„Wir haben geraten, Mama", sagte Annie.

„Gute Vermutung, Schätzchen. Alle Hände waschen. Ich stelle das Mittagessen im Nu zusammen."

Während sie aßen, sagte Major: „Stuart und ich hatten vor, nach dem Mittagessen abzureisen, aber ich vermute, das wissen alle. Es schien nicht richtig, ohne Auf Wiedersehen zu sagen, abzureisen."

„Auf Wiedersehen, Pops", sagte Aimee Louise. Rosalie biss in ihren Apfel und winkte.

„Tschüss", sagten Josh und Brett im Chor.

Nachdem alle anderen gesprochen hatten, sagte Stuart: „Ihr seid alle großartig."

„Wir hatten ein geheimes Familientreffen", sagte Sara. „Jeder hat die Zeit geraten, wann ihr abreisen würdet. Wer hat gewonnen, Mama?"

„Ihr hattet ein geheimes Treffen?", fragte Major. „Ich wusste nichts davon. Wie ist das fair?"

Molly lachte. „Ich verrate dir nicht, wer das geheime Treffen organisiert hat, aber es war besonders gut durchgeführt, findest du nicht? Rosalie, wer hat gewonnen?"

Rosalie zog ihre Liste aus der Tasche. „Annie. Sie sagte *nach dem Mittagessen.*"

„Gut gemacht, Annie. Hier ist deine Trophäe." Molly überreichte Annie den Wecker, der keine Zeit mehr anzeigte.

Annie nahm ihre Auszeichnung an und verbeugte sich. „Ich werde das immer in Ehren halten, oder zumindest bis jemand anderes unseren nächsten Wettbewerb gewinnt und es mir stiehlt."

Peyton lachte. „Ihr seid alle urkomisch. Liebe deinen Preis, Annie."

Major zeigte auf den Truck, und Stuart winkte Aimee Louise zu.

„Glaubst du, wir sind ansteckend?", fragte Stuart und ließ sein Fenster herunter, als Major aus der Auffahrt fuhr.

„Mein Bauchgefühl sagt nein, aber ich stimme Heather zu. Es ist einfacher, jetzt zu isolieren, als später zu wünschen, wir hätten es getan."

Niemand war in Sicht, als der Truck durch Plainview rollte, und der Geruch von altem Müll durchdrang die Luft. Der Besitzer hatte die Tankstellenfenster mit gebrauchtem Sperrholz verbarrikadiert. *Er hofft zurückzukehren.*

„Sieht aus wie eine Geisterstadt oder als ob ein Hurrikan kurz bevorsteht", sagte Stuart.

„Keine Straßensperren", sagte Major, als sie den Rand der Stadt erreichten. „Alle haben sich verschanzt."

Als sie sich der Farm des Tierarztes näherten, ertönte plötzlich ein *Peng-Peng-Peng*, und Major trat hart auf die Bremse.

„Schüsse", sagte Stuart.

Ein schwarzer Truck raste die Auffahrt des Tierarztes hinunter und fuhr nach Norden. Stuart hielt sein Gewehr auf dem Schoß, und Major bog in die Auffahrt ein und lehnte sich dann auf die Hupe. Als der Truck auf halbem Weg zum Haus war, stoppte Major seinen Truck, aber nicht den kontinuierlichen Klang der Hupe.

„Da." Stuart zeigte auf die entfernte Ecke des Hauses. Die Tierärztin spähte um die Ecke und ging dann auf Majors Truck zu. Ihre linke Hand umklammerte ihren rechten Arm, und sie stolperte. Stuart sprang heraus und rannte zu ihr. Major schaltete den Motor aus, griff nach seinem Gewehr und folgte.

„Die Mistkerle dachten, sie würden hier Drogen bekommen. Ich muss das Tierarztschild abnehmen", sagte sie. „Ich glaube nicht, dass sie erwartet haben, dass hier jemand ist."

„Ich nehme das Schild ab", sagte Stuart.

„Hast du eine Kugel abbekommen?", fragte Major.

„Sie haben meinen Arm gestreift. Ich kann mich darum kümmern. Ich habe ihren Truck die Auffahrt herunterkommen hören, also hatte ich zumindest Zeit, meine Pistole zu greifen." Jody zeigte auf Majors Holster. „Lektion gelernt. Ich werde meine Pistole tragen."

Major schnappte sich eine Gesichtsmaske aus seinem Truck und half ihr dann hinein.

„Sie versuchten, die Hintertür aufzubrechen, aber sie war nicht abgeschlossen. Ich war draußen und habe ihnen einen Hinterhalt gelegt, aber ich bin wohl ein bisschen eingerostet. Einer von ihnen hat einen Schuss abgegeben."

Als sie an ihrem Esstisch saß, goss Major Wasser aus dem Krug auf der Theke in ein Glas und stellte es vor sie.

„Danke." Sie strich ihr lockiges schwarzes Haar hinter ihre Ohren. „Ich habe beide getroffen. Nicht tödlich, es sei denn, sie lassen ihre Wunden nicht behandeln. Meine Erste-Hilfe-Box steht oben auf dem Kühlschrank. Würdest du das hier für mich verbinden?"

Major öffnete die Box, zog die oben liegenden Handschuhe an, holte dann Scheren, Gaze und ein dreieckiges Tuch heraus. Er schnitt den Ärmel ihres Hemdes ab, spülte die Wunde aus, trug die antiseptische Salbe auf, legte einen Verband an und bastelte aus dem dreieckigen Tuch eine Schlinge.

Jody klopfte auf ihre Schlinge. „Ich bin Linkshänderin, das bremst mich also nicht so aus. Warum seid ihr zwei unterwegs?"

Major erzählte ihr von Mr. Young, Samen, Farmern, entführten Kindern und Charles McNeil.

„Was kann ich tun, um zu helfen?", fragte sie.

„Mir fällt nichts ein", sagte Major. „Ich denke jedoch, du solltest nicht allein hier sein."

„Mein Bruder drängt mich, zu ihnen auf die Farm zu kommen. Seine Frau und ich haben uns nie verstanden, sie haben keinen Platz für mich, und sie sind in South Carolina. Könnte sein, dass ich muss, aber es ist keine Reise, die ich gerne machen würde."

Stuart klopfte an die Hintertür, trug dann das Schild herein und lehnte es an die Wand.

Major sagte: „Pastor John und Chuck sind auf Mr. Youngs Farm und haben ein Zimmer frei. Warum gehst du nicht dorthin?"

Sie starrte ihn an. „Es liegt nicht in meiner Natur, bei Leuten reinzuplatzen; ich habe immer allein gelebt, aber die Zeiten sind anders. Das könnte ich tun. Ich habe die meisten meiner Sachen Anfang der Woche gepackt, falls ich beschließen sollte, zu meinem Bruder zu gehen. Könntet ihr beide die Kisten in meinen Truck laden? Meine Kisten sind im Wohnzimmer. Das meiste davon sind Tierarztsachen. Mein Koffer ist oben in meinem Schlafzimmer."

Stuart trug Kisten zum Truck, und Major holte ihren Koffer.

„Ist es okay, wenn ich deinen Medizinschrank in diesen Rucksack leere?", fragte Major.

„Danke. Vielleicht könnt ihr ein oder zwei Kisten nehmen und auch die Speisekammer leeren. Ich habe meine Ersatzmunition und Waffen gestern in meinen Truck geladen."

Nachdem Stuart alle Kisten aus dem Wohnzimmer geladen hatte, trug er Lebensmittelkisten, während Major die Regale leerte.

„Hier in der Speisekammer ist ein Kasten Wein", sagte Stuart. „Den können wir nicht zurücklassen."

„Himmel, nein", sagte Jody. „Ich kann mich für meinen abendlichen Drink nicht auf den Pastor verlassen."

Major scannte das Wohnzimmer nach übersehenen Gegenständen und kehrte dann in die Küche zurück. „Du hast viele Bücher in deinem Bücherregal. Willst du die nicht?"

Jody schlug sich an die Stirn. „Ich kann nicht glauben, dass ich meine Bücher übersehen habe. Ja, danke. Die brauche ich."

Als Stuart die Bücher lud, fragte Major: „Hast du medizinische Bücher, die du uns leihen könntest? Mir ist klar geworden, dass wir eine echte Wissenslücke haben, als Mr. Young krank wurde."

„Das beste Buch, das ich für dich habe, ist ein Handbuch für medizinisches Überleben in der Wildnis. Ist es okay, wenn ich es ausgrabe, nachdem ich mich eingerichtet habe?"

„Das ist perfekt. Gibt es noch etwas, was wir tun können?", fragte Major. „Willst du, dass Stuart deinen Truck fährt und ich folge?"

„Nein, ich kann es in dreißig Minuten auf diesen verlassenen Straßen bis zu Mr. Youngs Farm schaffen. Das ist besser als eine Reise nach South Carolina, und ich mag Vicki und Diane."

Sie machte einen letzten Rundgang durch ihr Haus und schloss es dann ab. Major half ihr in ihren Truck, und sie winkte, als sie an der Straße nach Süden abbog.

Major und Stuart setzten ihre Reise nach Norden auf der Autobahn fort.

„Glaubst du, diese beiden Typen werden zurückkommen?", fragte Stuart.

„Wenn nicht sie, dann werden andere kommen", sagte Major. „Ihr Haus war perfekt für ein Geschäft, aber jetzt ist es ein echter Nachteil, an einer Hauptstraße zu sein."

„Werden wir McNeil's Treffen crashen?"

„Das ist mein Plan", sagte Major. „Wir nehmen Nebenstraßen. Es wird eine zusätzliche Stunde dauern, vorausgesetzt, wir stoßen auf keine Probleme. Wenn doch, werden wir die ganze Nacht unterwegs sein. Wenn wir in die Nähe von Savannah kommen, werden wir herausfinden, wo das Treffen stattfindet."

Stuart blickte auf die Straße vor ihnen. „Wie werden wir herausfinden, wohin wir fahren? Wir können nicht bei einem Bauernhaus vorfahren und fragen, wo das Treffen ist."

Major ließ seinen Arm aus dem Fenster hängen, warf einen Blick auf Stuart und lächelte.

Stuart seufzte. „Erzähl Aimee Louise nicht, dass ich das Amateurfunkgerät vergessen habe."

Der gelegentliche Schatten der Bäume, die die Westseite der Straße säumten, bot zwischenzeitliche Erleichterung von dem intensiven Sonnenlicht. Major zog seinen Arm nach innen. „Ich weiß nicht, was schlimmer ist: in der Hitze zu fahren, ohne die Klimaanlage zu benutzen, oder das Fenster herunterzulassen und einen Arm-Sonnenbrand zu bekommen."

Stuart betrachtete die Felder, als sie Farm um Farm passierten. „Hast du Vieh auf den Feldern gesehen?"

„Wenn ich so nah an der Straße leben würde, hätte ich meine Herde auf ein von der Straße verborgenes Feld gebracht. Farmer lernen früh, sich an Veränderungen anzupassen, oder sie sind im zweiten Jahr keine Farmer mehr."

„Dad war schon immer ein Fixer. Mum sagte..."

„Straßensperre voraus." Major verlangsamte den Truck und begutachtete die alten Stämme, die die linke Spur blockierten, und den rostigen Pickup-Truck, der ihre rechte Spur versperrte. Vier Trucks standen am Straßenrand.

„Das gefällt mir nicht." Stuart lehnte sich nach vorn. „Da ist nur ein Kerl. Wo sind die anderen?"

Als sie sich der Straßensperre näherten, sagte Stuart: „Die Reifen des Trucks sind platt. Sie sind schon eine Weile dort."

Major trat auf die Bremsen, drehte das Lenkrad in eine kontrollierte Wende und beschleunigte von der Straßensperre weg. Stuart hustete, als der beißende Geruch von brennendem Gummi die Kabine füllte. Sie duckten sich instinktiv, als hinter ihnen Schüsse knallten. Major steuerte ein Zickzack-Muster, als das Heckfenster der Abdeckung zerbrach.

Nachdem sie fünf Meilen nach Süden gefahren waren, verlangsamte Major auf zehn Meilen pro Stunde über dem Tempolimit, und Stuart entfaltete die Karte, die Rosalie ihm gegeben hatte.

„Wir haben eine Alternative, aber wir werden umkehren müssen", sagte er. „Wir enden vierzig Meilen von zu Hause, bevor wir wieder nach Norden fahren."

Major warf einen Blick auf die Karte. „Sieht aus, als hätten wir keine Wahl."

Stuart zeigte darauf. „Wir werden in sechs Meilen nach Osten abbiegen."

„Woah." Major reduzierte seine Geschwindigkeit und umklammerte das Lenkrad mit beiden Händen. „Da wackelt etwas." Er fuhr auf den Seitenstreifen. „Fühlt sich an wie ein Platter."

Stuart sprang heraus und überprüfte die Reifen. „Du hast recht. Vorderreifen auf der Fahrerseite ist platt durch etwas, das wie ein eingebettetes Metallstück von Straßentrümmern aussieht, aber die anderen drei sind in Ordnung."

„Wenigstens ist es auf einer harten Oberfläche." Major schaltete den Motor aus, und die beiden gingen zum Heck des Trucks, um den Radschlüssel, den Wagenheber und den Ersatzreifen zu holen.

„Ich kümmere mich darum, Major."

Major griff nach seinem Gewehr und hielt Wache, während Stuart den Reifen wechselte. Nach dreißig Minuten wischte Stuart seine Hände an seiner Jeans ab und rollte den Platten zum Heck des Trucks, und Major legte den Radschlüssel und den Wagenheber zurück in ihr Fach, während die Sonne tiefer sank und der Himmel von einem blassen Blau zu einem brillanten Orange wechselte.

„Diese Straße macht mich nervös." Major blickte nach Norden. „Lass uns unsere Abendessenpause später einlegen."

Nachdem sie nach Osten abgebogen waren, sagte Stuart: „Aimee Louise hätte seine Wolke gesehen."

„Ich weiß", kicherte Major. „Sie wird nichts sagen, wenn wir die Geschichte erzählen, aber Rosalie und Sara werden es tun."

Als sie nach Norden abbogen, erschütterte eine Windböe den Truck, und Major starrte in den Himmel, während er das Lenkrad fest umklammerte. „Wir haben einen ordentlichen Seitenwind. Schalte das Radio ein. Schauen wir, ob wir etwas auffangen."

Das mobile Radio scannte die Repeater-Frequenzen, bis es bei einem Repeater stehen blieb, wo Funkamateure sich unterhielten.

„Ich werde anhalten, nachdem wir die Brücke vor uns überquert haben, dann überfahren wir nicht unseren Empfang und können essen, während wir zuhören." Nachdem Major geparkt hatte, stieg er aus und streckte seinen Rücken, dann öffnete er die Kühlbox für ihr Abendessen.

Als er auf seinen Sitz rutschte, drehte Stuart die Lautstärke auf, und sie aßen, während sie einer Diskussion über das Wetter, Farmer und Elektrizität zuhörten.

„Jemand hat letzte Nacht die Scheune meines Nachbarn in Brand gesetzt. Hunde haben ihn geweckt, sonst wäre es ein Totalverlust gewesen. Wir treffen uns morgen früh, um zu sehen, ob wir bei den Reparaturen helfen können", sagte ein Mann.

„Müsst vielleicht bis zum Nachmittag warten. Wir bekommen einen Sturm", sagte ein zweiter Mann.

„Habt ihr von diesem großen Treffen südlich von Savannah gehört? Es geht um diese exklusive Nutzpflanze. Ich würde gerne mitmachen, bin aber nicht sicher, ob ich die Farm mit all diesen Bränden verlassen sollte", sagte der erste Mann.

„Geh zu dem Treffen morgen um zwölf Uhr nahe Live Oak", sagte ein dritter Mann. „Was denken sich diese Spinner, die Scheunen anzünden?"

Die Diskussion wechselte von Brandstiftern zum Betrieb von Brunnen ohne Strom und dann zum Benzinmangel.

Major drehte die Lautstärke herunter. „Wir sind nicht so weit von Live Oak entfernt. Wenn wir das Mittagstreffen in Florida nicht finden können, haben wir immer noch Zeit, zum Georgia-Treffen zu kommen." Eine weitere heftige Böe erschütterte den Truck, und Major scannte den Himmel. „Wir haben eine Front, die hereinkommt. Ich hatte geplant, in der Ladefläche zu schlafen, aber mit unserem zerbrochenen Fenster verbringen wir wohl die Nacht in der Kabine."

Stuart schaute auf die Karte. „Es gibt eine kleine Stadt nicht weit voraus. Vielleicht könnten wir auf einem Parkplatz parken. Die Post könnte eine Option sein."

Als sie sich der Stadtgrenze näherten, sagte Major: „Ich hätte eine Straßensperre erwartet, aber wenn die meisten ihrer Leute gegangen sind, haben sie vielleicht nicht die Arbeitskräfte, um sie rund um die Uhr zu besetzen."

Sie fuhren an einem Gebäude mit einem kaputten Kirchenschild davor vorbei, einer Tankstelle mit vernagelten Fenstern, einer Kombination aus Lebensmittelgeschäft und Ködergeschäft, und der Post, dann kamen sie zum anderen Ende der Stadt. Hohes Unkraut, das die wenigen Häuser umgab, flatterte, als sie vorbeifuhren,

„Sieht verlassen aus", sagte Stuart. „Irgendwie unheimlich."

Major fuhr zurück zur nach Westen ausgerichteten Post und parkte auf der Rückseite. „Vielleicht bekommen wir hier ein wenig Schutz vor dem Sturm." Er schaltete den Motor aus. „Ich würde die Gesellschaft von Geistern dieser Bande von Schlägern vorziehen, auf die wir gestoßen sind. Ich muss aussteigen und mich strecken, bevor Regen kommt."

Major schlenderte zum Rand des Parkplatzes und untersuchte die umgebenden Nachbarschaften. *Verlassen ist richtig.* Er setzte seinen Spaziergang um die Post fort, und als er den Truck erreichte, hörte er ein Fahrzeug, das nach Süden raste. Als er über seine Schulter blickte, war nichts mehr da.

„Hast du das gesehen?", fragte Stuart und eilte zum Truck. „Vier Typen in einem blauen Auto. Sie rasten wirklich."

Als sie ihre Schlafsäcke zum Truck trugen, blitzte ein Blitz auf mit einem gleichzeitigen Donnerschlag.

„Besser alles holen, was wir heute Nacht brauchen", sagte Major, als dicke Regentropfen auf sie prasselten und vom Truck abprallten.

„Autsch. Hagel." Stuart schnappte den Rest ihrer Ausrüstung, und Major schlug die Heckklappe zu.

Stuart sprang auf den Rücksitz, und Major kletterte nach vorne. Die Hagelkörner wuchsen auf Nickelgröße und trommelten auf den Truck. Major verzog das Gesicht bei dem unerbittlichen Hämmern auf dem Dach. Der Hagelsturm hörte auf.

Ohren klingeln noch. Major öffnete seinen Mund, um seine Ohren zum Knallen zu bringen.

Kapitel Fünfzehn

„Glaubst du, dass dieser Wagen versucht hat, dem Sturm zu entkommen?", fragte Stuart.

„Könnte sein."

Major kniff die Augen zusammen und versuchte durch den starken Regen auf die Windschutzscheibe zu sehen. *Kann nicht mal über die Motorhaube hinaussehen.*

„Wir kommen heute Nacht nirgendwohin." Major breitete seinen Schlafsack auf dem Sitz aus und legte sein Kissen gegen die Fahrertür. Nachdem er eine leichte Decke über sich gezogen hatte, schloss er die Augen.

Als er die Augen öffnete, lugte die Sonne über den Schuppen hinter dem Postamt hervor. Er bewegte sich und stöhnte. *Zu alt für sowas.* „Bist du wach, Stuart?"

Stuart gähnte. „Als ich aufwachte, war es dunkel. Ich habe auf die Sonne gewartet."

Major blickte über den Parkplatz. „Frage mich, wie viel Regen wir letzte Nacht abbekommen haben? Wir stehen hier hinten in einem Teich."

„Bereit fürs Frühstück?" Stuart öffnete die Kühlbox. „Molly hat Tortillas und Orangen eingepackt."

„Wäre es nicht schön, bei Pete vorbeizuschauen und einen Kaffee zu trinken?" Major lachte und startete den Motor. „Als Trish diesen kleinen Heizer gekauft hat, habe ich mich über sie lustig gemacht. Ich wette, sie lacht jetzt über mich."

„Vermisst du sie noch immer?" Stuart zog seine Stiefel an.

„Und wie. Werde ich auch immer." Major zuckte zusammen, als eine Welle seiner alten Melancholie über ihn hereinbrach, schüttelte sie dann ab und steckte den Heizer in den alten Zigarettenanzünder.

Stuart stieg aus dem Truck, und Major rührte Instantkaffee in das heiße Wasser in seinem Metallbecher. Als Stuart zurückkehrte, rieb er seine Hände aneinander, und Major reichte ihm eine Tasse Kaffee.

„Dachte, ich hätte einen Hauch von Rauch gerochen." Stuart schälte seine Orange, und der Zitrusduft erfüllte den Fahrerraum.

„Mmm. Süß", sagte Stuart, nachdem er ein Orangenstück in den Mund gesteckt hatte. „Mr. Young ist ein fantastischer Händler. Frage mich, wie es ihm geht?"

Nachdem sie ihr Frühstück beendet hatten, ließ Major sein Fenster herunter und schnüffelte. „Du hast Recht. Schwach, aber es ist Rauch."

Sie packten ihre Ausrüstung wieder zusammen und luden sie in den Laderaum. Als er in den Truck kletterte, sagte Major: „Bevor wir die Stadt verlassen, würde ich gerne schauen, ob wir Wasser finden können. Ich würde mir gerne Hände und Gesicht waschen, und ich hasse es, unser Trinkwasser zu verschwenden."

Als der Truck langsam um die Tankstelle herumfuhr, sagte Stuart: „Da. Ein Außenwasserhahn." Er sprang heraus und drehte den Hahn auf, und schlammiges Wasser tropfte auf den Boden.

„Konnte nicht so einfach sein, oder?" fragte Stuart, als er seine Tür öffnete.

Als sie sich dem Köder-Shop näherten, zeigte Major darauf. „Truck hinten. Der war gestern nicht da."

Ein Mann in Overall stand an der Vordertür. Er verschränkte die Arme, als der Truck sich näherte, und nickte zu einer Schrotflinte, die neben ihm auf der Bank lag.

Major ließ sein Fenster herunter und lenkte den Truck vorsichtig auf den Parkplatz, blieb aber in Straßennähe. „Wie geht's dir? Hast du geöffnet?"

Der Mann starrte ihn an. „Nein."

Major nickte. „Hast du von einem Farmertreffen in der Nähe von Live Oak heute gehört? Wir hofften, dorthin zu gehen."

„Treffen ist um zwölf. Bin nicht sicher wo, aber ich vermute in der American Legion fünfzehn Meilen die Straße rauf." Der Mann trat von der Tür weg und zeigte nach Norden.

„Brauchst du irgendetwas?" fragte Major.

Der Mann hob die Augenbrauen und legte seinen Kopf schief. „Habt ihr Kaffee?"

„Klar doch." Major hielt ein Päckchen Instantkaffee hin.

„Wirf es runter. Braucht ihr etwas?"

„Hätte nichts gegen etwas Wasser, um meine Hände und mein Gesicht zu waschen."

Der Mann ging in den Laden und kam mit einem Gallonen-Kanister Wasser zurück. Er stellte ihn auf den Boden zwischen dem Truck und dem Laden. Major warf zwei weitere Päckchen Kaffee hinaus. Der Mann schnappte sich seine Päckchen und nahm wieder seine Position an der Tür ein.

Als Stuart das Wasser aufhob, salutierte der Mann vor Major. „Netter Handel mit euch. Kommt jederzeit wieder vorbei."

„Das war ein guter Tausch", sagte Stuart, als Major wegfuhr.

„Ich habe von Mr. Young gelernt. Wie steht es um unseren Kaffeevorrat?"

Stuart spähte in den Sack. „Wir haben einen Monatsvorrat." Er nahm ein Päckchen und las es. „Abgelaufen vor zwei Jahren."

„Hat geschmeckt wie der Instantkaffee, an den ich mich erinnere: verbranntes kaffeearomatisiertes Wasser, nur einen Schritt von Dreck entfernt, und hat den Nagel auf den Kopf getroffen."

Fünf Minuten später sagte Major: „Wir haben eine Einfahrt vor uns, aber ich sehe keine Gebäude. Ich werde dort reinfahren."

Nachdem er geparkt hatte, ließ Stuart die Heckklappe herunter und holte eine Waschschüssel heraus. Major goss einen Zentimeter Wasser hinein, und sie wuschen ihre Gesichter und Hände.

„Da vorne. Siehst du das?" Stuart zeigte auf eine verkohlte Scheune und das umgebende verbrannte Feld. Die leichte Brise wirbelte die wenigen verbliebenen Glutherde auf.

Als sie auf der Straße weiterfuhren, sagte Major: „Handdesinfektionsmittel ist in Ordnung, aber es tat gut, sich zu waschen."

Stuart nickte. „Muss gestern Feuer gefangen und abgebrannt sein. Ich bin überrascht, dass der Sturm das Feuer nicht vollständig gelöscht hat."

„Vielleicht hat er das Feldfeuer niedergeschlagen und verhindert, dass es sich ausbreitet. Sieht nicht so aus, als ob jemand hier war."

Als Major den Truck startete, schaltete Stuart das Funkgerät ein.

„Dieser Sturm hat mich schwer getroffen. Ich habe umgestürzte Bäume. Wann ist das Treffen?", fragte ein Funker.

„Wurde auf zehn vorverlegt", sagte ein anderer Mann. „Ich höre, der Obermacker beginnt gerne früher, um zu vermeiden, dass irgendwelche Städter auftauchen und versuchen, Ärger zu machen."

Die Diskussion wechselte zu Wetter, Sturm und Hagelschäden.

Nachdem sich alle abgemeldet hatten, sagte Stuart: „Es klingt nicht so, als ob jemand von dem Scheunenbrand wüsste."

„Interessante Strategie, das Treffen zwei Stunden früher zu verschieben", sagte Major.

„Hast du das erwartet?"

„Nein. Dummes Glück auf unserer Seite. Wir nähern uns." Major deutete darauf, als Trucks auf der Straße vor ihm auftauchten. Er verlangsamte und passte sich dem Tempo der Lkws vor ihm an.

Als sie die American Legion erreichten, folgten sie den Trucks auf das Feld zum Parken.

Major betrachtete die Farmer, die allein oder paarweise vom Feld zum Gebäude gingen. Die meisten trugen eine Pistole im Holster oder ein Gewehr. „Das ist gut. Sie müssen über die Krankheit Bescheid wissen. Schau, wie sie beim Gehen Abstand halten."

„Ich bin überrascht, wie viele bewaffnet sind", sagte Stuart.

„Es ist wahrscheinlich inzwischen natürlich für sie. Schau dir unsere Farm an." Major stieg aus seinem Truck und nickte dem Farmer zu, der neben ihm parkte.

Stuart trug eine Baseballkappe eines Florida-Futtergeschäfts, als er ausstieg.

„Hast du für jeden Anlass eine Kappe?", fragte Major.

„So ziemlich. Ich habe sogar einen Kirchenhut. Mein Opa hat ihn mir geschenkt, als ich acht war, aber Mama hat mich ihn nicht tragen lassen. Dad sagte, niemand könnte Mama so auf die Palme bringen wie ihr eigener Vater."

Als sie die Halle betraten, folgte Major dem Farmer vor ihnen zu einer Seitenwand in der Nähe des Ausgangs, obwohl Plätze verfügbar waren.

Major scannte den Raum. Es gab keine Bühne, aber drei Männer schoben vorne zwei Tische zusammen mit vier Stühlen, die in Richtung Publikum zeigten. Ein Rednerpult stand vor der Tischreihe.

Wir sind hinten und direkt am Ausgang. Hätten keinen besseren Platz aussuchen können.

Major erwiderte das Nicken des Farmers neben ihnen.

„Genau wie zu Hause, wo es natürlich ist, die Stühle für ältere Leute zu lassen", flüsterte Stuart.

„Jap. Halte unseren Platz. Bin gleich zurück."

Major schlenderte den kurzen Flur entlang und ging an den Herren- und Damentoiletten und einer verschlossenen Tür vorbei, die ein kleines Büro zu sein schien. Er spähte aus dem Fenster nach vorne, als drei schwarze Limousinen nahe an der Tür vorfuhren. *Showtime.*

Major machte sich auf den Weg zu Stuart. *Halle ist voll.*

Als zwei muskulöse Männer in schwarzen Anzügen mit Ausbuchtungen unter ihren Armen im Durchgang erschienen, schnaubte Major, und Stuart verdrehte die Augen. Drei weitere Männer kamen in die Halle, und jeder nickte den Türwächtern zu, dann marschierten sie in Formation zur Vorderseite des Raumes.

Der Mann neben Major grunzte. „Das muss gut sein."

Die kleine Gruppe kicherte.

Die drei Männer positionierten sich quer vor der Vorderseite und starrten die Menge an.

Major blickte zu Stuart, der die Menge beobachtete. Stuart streckte sich und hakte dann seinen Daumen in seinen Gürtel nahe seinem Holster.

Er ist ein geborener Polizist. Major inspizierte die Männer, die entlang der Wände aufgereiht waren, während alle auf die Männer vorne starrten, die sich unter der ungeteilten Aufmerksamkeit räkelten. Major blickte zum Eingang, wo sich weitere Männer versammelt hatten.

Ein Mann in der Nähe stieß seinen Nachbarn mit dem Ellbogen an und zeigte. „Erinnert dich das an eine Hochzeit?"

Der Mann schnaubte. „Wenn Musik anfängt zu spielen, bin ich weg."

Vier Männer betraten die Halle. Zwei von ihnen schritten nach rechts und die anderen beiden nach links. Sie bewegten sich nach vorne und positionierten sich hinter den drei anderen Männern.

Ein übergewichtiger Mann mit rotem Gesicht betrat die Halle. Er nickte Männern zu, als er zur Vorderseite eilte, und sie erwiderten sein Nicken. Sein Gesicht rötete sich, als er der Menge gegenüberstand, dann trat Charles McNeil ein. Stuarts Augen weiteten sich, und Major nickte. *Der alte Charlie hat zugelegt.*

McNeil trug Jeans, ein kariertes Western-Hemd, das sich über seinen Bauch spannte, und Cowboystiefel. Sein Haar war ergraut, und sein Gesicht hatte frische Linien um seine Augen. Als McNeil nach vorne schritt, nickte er und winkte der Menge zu, aber niemand erwiderte sein Winken. Als er vorne ankam, stand er neben dem Mann mit dem roten Gesicht. McNeil gab einem Mann, der in der ersten Reihe saß, ein Zeichen. Der Mann stand auf und kündigte den Mann mit dem roten Gesicht als ersten Redner an.

„Überspringen wir den Treueschwur?" Ein Mann in der Nähe des Ausgangs sprach laut.

McNeil hob die Augenbrauen und nickte seinem Mann in der ersten Reihe zu, der sagte: „Erhebt euch."

Der als Redner bestimmte Mann führte die Gruppe durch die Rezitation. Nachdem die Menge wieder Platz genommen hatte, schlich Major nach vorne und scannte dann die Menge, als er zurückkehrte, um einen Sitz zu finden. Er suchte Männer heraus, die keine Farmer zu sein schienen. Nachdem er seinen Platz wieder eingenommen hatte, hielt er sieben Finger tief, und Stuart nickte.

Der Mann mit dem roten Gesicht hustete dann las eine Einführung von einem Blatt Papier vor. Als er fertig war, klatschten einige Männer, und er strahlte. Einer der schwarz gekleideten Männer hinter ihm räusperte sich und zeigte auf einen Stuhl, und der Redner eilte, sich zu setzen.

„Du weißt, dass er sein Leben hasst, oder?", sagte ein Mann in der hinteren Reihe, und die Männer in der Nähe kicherten.

McNeil sprach von schlimmen Zeiten und langatmig über den wirtschaftlichen Zusammenbruch, scheiternde Farmen, den Verlust von Elektrizität, Angriffe auf Farmen und die wachsende Feindseligkeit von Stadtmenschen gegenüber Farmern.

„Die Leute sind hungrig", sagte er. „Sie denken nicht richtig. Aber wir können sie ernähren."

McNeil erläuterte die Vorzüge der Sonnenrübe: einfache Pflanzung, Krankheitsresistenz, niedrige Pflanzkosten, Selbstaussaat, hohe Gewinnspanne und die gesundheitlichen Vorteile der Sonnenrübe für den Verbraucher.

„Wir müssen nur die Lkws beladen und sie zum Markt schicken, und das Geld wird fließen." Der Mann in der ersten Reihe applaudierte und erhob sich, und die meisten im Publikum schlossen sich ihm an.

McNeil schwenkte seinen Arm in Richtung des lokalen Redners, der mit Hilfe von zwei der Männer in schwarzen Anzügen aufstand. Sie begleiteten ihn zum Rednerpult, während McNeil durch den hinteren Notausgang hinausschlüpfte.

Geschickt.

Stuart stieß Major mit dem Ellbogen an. „Soll ich folgen?"

„Geh zu den Toiletten. Da ist ein Fenster, von dem aus du die Vorderseite des Gebäudes sehen kannst."

Major machte einen Schritt nach vorne und stimmte in den Applaus ein, während Stuart zu den Toiletten schlenderte. Das Publikum setzte sich wieder. Der Redner las Anweisungen von seinem Blatt vor, wie man sich anmelden könne, und einer von McNeils Männern stellte Blätter und Stifte auf die vordersten Tische. Der Mann in der ersten Reihe eilte zu einem Tisch und griff nach einem Stift, und Männer stellten sich entlang der Tische und hintereinander auf.

Als Stuart zurückkehrte, sagte er: „Die schwarzen Autos haben sich vor dem Gebäude aufgestellt. McNeil und ein anderer Mann sind zu einem silbernen Auto gegangen und abgefahren."

Major und Stuart verließen die Halle mit der ersten Welle von Farmern.

„Was jetzt?", fragte Stuart, als sie den Truck erreichten.

„Hol deine Georgia-Farmer-Kappe raus. Wir fahren nach Savannah."

Major fuhr nach Norden, während Stuart die Karten von Florida und Georgia untersuchte.

„Wir sind etwa vier Stunden vom Gebiet um Savannah entfernt. Vielleicht könnten wir es bis fünf schaffen, aber wir würden es nie bis drei schaffen." Stuart kratzte sich am Kopf. „McNeil ist nicht so weit vor uns. Wie wird er es schaffen?"

„Er wird entweder für später heute neu terminieren oder bis morgen verschieben. Lass uns in diese Richtung fahren, um zu sehen, ob wir etwas über das Radio auffangen können." Major zeigte auf ein Schild. „Rastplatz in drei Meilen. Könnte ein guter Ort sein, um für das Mittagessen anzuhalten."

„Oder ein perfekter Ort für einen Hinterhalt."

„Das stimmt auch."

Als sie in den Rastplatz einfuhren, spähte Stuart aus seinem Fenster. „Keine Fahrzeuge in der Nähe. Das ist ein gutes Zeichen."

Major legte abrupt den Rückwärtsgang ein und raste auf die Auffahrt zurück, fuhr rückwärts auf die Autobahn und beschleunigte weg.

Stuart starrte auf den Rastplatz, als sie die Ausfahrt passierten. „Ich habe diese braunen Fässer an der Ausfahrt erst jetzt gesehen. Ich bin nicht sicher, ob ich sie gesehen hätte, wenn ich nicht nach etwas Ausschau gehalten hätte. Denkst du, es sind sandgefüllte Fässer?"

„Ich konnte nicht erkennen, was sie waren. Alles, was ich sah, war etwas an der Ausfahrt. Ich werde etwas weiter unten anhalten, und du kannst die Kühlbox aus dem Kofferraum holen. Lass uns unterwegs essen."

Nachdem Major auf den Randstreifen gefahren war, holte Stuart die Kühlbox und platzierte sie im Rücksitz, wo er sie erreichen konnte.

„Wir haben geschnittenes selbstgebackenes Brot, Erdbeermarmelade und Erdnussbutter", sagte Stuart. „Schätze, ich bin der Koch."

„Molly ist erstaunlich", sagte Major. „Ich bin froh, dass wir Brot haben. Sag ihr aber nicht, dass ich Tortillas satt habe."

„Ich habe Marmelade auf meine Tortilla getan. Habe nicht an Erdnussbutter gedacht. Das werde ich ausprobieren."

Nachdem sie mit dem Essen fertig waren, sagte Major: „Zeig mir die Route, die du geplant hast."

„Ich nehme an, wir vermeiden Autobahnen." Stuart zeigte auf die Route, die er geplant hatte.

„Wenn er nicht den ganzen Weg nach Savannah fährt, könnte er trotzdem ein Nachmittagstreffen haben", sagte Major. „Lass uns in diese Richtung fahren und das Radio zum Scannen eingeschaltet lassen."

Nach zwei Stunden mit Knistern und Rauschen sagte Major: „Ich muss mich strecken, und meine Augen fallen zu."

Major hielt an. „Wenn wir zum Truck zurückkommen, fährst du. Manchmal vergesse ich zu wechseln."

Major ging einige hundert Meter vor dem Truck und umrundete eine Kurve, dann hielt er inne beim Anblick einer Straßensperre voraus. Er joggte zurück zum Truck.

„Wie nah sind wir an der nächsten Stadt voraus?" Er lehnte sich an die Vorderseite des Trucks, während er Atem schöpfte.

Stuart breitete die Karte auf der Motorhaube aus und zeigte darauf. „Wir sind hier. Die nächste Stadt ist hier. Grobe Schätzung ist, dass die Stadt vielleicht neun oder zehn Meilen entfernt ist. Was ist los?"

„Es gibt eine Straßensperre voraus. Zu weit weg, um Stadtbewohner zu sein. Lass uns zurückfahren, woher wir gekommen sind."

Stuart nahm den Fahrersitz ein und Major stieg ein. Als Stuart nach Süden fuhr, lehnte Major sich zurück, um seinen Kopf frei zu bekommen.

„Wir fahren in die falsche Richtung", sagte Major.

Stuart bremste. „Was? Ich dachte, wir sollten nach Süden fahren."

„Entschuldige. Fahr weiter nach Süden. Ich habe mitten im Gedanken gesprochen. Wir haben McNeil gejagt und sind auf eine Straßensperre nach der anderen gestoßen. Wir hatten Glück, dass uns kein Hinterhalt erwischt hat. Meine ursprüngliche Idee war, zu warten, bis er zu uns kommt, aber ich wurde ungeduldig. Es ist Zeit, zu meinem ursprünglichen Plan zurückzukehren. McNeils Operation ist grob und effektiv in ihrer Einfachheit. Er wiederholt das Meeting, während er von Stadt zu Stadt zieht. Wunderheiler."

Stuarts Stirn runzelte sich.

Major lachte. „Ein alter Begriff; älter als ich. Es bedeutet jemand, der super geschickt ist. Es wird nicht lange dauern, bis er zu uns kommt, oder zumindest zu einer Gemeinde in unserer Nähe."

Stuart nahm sein Tempo wieder auf und nickte. „Wir können bereit sein."

„Wie lange, bis wir zu Hause sind?" Major zog seine Stiefel aus und lehnte sich zurück.

„Eineinhalb Stunden oder drei Tage."

Major lachte. „Das war ein Witz, der Josh würdig ist. Gut gemacht." Er lehnte sich zurück und schloss die Augen.

Nach einer Stunde fragte Stuart: „Major? Bist du wach?"

Major öffnete die Augen und richtete seinen Rücken auf, während er durch die Windschutzscheibe spähte. „Was ist das da vorne?"

„Ich glaube, es ist eine Kuhherde. Was soll ich tun?"

„Dreh um und fahr zwei Meilen zurück, dann halten wir an und warten. Wir können in fünfzehn Minuten wieder hierher fahren, um zu sehen, ob sie weitergezogen sind."

Stuart änderte die Richtung. Als er wegfuhr, fragte er: „Warum haben wir nicht einfach angehalten und gewartet, wo wir sie sehen konnten? Oder hingehen und sie von der Straße verscheuchen?"

„Das ist, was eine normale Person tun würde, richtig?", fragte Major. „Was normale Leute tun, klingt für mich wie eine Falle, und ich bin mir sicher, dass ich hier falsch liege, aber wir haben eine Geschichte von zu vielen gefährlichen Dingen, die passieren."

„Es ist nicht paranoid, wenn sie wirklich hinter dir her sind, richtig?"

Major schnaubte. „Das könnte unser Farmmotto sein. Während wir warten, werde ich die Karte überprüfen." Major faltete die Karte auf und runzelte die Stirn. „Haben wir vor kurzem eine County Road passiert?"

„Wir haben vor etwa zwei Meilen eine passiert." Stuart beugte sich vor, um die Karte zu sehen, und zeigte dann darauf. „Da ist sie."

„Die führt nach Red Springs, in der Nähe von Mr. Youngs Farm. Es ist keine Abkürzung, aber es ist heimisches Gebiet. Lass uns zurückfahren."

Stuart fuhr weiter zur County Road und bog dann ab. „Theoretisch sind wir weniger als eine Stunde von zu Hause entfernt."

„Ich bin froh, dass wir diesen Weg nehmen. Wir werden an Petes Diner vorbeikommen."

Stuart fuhr langsam durch Red Springs. Die verräterischen Zeichen von Brettern vor den Fenstern bestätigten die Dauerhaftigkeit der geschlossenen Geschäfte, aber jemand hatte die Büsche vor dem Postamt geschnitten.

„Niemand in der Nähe, aber es sieht besser gepflegt aus als andere Städte, durch die wir gefahren sind", sagte Stuart.

„Red Springs hat drei Meistergärtner. Ich vermute, das ist ihr Werk."

Als sie Plainview erreichten, fuhr Stuart in Petes Diner ein und gab der Hupe zwei schnelle Stöße. Major ließ sein Fenster herunter. „Hey, Pete."

Pete öffnete die Tür und hielt sich am Türrahmen fest. Sein Gesicht war blass, und seine Stimme war schwach. „Major. Schön, dich zurück zu sehen."

„Geht es dir gut?" Major runzelte die Stirn und stieg aus.

„Ich bin krank. Komm nicht näher. Ich habe einen alten Freund, der nach mir sieht. Kümmere dich um deine Familie." Pete schloss die Tür.

Major kletterte in den Truck. „Diese Krankheit macht sich auf den Weg in die kleinen Städte. Lass uns nach Hause gehen."

Major fühlte, wie seine alte Melancholie zurückkroch, und er rieb sich die Stirn.

„Geht es dir gut?"

Major hörte die Besorgnis in Stuarts Stimme und schüttelte seine Stimmung ab. „Ich glaube, ich brauche eine Nacht Schlaf in einem Bett."

Als Stuart in die Einfahrt fuhr, stöhnte Major, als er mühsam aus dem Truck stieg und das Tor öffnete. Shadow jaulte und raste zu Major, der Stuart weiterwinkte.

Major kniete nieder, um Shadows Gesicht zu reiben und ihn zu umarmen, während Shadow sein Gesicht leckte. Als er aufstand, waren Aimee Louise und Rosalie herangelaufen, um ihn zu treffen. Er legte seine Arme um jedes Mädchen, und die drei schlenderten zum Farmhaus.

„Mr. Young geht es nicht gut", sagte Rosalie. „Vanessa hängt Updates in das Fenster: zehn ist großartig, und eins ist nicht gut. Sie hat *zwei* zur Mittagszeit angehängt."

KAPITEL SECHZEHN

Als sie sich dem Haus näherten, umarmte Aimee Louise ihn. „Ich bin froh, dass du wieder zu Hause bist."

„Kein Zurücklassen mehr", sagte Rosalie. „Du hast uns gebraucht, oder?"

„Immer." Major erwiderte Aimee Louises Umarmung. „Lasst uns Stuart beim Entladen des Trucks helfen. Er hat viele Geschichten für euch."

Die vier stellten die gesamte Ausrüstung auf der Veranda ab. Als Molly nach draußen trat, sagte sie: „Die Mädchen und ich kümmern uns später um eure Sachen. Annie und ich haben das Abendessen auf dem Tisch. Wascht euch die Hände und setzt euch an den Tisch. Rosalie, lass Vanessa wissen, dass sie zurück sind."

Sheriff stand auf der Veranda, umgeben von seinen Kindern. „Gut, dass ihr in Sicherheit seid."

Er wandte sich an seine Gefolgschaft. „Geht und wascht eure Hände. Denkt daran, während des Essens keine Fragen zu stellen."

Als die Kinder ins Haus trotteten, um sich zu waschen, fragte Sheriff: „Erfolgreiche Reise?"

„Nein, aber sie war lohnenswert." Major blieb in der Türöffnung stehen und atmete tief ein. „Ah. Kaffee. Echter Kaffee."

Molly und Peyton hatten jeden Teller mit Fleisch, Bohnen und Reis sowie einem Beilagensalat auf den Tisch gestellt. „Einfach ein bisschen weniger herumreichen", sagte Molly, als Major die Augenbrauen hochzog. „Wir schauen, wie es funktioniert."

Peyton füllte einen Teller für Vanessa, und als Rosalie aufstand, um ihn zum Wohnwagen zu bringen, sagte Major: „Ich komme mit dir."

Als sie den Wohnwagen erreichten, stand Vanessa am Fenster. Sie winkte und hielt drei Finger hoch. Major legte seine Faust aufs Herz, und Vanessa warf ihm eine Kusshand zu. Rosalie stellte den Teller in die Box neben der Tür.

Als sie zum Haus zurückkehrten, sagte Rosalie: „Tante Vanessa war am Fenster. Sie hat gewunken und drei Finger hochgehalten."

„Kleine Verbesserung", sagte Sheriff. „Danke, Herr, für unser Essen und die kleinen Dinge."

„Haut rein. Lasst mich wissen, wenn ihr bereit für Nachschlag seid", sagte Molly.

Nachdem er sich satt gegessen hatte, nippte Major an seinem Kaffee. „Feines Essen."

„Ich fülle deine Tasse nach, und du kannst dich auf der Veranda entspannen. Peyton und ich kommen nach, wenn wir mit dem Abwasch fertig sind."

Major stand auf, und Aimee Louise eilte an seine Seite, dann schlenderten sie zur Veranda. Zirruswolkenfetzen fegten über den Himmel, und der Horizont zeigte ein strahlendes Orange, das zu Rosa verblasste. Die abendlichen Grillen sangen das Lied der nahenden kühleren Nachtluft, und die leichte Brise trug den süßen Duft von Geißblatt.

Major atmete die Abendluft ein und entspannte sich in seinem Schaukelstuhl, während er die Farm überblickte. „Hattet ihr Hagel?"

„Nein, und auch keinen Regen." Aimee Louise setzte sich im Schneidersitz neben seinen Stuhl.

Nachdem alle auf der Veranda waren, sagte Major: „Stuart, warum erzählst du nicht von unserem Abenteuer? Ich würde gerne hören, wie viel Spaß wir hatten."

Die vier jüngeren Kinder versammelten sich um Stuart. Er begann mit dem Tierarzt und erzählte der Farmfamilie dann eine Geschichte über Straßensperren, einen Hagelsturm und die Verfolgung von Versammlungen über zwei Bundesstaaten hinweg.

Als er fertig war, fragte Brett: „Was ist mit Riesen? Habt ihr Riesen gesehen?"

„Wir haben keine gesehen, aber ich habe gehört, wie sie den Sturm in unsere Richtung geschoben haben. Ich bin ziemlich sicher, dass sie auch die großen Hagelkörner geworfen haben."

„Was ist mit Feen?", fragte Sara.

„Die Feen funkelten und tanzten, als der Mann uns Wasser gab."

Sara nickte. „Feen mögen Menschen, die nett sind."

Josh verschränkte die Arme. „Du hast den Teil über die Pizza ausgelassen."

„Wirklich? Das wollte ich nicht. Ich habe vergessen, euch von der Straßensperre aus Pizzakartons zu erzählen. Pops zielte mit dem Truck auf die Kartons und trat das Gaspedal durch. Wir hielten den Atem an, als wir in sie krachten und überall Kartons herumflogen, aber keine Pizza kam zu Schaden. Die Kartons waren leer."

Alle lachten, dann standen Aimee Louise, Rosalie und Annie auf, um ins Haus zu gehen, und Stuart schloss sich ihnen an.

„Radiozeit", sagte Rosalie beim Gehen.

„Was ist hier los? Was gibt es für Neuigkeiten?", fragte Major.

Sara drehte sich und hüpfte auf den Zehenspitzen. „Annies Gewächshaus ist fast fertig. Annie hat mich zuschauen lassen, aber ich musste leise sein, also habe ich Peyton vorgelesen, damit sie nicht einsam ist. Ein Huhn pickt Löcher in die Eier, aber wir haben noch nicht herausgefunden, welches."

„Penny und Shadow haben ein Opossum gefangen, aber es hat sich tot gestellt und ist weggelaufen", sagte Brett.

Josh kratzte Penny am Rücken. „Wir haben den Ziegenbock in das Mädchengehege gelassen. Mama sagt, wir könnten Ziegenbabys bekommen."

„Der Ziegenbock hätte vorher baden sollen. Jetzt stinken alle Ziegenmädchen auch", sagte Sara.

„Danke für die beste Geschichte, die ich je gehört habe, Stuart." Molly stand auf. „Lasst uns fertig machen fürs Bett, Kinder."

Nachdem Molly und die drei jüngeren Kinder gegangen waren, sagte Major: „Wir haben beim Diner angehalten. Pete geht es nicht gut. Er sagte, er habe einen Freund, der nach ihm schaut."

Sheriff schüttelte den Kopf. „Jemand, der in die Stadt gekommen ist, muss Pete und Mr. Young ungefähr zur gleichen Zeit angesteckt haben. Also, was gibt's Neues über McNeil?"

„Er verlegt die Zeiten und Orte seiner Treffen. Ich denke, das soll sicherstellen, dass nur Einheimische auftauchen, und es ist wirksam. Erfahrene Farmer haben an dem Treffen teilgenommen, zu dem wir gegangen sind. Ich erwartete, dass sie McNeil verspotten würden, und anfangs taten sie das auch, aber sie kauften es ihm ab. Es gab einen Ansturm, um sich für das Sonnenblumenwurzelprogramm anzumelden." Major verengte seine Augen. „Er ist ein Charmeur."

„Ein altmodischer Schlangenöl-Verkäufer." Stuart zwinkerte Major zu.

„McNeil hat seine Akte professionell gelöscht, aber er konnte die Erinnerungen nicht auslöschen", sagte Peyton. „Es gibt viele von uns, die seine ursprüngliche Verurteilung nicht vergessen haben. Ich kann dir nicht sagen, wie entmutigend es war, als er in seinem alten Job wieder auftauchte. Unser Chef? Wirklich? Es war, als wäre er im Urlaub gewesen. Schleimig... egal. Es bringt mich zum Ausrasten, wenn ich an ihn denke."

„Was ist jetzt dein Plan?", fragte Sheriff.

„Er deckt mit seinen Treffen zwei Bundesstaaten ab. Wir werden warten, bis er hierher kommt oder in die Nähe. Ich denke, es wird nicht lange dauern."

„Es war keine vergeudete Reise, weil du seinen Betrieb gesehen hast", sagte Peyton.

„Genau. Hast du etwas von Nate gehört?"

„Nichts, ich hoffe, die Funkamateure haben heute Abend ein Update von ihm", sie runzelte die Stirn. „Gibt es eine Verbindung zwischen den vermissten Kindern und McNeil?"

„Mein Instinkt sagt ja, aber ich habe keine Beweise."

Annie und Rosalie stürmten aus dem Haus. „Wir haben Neuigkeiten", sagte Rosalie.

Annie tippte auf ihr Notizbuch, und Major lächelte. *Rosalies Mini-ich.*

„Die Leute verlassen Miami, und es gibt Berichte über Straßensperren und Räuber. FBI-Agenten haben Orlando heute Morgen verlassen, um zu ermitteln."

Peyton runzelte die Stirn. „Hast du nicht gesagt, dass du das gehört hast, bevor ich nach Plainview kam?"

„Nicht ganz", sagte Sheriff. „Ich habe die Nachricht über dich im Sheriffnetzwerk erhalten. Das hier sind die Funkamateure und die erste Erwähnung des FBI und der Straßensperren."

Peyton stand auf und ging auf und ab. „Ich will am Tor stehen. Wie wird er wissen, wie er hierher kommt? Nate hat kein Amateurfunkgerät. Wir können nicht mit ihm in Kontakt treten."

„Du hast recht", sagte Sheriff. „Lass uns in die Stadt fahren. Wenn wir Glück haben, campen sie am Büro des Sheriffs. Andernfalls werden wir warten. Wir werden meinen Truck für ein Übernachtungsabenteuer beladen."

„Okay, aber ich hoffe auf Feen, nicht auf Riesen."

Sheriff kicherte, als er und Peyton nach drinnen gingen. „Die gute Nachricht ist, dass wir im Büro des Sheriffs Platz haben, um uns auszustrecken."

„Wo sind Aimee Louise und Stuart?", fragte Major, nachdem Sheriff und Peyton gegangen waren.

„Immer noch am Radio", sagte Annie.

„Es gibt mehr Neuigkeiten, deshalb sind sie geblieben, um zuzuhören." Rosalie lächelte. „Du hast einen guten Job mit deinem Bericht gemacht, Annie."

Annie strahlte.

„Wo sind alle hin?", fragte Stuart, als er die Tür für Aimee Louise öffnete.

„Molly hat die drei jüngeren ins Bett gebracht, und Sheriff und Peyton gehen zum Büro des Sheriffs. Sie packen für eine Übernachtung im Büro, während sie auf den FBI-Agenten warten", sagte Rosalie.

Aimee Louise setzte sich in ihren Schaukelstuhl, und Stuart schob Mr. Youngs Schaukelstuhl näher zu ihr.

„Das haben wir", sagte Stuart. „Es ist ein Treffen für Farmer in der Gegend von Mickleton geplant. Du hattest recht, Major." Start blickte auf seine Notizen. „Es ist für Montag um zwölf Uhr geplant. Ein Funkamateur fragte nach dem Sponsor und der Tagesordnung. Die neueste Information ist, dass der Sponsor die US-Regierung ist. Implizit ist das das US-Landwirtschaftsministerium, und der Zweck ist, Farmern zu helfen, die Geld verlieren, auf eine profitable Ernte umzusteigen. Es gibt noch mehr. Die Organisatoren des Treffens wollen mit Sheriff Starr in Kontakt treten, einem angeblichen alten Freund des Hauptredners. Aimee Louise sagte, wir könnten durch unseren Sheriff mit Sheriff Starr in Kontakt treten."

Major rieb sich das Kinn. „Erinnerst du dich an den lokalen Redner vom Treffen? Vielleicht ist das das, was McNeil im Sinn hat. Er muss denken, dass die angebliche Auszeichnung, die er überreicht hat, von Sheriff sehr verehrt wird."

„Sheriff ist noch nicht weg." Rosalie sprang auf und kam mit Sheriff und Peyton zurück.

„Rosalie hat mir einen kurzen Überblick gegeben. Das ist eine unerwartete Wendung. Was denkst du?", fragte Sheriff.

„Schau, was die anderen Sheriffs wissen, und komm morgen zurück. Wenn Nate nicht aufgetaucht ist, kann Peyton in deinem Büro bleiben", sagte Major.

„Das werden wir tun. Wir sind fertig gepackt. Wenn sie auftauchen, werde ich sie zu meinem Haus führen. Peyton, wie lange ist es her, seit du Nate gesehen hast?"

„Zwei Wochen. Ich war im Feld."

Major nickte. „Peyton, es ist am besten für alle, wenn du hierher zurückkommst. Du bist uns gegenüber voll exponiert, und er ist es nicht."

Peyton verengte ihre Augen. „Was ist mit Brandon?"

„Wir wurden Brandon ausgesetzt, aber wir wurden Mr. Young nicht ausgesetzt, als wir ihn sahen. Bin wirklich froh, dass ich nie Epidemiologe werden wollte. Das ist komplex, und wir haben nur drei Gruppen in der Mischung. Vier, wenn man Pete und Mr. Young mitzählt", sagte Major.

„Ich könnte Brandon abholen, aber Nate könnte seinen Vater und seine Tochter nicht abholen", sagte Peyton.

„Nach unserem begrenzten Verständnis, ja, aber vielleicht sollten wir zuerst mit Doc sprechen. Sie wird es wissen."

„Zu viel zum Nachdenken. Ich werde im Büro des Sheriffs mit den Feen auf Nate warten." Peytons Schultern sackten ab.

„Gute Nacht, Peyton", sagte Major.

Stuart half Sheriff und Peyton, das Beladen zu beenden.

Nachdem sie gegangen waren, sagte Major: „Ich bin erledigt. Ich werde sehen, ob Vanessa ein Update hat. Bis morgen, alle zusammen."

Major schlenderte zum Wohnwagen und stand in der Nähe des Fensters. Er streckte die Hand aus, um zu klopfen, zog sie aber zurück. *Sie könnte schlafen.*

Als Major aufwachte, war es dunkel. *Ich vermisse etwas.* Er drehte sich um, und seine Hand baumelte am Rand seines Bettes. Er kicherte, als Shadow seine Finger leckte.

„Hallo, Junge. Wie spät ist es?" Major streckte sich und zog sich dann an.

Shadow folgte ihm, als er auf Zehenspitzen in die Küche schlich. Eine Kerze flackerte auf dem Tisch, und Molly saß allein da. Tränen liefen über ihr Gesicht, aber als sie zu Major aufblickte, wischte sie sie weg.

„Ist etwas nicht in Ordnung?"

„Ich mache mir Sorgen um Mr. Young und die entführten Kinder und was McNeil von Jack will. Alles ist falsch." Sie stand auf und nahm die Kaffeekanne. „Kaffee ist fertig. Willst du welchen?"

„Ich werde nie wieder eine Tasse Kaffee ablehnen. Hast du den Instantkaffee probiert?"

„Ruinier es nicht für mich. Ich könnte ihn mögen", sagte sie. „Was machst du zu dieser Zeit auf, wie spät es auch immer ist?"

„Ich weiß nicht. Ich bin aufgewacht und dachte, wir hätten etwas übersehen. Was denkst du?"

Molly füllte seine Tasse nach. „Trink etwas Gehirnsaft. Es ist eine unbewiesene Tatsache, dass Menschen, die Kaffee trinken, schlauer sind als alle anderen."

Major nippte an seinem Kaffee. „Wir haben über die Erpressung der Eltern gesprochen, nicht wahr? Könnte etwas sein, das wir mit Nate und Peyton besprechen sollten."

„Ist die Krankheit ein Zufall?"

Major starrte sie an. „Was denkst du?"

„Wenn McNeil ein Heilmittel oder einen Impfstoff hätte, den er der Öffentlichkeit präsentieren könnte, wäre er dann ein Held?"

Major trommelte mit den Fingern auf dem Tisch. „Du musst viel Kaffee trinken."

„Ich bin eine Mutter." Molly warf ihr kurzes Haar mit den Fingern zurück. „Mütter wissen alles. Ich habe noch eine Sache. Nutzt McNeil den Stromausfall und die zusammenbrechende Infrastruktur aus, oder kontrolliert er sie?"

„McNeil nutzt den Zugang zu Strom, um die Städte gegen die Farmer auszuspielen."

„Warum?"

„Kontrolle ist das Einzige, woran ich denken kann. Die einzigen Farmer im Geschäft werden unter McNeils Kontrolle stehen. Sonnenblumenwurzeln werden eine Farm in einer einzigen Saison ruinieren. Der schnellste Weg, eine ganze Region von Farmern aus dem Geschäft zu drängen und sie zu zwingen, in die Städte zu ziehen. Kontrolliere den Strom in den Städten, und du kontrollierst die Menschen."

Molly nickte. „Peyton und Nate sind der Schlüssel."

Major stand auf. „Ich fühle mich besser. Ich werde den Wohnwagen ausspähen."

Molly setzte einen weiteren Topf Kaffee auf. „Ich fühle mich schlechter. Ich muss McNeil ausspionieren."

„Jetzt hat er es getan", sagte Major. „McNeil hat sich mit einer Mutter angelegt."

Molly lächelte. „Und vergiss das nicht, Kumpel."

Major stand auf der Veranda und starrte auf den Wohnwagen. *Keine Lichter an.*

Er schlenderte zum Garten und blickte nach Osten, dann lächelte er. Der Himmel war hellgrau geworden mit einer dünnen Linie blassen Gelbs am Horizont. *Aimee Louise und Rosalie sind auf.*

Sein Schritt war federnd auf dem Rückweg. Als er nach drinnen ging, füllte Molly seine Tasse nach, und er schritt zur Veranda, um den Sonnenaufgang zu beobachten. Während er schaukelte, hörte er die Tür hinter ihm knarren und lächelte. *Kein Reden.*

Aimee Louise und Rosalie schlüpften heraus und setzten sich mit ihm auf die Veranda.

„Sonne ist auf?", flüsterte Rosalie.

„Ja", sagte Aimee Louise.

Die Mädchen sprangen auf und eilten ins Haus. *Sie gehen die Treppe hinauf, um sich anzuziehen. Sie sind leise.*

Er und Shadow schlenderten zum Tor, dann scannte er die Umgebung. *Bewegung im Wald.*

Er blieb bewegungslos, dann erschien ein junger Viererbock am Waldrand. Der Hirsch wippte mit dem Schwanz und verschwand in den Bäumen.

„Lass uns den Wohnwagen überprüfen, Shadow. Molly wird bald das Frühstück haben."

Sie schlenderten um das Haus herum zum Wohnwagen. Major trat näher, um das Papier im Fenster zu lesen. *Drei.*

Als er in die Küche zurückkehrte, kochten Molly und Annie das Frühstück.

„Das Schild zeigt heute Morgen immer noch drei an", sagte Annie. „Rosalie hat nachgeschaut."

„Sind Aimee Louise und Rosalie am Radio? Ich bringe Vanessa ihr Frühstück", sagte er.

Molly reichte ihm Vanessas Teller. „Winke ihr für mich."

Nachdem er ihren Teller in die Box gelegt hatte, hielt er am Fenster inne, aber Vanessa war nicht da.

Als er zum Frühstück ins Haus ging, ließ er sich auf seinen Stuhl am Tisch gleiten. „Ich bin offiziell müde davon."

Molly stellte seinen Teller vor ihn. „Willkommen in meiner Welt. Ich habe diesen Punkt vor fast zwei Jahren erreicht."

Molly ging zum Fuß der Treppe und rief: „Frühstück!"

Rosalie eilte zum Tisch. „Viel im Radio heute Morgen. Stuart und ich wechseln uns fürs Frühstück ab."

„Was ist mit Aimee Louise? Soll ich ihr einen Teller machen?", fragte Molly.

„Sie wird nicht essen, bis sie vom Radio weg ist."

Die vier Kinder polterten die Treppe herunter und stürzten zu ihren Plätzen.

„Trish liebte das Gepolter kleiner Füße auf der Treppe. Sie würde sich an deiner Truppe erfreuen, Molly."

Molly stellte Teller vor jeden. Rosalie und Annie stürzten durch das Frühstück und eilten ins Computerzimmer, damit Stuart an der Reihe sein konnte zu essen.

Annie kehrte zur Tür zurück. „Stuart möchte warten und mit Aimee Louise essen." Sie eilte zurück ins Computerzimmer.

„Keine Überraschung", murmelte Major.

Nachdem die Kinder das Frühstück beendet hatten, verschwanden sie, um ihre morgendlichen Pflichten zu erledigen. Molly stellte ihren Teller auf den Tisch und setzte sich zum Essen.

„Es ist ein bisschen hektischer mit Mr. Young außer Gefecht", sagte sie. „Er muss weiter gesund werden."

Als Aimee Louise, Rosalie und Stuart in die Küche kamen, stand Molly auf, um zwei weitere Frühstücke zuzubereiten.

„Ich kümmere mich darum, Tante Molly. Genieße deinen Kaffee", sagte Rosalie.

Molly sank zurück auf ihren Stuhl, während Rosalie kochte.

Stuart blätterte in Rosalies Notizbuch zurück. „McNeil ist verzweifelt darauf aus, mit Sheriff zu sprechen, laut den Funkamateuren. Aimee Louise antwortete mit Sheriffs Nachricht, dass er McNeil am Montag um zwölf Uhr im Büro des Sheriffs treffen würde."

Stuart runzelte die Stirn über dem Notizbuch. „Habe Schwierigkeiten, meine Handschrift zu lesen", murmelte er. „Es spricht sich herum, dass Sonnenblumenwurzeln ein Betrug sind. Es gab Fragen, weil nicht alle Funkamateure langjährige Farmer sind und einige nie gefarmt haben. Aimee Louise und ein anderer Funkamateur beantworteten alle Fragen."

Rosalie stellte Teller vor Aimee Louise und Stuart und nahm ihr Notizbuch zurück.

„Aimee Louise fragte nach den Straßensperren auf den Highways. Vier oder fünf der Funkamateure hatten sie gesehen, und mindestens drei Gruppen planen, sie zu überprüfen. Alle einigten sich darauf, eine Straßensperre in Gruppen anzugehen." Rosalie sprang auf und füllte die Kaffeetassen nach. „Es geht viel Krankheit um, aber niemand kannte jemanden, der daran gestorben ist. Die Funkamateure berichteten, dass Menschen sehr krank sind, aber irgendwann zwischen drei Tagen und zwei Wochen später wieder genesen."

„Ihre Berichte widersprechen dem früheren Gerücht, aber wir werden sehen." Stuart stach in sein Wurstpastetchen. „Ich denke nicht, dass wir unsere Vorsichtsmaßnahmen ändern wollen."

„Richtig. Ich möchte heute Morgen nach Pete sehen", sagte Major.

Rosalie gab ihr Notizbuch an Annie. „Warum teilst du nicht diesen Teil?"

Annie räusperte sich. „Es gab interessante Neuigkeiten über den Strom. Einige ehemalige Versorgungsingenieure werden die Quellen der Ausfälle untersuchen, weil laut ihnen die Ausfälle zu kontrolliert sind, um zufällig zu sein."

Annie gab das Notizbuch zurück an Rosalie, die sagte: „Das ist es von heute Morgen. Aimee Louise und ich kümmern uns um das Geschirr, Tante Molly, es sei denn, es gibt etwas anderes, was du möchtest, dass wir tun."

„Das wäre toll", sagte Molly. „Ich würde gerne den Morgen damit verbringen, den Kindern bei ihren Aufgaben zu helfen."

Nachdem Molly gegangen war, sagte Rosalie: „Ich sammle Tante Vanessas Geschirr ein. Tante Molly wäscht es separat und kocht dann Wasser, um es abzuspülen."

„Ich gehe mit dir", sagte Major.

Als sie den Wohnwagen erreichten, öffnete Rosalie die Box für das Geschirr, und ihre Augen weiteten sich. „Pops, sie hat ihr Frühstück nicht angerührt."

„Was?" Major griff nach dem Teller und starrte ihn an, dann hämmerte er an die Tür und rief: „Vanessa. Vanessa!"

Vanessa riss die Tür auf. „Was zum Teufel ist los mit dir? Wir hatten eine raue Nacht."

„Hey, Major. Mein Fieber ist verschwunden. Vanessa hat versprochen, ihr Frühstück mit mir zu teilen."

Major spähte über Vanessas Schulter. Mr. Young saß auf dem Sofa mit hochgelegten Füßen. Sein Gesicht war blass, aber er lächelte.

„Aber die Notiz im Fenster sagt drei", sagte Major.

„Gut. Ich werde sie ändern." Vanessa schnappte sich den Teller und knallte die Tür zu.

Rosalies Mund stand offen, dann bemerkte Major, dass seiner es auch tat.

„Scheint, als ginge es ihm besser", sagte Major.

„Scheint so." Rosalie kicherte. „Tante Vanessa war sauer."

„Allerdings." Major lächelte. „Wirst du es Molly sagen?"

Rosalie rannte zum Garten, und Major pfiff, während er zum Haus ging.

Als er die Tür öffnete, sprang Stuart von Aimee Louise weg.

Kapitel Siebzehn

Major funkelte Stuart an. *Darüber frag ich später nach.* „Ich hab Neuigkeiten. Vanessa ist sauer auf mich, und Mr. Young geht es besser. Er sitzt aufrecht und wird ein bisschen frühstücken."

„Das sind tolle Neuigkeiten. Nicht der Teil mit dem Sauersein, aber dass es Mr. Young wieder gut geht", sagte Stuart. „Hatte er diese Krankheit, die angeblich umgeht?"

Major verengte seine Augen. *Immer noch ziemlich nah dran.* „Ich weiß nicht. Was auch immer es war, es hat ihn hart getroffen. Ich vermute, Molly und Vanessa werden ihn bremsen."

Stuart trat einen Schritt weiter von Aimee Louise weg. „Major, die Funkübertragungen kommen nur noch abgehackt durch. Aimee Louise und ich würden gerne heute die Fehlersuche machen und die Antenne anpassen."

„Im Schuppen sind ein Werkzeugkasten und Ersatzteile, falls ihr nicht findet, was ihr braucht. Ich fahre in die Stadt, um nach Pete zu sehen."

Shadow erhob sich von seinem Nickerchen und trottete an Majors Seite.

„Okay, Junge. Sagen wir's Molly."

Major und Shadow schlenderten zum Garten. Molly trug einen breitkrempigen Strohhut mit Plastiksonnenblumen um das Band herum und ihre rosafarbenen Gartenhandschuhe.

Sie erhob sich von der Reihe, die sie gejätet hatte, als sie Major sah, und winkte.

„Ich fahre in die Stadt, um nach Pete zu sehen", sagte er.

Rosalie ließ ihre Kelle in die Schubkarre fallen. „Ich komme mit."

„Bleib hier und hilf..."

Molly unterbrach Major. „Ich hab genug Hilfe. Nimm Dead Eye Red mit."

Als Molly zu ihrer Unkrautarbeit zurückkehrte, blickte Major zu Shadow. *Eine Stunde streiten oder Rosalie mitnehmen und jetzt losfahren?*

Shadow trottete zum Truck und Rosalie eilte zum Haus. „Muss nur meine Sachen holen. Bin gleich da."

Rosalie kletterte mit ihrem Gewehr und ihrer Notfalltasche in den Truck. Sie trug ihre Baseballkappe mit dem Schirm nach hinten gedreht. „Fertig."

Nachdem sie am Haus der Deputies vorbeigefahren waren und auf die asphaltierte Straße eingebogen waren, zeigte Rosalie auf etwas. „Müll im Graben."

„Das ist nicht gut. Ich glaube, so etwas habe ich noch nie gesehen." Major runzelte die Stirn.

Als sie Petes Diner erreichten, klopfte Major kurz auf die Hupe und stieg dann aus. Rosalie sprang aus dem Truck, schloss ihre Tür behutsam und bewegte sich zur Rückseite des Trucks.

Sie hat gute Instinkte.

Major ließ seine Tür unverschlossen und öffnete Shadows Tür.

Ein Mann rief aus dem Diner: „Wer ist da?"

„Ich bin's, Major. Ich bin gekommen, um nach Pete zu sehen." Major holte sein Gewehr aus dem Truck und bewegte sich vorsichtig auf das Diner zu.

„Nicht hier."

„Ich warte." Major ging hinter den Picknicktisch, der sich in der Nähe der Tür befand. Sein Rücken war zu Rosalie gewandt, und Shadow nahm seine Wachposition ein.

Die Vordertür öffnete sich einen Spalt, und ein Mann lugte heraus. „Ist noch jemand bei dir?"

Major lächelte und kratzte Shadow hinter dem Ohr. „Wie geht es Pete?"

„Es geht ihm gut." Die Tür öffnete sich etwas weiter. „Beißt dein Hund?"

„Ja. Ehemaliger Polizeihund. Wohin ist er gegangen?"

Die Tür quietschte, als sie sich wieder bis zur ursprünglichen Position schloss. „Mit einem Freund. Um einen Arzt zu sehen."

Major drehte seinen Kopf, um die Straße westlich von Pete's anzuschauen. „Zwei Typen mit Gewehren kommen die Straße runter. Kennst du sie?"

„Was?"

Major nickte und blickte in die andere Richtung. „Noch zwei mehr."

Er hob seinen Arm, um seine Augen vor der Sonne zu schützen. „Es ist okay. Alte Freunde von Pete. Er sagte, sie kommen, um das Diner für ihn zu säubern. Sie werden froh sein zu sehen, dass du das Diner für sie geöffnet hast."

Die Tür knallte zu, dann rannte ein Mann durch den Hinterausgang in den Wald.

„Bei Fuß, Killer, bei Fuß", schrie Major, während er sich der Tür näherte. Er hielt inne, drehte dann den Knauf und trat die Tür auf. Er unterdrückte seinen Husten wegen des muffigen Geruchs eines lange leerstehenden Gebäudes und alten Fetts.

Der Einbrecher hatte Dosen mit Bohnen und Mais sowie Munitionsschachteln auf dem Tisch nahe der Tür gestapelt. Major durchsuchte das Gebäude und verriegelte die Hintertür mit dem Sicherheitsschloss. Nachdem er Petes Ersatzschlüssel gefunden hatte, hinterließ er eine Notiz auf dem Tisch, verpackte dann das Essen und die Munition und trug sie zum Truck. Rosalie senkte die Heckklappe, und er stellte den Karton hinten hinein. Er schloss die Vordertür des Diners ab, während Rosalie die Rückseite des Pickups schloss.

„Wir haben einen Einbruch unterbrochen", sagte Major. „Pete ist nicht da, und ich weiß immer noch nicht, wie es ihm geht, aber er ist nicht allein. Das ist wichtig."

„Ich habe den Typen im Visier behalten, als er wegrannte, für den Fall, dass du wolltest, dass ich ihn aufhalte", sagte Rosalie.

„Du hast mich gut gedeckt. Wo hast du das gelernt?"

„Ich lese. Ich lerne Dinge." Rosalie grinste, und Major lachte.

Major fuhr zum Büro des Sheriffs. Unterwegs bemerkte er eine zusammengerollte, schmutzige Decke in einer Gasse. *Weitere Beweise für Außenstehende.*

Der Sheriff hatte seinen Truck vor seinem Büro geparkt. Major bog um die Ecke und parkte.

„Soll ich im Truck bleiben?", fragte Rosalie.

„Komm mit. Bring dein Gewehr."

Rosalie blieb an der Ecke, während Major an die Tür klopfte.

Als der Sheriff die Tür öffnete, scannte er die Umgebung. „Kommt rein. Bist du alleine gekommen?"

„Nein." Major winkte Rosalie zu, sich ihnen anzuschließen, und sie gingen hinein.

Major lehnte sich in seinem Stuhl zurück und schloss die Augen, während Rosalie den Sheriff und Peyton über die Neuigkeiten informierte. *Vorteil einer brillanten Begleiterin.*

Als Rosalie ihnen von Vanessa erzählte, lachte der Sheriff schallend.

Die Geschichte klingt gut, wenn Rosalie sie erzählt.

„Was ist mit dir, Sheriff? Kannst du das toppen?", fragte Major.

„Niemals. Ich habe vor ein paar Minuten von einem Sheriff südlich von uns gehört. Nate und mindestens eine weitere Person haben heute Morgen früh angehalten und haben in Nates Auto hinter dem Büro des Sheriffs geschlafen. Straßensperren verursachen Probleme für jede Reise. Wir müssen aber nicht hier warten. Ich habe dem Sheriff eine Wegbeschreibung zur Farm gegeben, aber ihm gesagt, er solle Nate warnen, dass wir unter Quarantäne stehen könnten." Der Sheriff erhob sich von seinem Stuhl. „Ich habe zu lange gesessen. Wir müssen nicht bleiben."

Als er den Flur erreichte, sagte der Sheriff: „Bereit zum Gehen, Peyton?"

Sie trug ihre Sachen, als sie aus dem Büro neben seinem herauskam. „Auf jeden Fall."

„Erinnerst du dich an die gute alte Zeit, als du gereist bist und über Nacht in einem Motel geblieben bist? In einem zu weichen Bett mit sauberen Laken geschlafen hast?", fragte Major, nachdem der Sheriff das Gebäude abgeschlossen hatte.

„Reiner Mythos."

Peyton kicherte.

Als Major und Rosalie zuhause ankamen, ließ sie ihr Fenster herunter. „Generator. Hörst du das? Heute Nacht haben wir saubere Bettwäsche."

„Und saubere Körper. Ich wette, Molly hat alle Generatoren laufen", sagte Major.

Shadow winselte, um aus dem Truck zu kommen, und Rosalie sprang mit ihm heraus, dann rannten sie zum Farmhaus.

Der Sheriff schloss das Tor hinter seinem Truck, dann folgten er und Peyton Major zum Seitenhof.

„Wenn noch niemand die Betten gemacht hat", sagte der Sheriff, „übernehme ich diese Aufgabe. Das ist ab heute meine neue Priorität."

„Ich kümmere mich um die Wäsche, damit Molly sich auf das Abendessen konzentrieren kann. Ich bin immer noch hungrig von gestern", sagte Major.

Als sie das Haus erreichten, prostete ihnen Molly mit ihrem süßen Tee zu, während sie auf der Veranda schaukelte. „Aimee Louise hat die Wäsche fertig gemacht, Stuart hat die Betten gemacht, die Kinder duschen, und unser Abendessen köchelt im Schongarer. Ich lebe das Leben."

Peyton setzte sich auf die Veranda. „Ich fühle mich wie eine Schnecke. Gibt es etwas, was ich heute Nachmittag tun kann?"

„Kannst du ein Nutzfahrzeug fahren?", fragte Molly. „Annie muss zu Mr. Youngs Farm fahren, um etwas Plastik und anderes Zeug für ihr Gewächshaus zu holen. Sie kennt den Weg."

„Das könnte ich tun. Annie baut ein Gewächshaus? Alleine?"

Molly strahlte. „Sie ist eine talentierte Architektin und Schreinerin."

Während Molly Annies Fähigkeiten pries, schlenderte Major zum Wohnwagen. Vanessa saß neben dem Fenster und winkte, als sie ihn sah. Er ging zum Fenster und las das Schild. *SIEBEN.* Vanessa drehte das Schild um. *Sorry, dass ich dich grantig mache.* Major lachte und legte seine Handfläche auf das Glas, und sie legte ihre gegen seine. Sie blickte hinter sich, winkte dann und verschwand.

Shadow begleitete ihn zurück zum Haus. „Ich habe Vanessa vermisst und es erst jetzt bemerkt. Ich war grantig, oder?"

Shadow jaulte, und Major lachte.

„Mittagessen!", rief Molly, und Shadow rannte zur Veranda.

Nach dem Mittagessen gab Aimee Louise Peyton eine Fahrstunde, und Molly gab Annie Erdbeermarmelade, um sie gegen ein oder zwei von Jodys Überlebensbüchern einzutauschen. Peyton fuhr Nummer 48 von der Rückseite zur Vorderseite des Hauses und wieder zurück zu einem Übungslauf. Annie saß mit geradem Rücken auf dem Beifahrersitz. Nachdem sie angehalten hatte, hob Peyton die Motorhaube an, und sie und Aimee Louise beugten sich über den Motor wie zwei alte Mechaniker.

„Hast du dieses Grinsen auf Annies Gesicht gesehen?", fragte der Sheriff. „Sie spielt jetzt in der großen Liga. Cruist in Nummer 48. Ich fahre zum Haus der Deputies, um zu sehen, ob sie etwas brauchen und um Heather wissen zu lassen, dass es Mr. Young besser geht. Ich weiß, dass sie sich Sorgen macht."

Als Major in die Küche ging, wusch Molly gerade das Geschirr. „Wir haben die Generatoren für dich angelassen, damit du duschen kannst, Major. Wir können sie heute Abend für Sheriff und Peyton wieder anstellen. Ich werde hier fertig machen und dann zu den Kindern in den Garten kommen."

„Das musst du mir nicht zweimal sagen." Major eilte in sein Badezimmer und drehte das Wasser im Hauptbad auf. Als er aus der Dusche stieg, erwachte Nummer 48 zum Leben und fuhr in Richtung Auffahrt.

Aimee Louise muss Peyton zum Fahren freigegeben haben. Er lächelte, während er sich anzog und den Rest der gefalteten Kleidung wegräumte.

Rosalie hatte sich Aimee Louise und Stuart im Computerraum angeschlossen. Major hob seine Augenbrauen, als er Aimee Louise und Stuart darüber streiten hörte, wie man die Antenne feinabstimmt. *Ich habe Aimee Louise noch nie mit jemandem streiten hören. Oder vielleicht habe ich noch nie jemanden gehört, der Aimee Louise herausfordert.* Er lachte und schlüpfte nach draußen, um die Generatoren auszuschalten. Als er die Veranda erreichte, kniff er die Augen zusammen und blickte auf die Straße und das Auto, das auf die Farm zufuhr. Er runzelte die Stirn. *Einzelner Fahrer.*

Rosalie und Stuart erschienen an der Südseite des Hauses, und Aimee Louise und Shadow trabten zu Majors Truck auf der anderen Seite. *Sie müssen durch die Hintertür gegangen sein.*

Er entfernte sich vom Haus und wartete auf halbem Weg zur Einfahrt. Das Auto verlangsamte und parkte dann vor der Einfahrt.

„Hey! Ist Peyton hier?"

„Sie wird bald zurück sein. Bist du Thomas?"

„Klar. Und du bist?" Thomas öffnete das Tor und schlenderte zum Haus. Seine rechte Hand ruhte auf seiner Pistole im Holster. Er schnippte den Holsterverschluss auf.

Aimee Louise rief: „Onkel Dan."

Unser Codewort für Gefahr. Major und Thomas hoben gleichzeitig ihre Waffen.

Krach. Krach.

Der Fremde fiel zu Boden. Major näherte sich ihm und trat die Waffe weg, dann kniete er sich hin, um ihn zu untersuchen.

„Tot", sagte Major, als Stuart zu ihm trottete, und sie untersuchten die Leiche des Mannes.

„Dieses linke Knie ist zerschmettert. Das war Rosalie. Kopfschuss war meiner. Wenn ich verfehlt hätte, hätte Rosalies Schuss sichergestellt, dass er trotzdem zu Boden geht. Das war unser Plan", sagte Stuart.

Major durchsuchte die Taschen des Mannes. „Keine Brieftasche. Keine ID."

„Ich checke das Auto. Wer ist Thomas? Warum hast du ihn nicht gefragt, ob er Nate ist?"

„Erster Name, der mir in den Sinn kam. Nichts hat richtig gerochen."

Als die Kinder zum Vorgarten liefen, schrie Aimee Louise: „Nach drinnen!", und sie stürzten zur Hintertür, um ins Haus zu gehen. Molly und Penny folgten ihnen.

Major pfiff und winkte Rosalie und Aimee Louise, zu ihm zu kommen.

Stuart murmelte, als er zum Auto schritt: „Diese Familie ist unglaublich. Aimee Louise sieht Wolken. Rosalie ist eine Scharfschützin. Es gibt ein Codewort für Gefahr und ein anderes für die Kinder, um nach drinnen zu rennen. Major riecht Dinge. Wo passe ich da rein?"

Stuart öffnete die Fahrertür und rief Major zu: „Ich dachte, dies wäre eine Polizeiantenne auf dem Auto, aber es ist ein Amateurfunkgerät installiert. Brieftasche auf dem Sitz." Stuart öffnete den Kofferraum. „Viele Waffen und Munition hier hinten."

Er ließ sich in den Fahrersitz gleiten und bewegte das Auto näher an die Leiche des Mannes, wo Major wartete.

„Ich kann ihn auf den Rücksitz laden. Im Kofferraum ist eine Plane. Ich werde ihn darin einwickeln und dann beim Haus der Deputies anhalten. Ich bin sicher, ich kann jemanden finden, der mit mir kommt, um ihn zu begraben. Er war wegen Peyton hier, oder?", fragte Stuart.

„Ich denke schon, aber ich weiß nicht warum. Das Amateurfunkgerät erklärt, wie er uns gefunden hat. Aber woher wusste er, dass Peyton hier sein würde? Woher kannte er ihren Namen?"

Aimee Louise und Rosalie gesellten sich zu ihnen und standen neben Major. Nummer 48 rumpelte, als Peyton und Annie zurückkehrten.

Peyton parkte an der Zaunlinie und scannte die Umgebung. „Warte innerhalb des Zauns in der Nähe von Nummer 48, Annie."

Peyton trottete die Einfahrt hinunter. Ihr Gesicht erbleichte, als sie die Leiche sah. „Was ist passiert?"

Warum sollte der Anblick einer Leiche sie beeinflussen? Sie ist FBI-Agentin. Major blickte zu Aimee Louise, die Peyton anstarrte und dann ihren Blick zu Boden senkte. Stuart legte seinen Kopf schräg, während er die Augen auf Peyton verengte, dann blickte er zu Aimee Louise und hob seine Augenbrauen. Major runzelte die Stirn. *Aimee Louise weiß etwas. Stuart hat es auch gesehen.*

„Kennst du ihn?", fragte Major.

„Er könnte ein Typ aus dem Miami-Büro sein. Hatte er irgendeine ID?"

Stuart reichte ihr die Brieftasche.

Sie klappte sie auf. „Carl Kelso. Er arbeitet im Miami-Büro an Fällen von Kindesentführung."

Major funkelte. „Er wäre in der perfekten Position, um die Ermittlungen eines vermissten Kindes zu vertuschen."

Sie zeigte auf das Auto. „Funkantenne. Habt ihr sonst noch etwas gefunden außer seiner Brieftasche?"

„Es ist ein neues Amateurfunkgerät", sagte Stuart. „Nur die Brieftasche. Nichts anderes außer dem, was im Kofferraum ist."

Sie umkreiste das Auto und spähte dann in den Kofferraum. „Das ist kein offizielles Auto, und nichts davon ist ausgegebene Ausrüstung." Sie blickte zu Annie. „Ich bin zurückgekommen, als wir die Schüsse hörten. Wenn ihr nichts dagegen habt, würde ich Annie immer noch gerne zur Farm von Pastor John bringen."

„Wir kriegen das hin", sagte Major.

„Annie", sagte Peyton, „unser Ausflug findet trotzdem statt. Lass uns gehen."

Annie raste um den Zaun zu Nummer 48 und sprang hinein, dann fuhr Peyton weg.

„Jemand muss Molly informieren, und jemand muss mit Stuart gehen, um sich um die Leiche zu kümmern. Ich kann mit Molly sprechen."

„Wir gehen mit Stuart", sagte Rosalie.

„Nein. Das lässt uns zu stark unterbesetzt; nur einer geht."

„Ich gehe", sagte Aimee Louise.

Stuart lächelte, bis Major ihn böse anschaute, dann wurde Stuarts Gesicht rot.

Major zog die Plane aus dem Kofferraum und warf sie auf den Boden. „Lass uns Carl auf die Plane rollen, dann können wir ihn auf den Rücksitz heben."

Als Major und Rosalie zum Haus schlenderten, fragte sie: „Was soll ich tun?"

Major legte seine Hand auf ihre Schulter. „Was du am besten kannst: die Familie bewachen und Listen erstellen. Das war übrigens ein hervorragender Schuss."

„Danke, Pops. Du bist ein großartiger Lehrer."

„Willst du fahren?", fragte Stuart.

„Ja."

Stuart warf ihr die Schlüssel zu. Auf dem Weg zum Haus der Deputies fragte Stuart: „Warum hast du angeboten, mit mir zu kommen?"

„Rosalie muss im Farmhaus sein, um Pops Rückendeckung zu geben, falls es noch mehr Probleme gibt."

Stuarts Schultern sackten ab, dann lächelte er. *Ich kann mich immer auf Aimee Louise für eine sachliche Antwort verlassen.*

Aimee Louise hupte am Tor, dann stiegen die beiden aus und schlenderten zum Haus. Als Stuart in der Nähe seinen Kardinalruf pfiff, rannte Jim von hinten um das Haus herum.

„Können wir alle zusammenbringen? Wir haben Updates."

„Ich würde gerne mit Tante Heather sprechen", sagte Aimee Louise.

„Sie und Kris sind im Garten mit den Kleinen."

Aimee Louise ging zum Garten, und Stuart pfiff ein zweites Mal, während er und Jim auf der Veranda saßen.

„Was gibt's?", fragte Wally, nachdem er und Brad sich ihnen angeschlossen hatten.

„Ich habe eine tolle Geschichte für das nächste Mal, wenn wir um ein Lagerfeuer sitzen, aber hier ist eine kürzere Version", sagte Stuart. „Ein FBI-Agent kam gestern im Büro des Sheriffs an, und wir erwarteten einen weiteren Agenten mit ein oder zwei Zivilisten heute. Stattdessen tauchte ein korrupter Agent auf, der für McNeil gearbeitet haben muss, mit der Absicht zu töten. Er versuchte, Major zu erschießen, aber Rosalie und ich haben ihn aufgehalten. Das ist sein Auto, und seine Leiche ist auf dem Rücksitz."

„Wo begraben wir die Leiche?", fragte Jim.

„Ich habe an ein paar Orte gedacht, aber ich möchte nicht zu weit gehen."

Brad rieb sich über das Gesicht. „Bring ihn zur alten Mülldeponie südlich der Stadt. Dort geht niemand mehr hin."

„Ich gehe mit dir." Jim erhob sich und klopfte den Staub von seiner Jeans. „Wird Aimee Louise hier bleiben?"

„Wir brauchen sie, um uns zu bewachen, während wir graben", sagte Stuart.

„Sie ist gut darin, aber bedeutet das, dass ich hinten mit dem Verstorbenen fahre?" Jim rümpfte die Nase.

„Wir können ihn auf den Boden legen, damit du sitzen kannst."

„Dann gehe ich. Ich hole zwei Schaufeln."

Nachdem Stuart und Jim Carl begraben hatten, warfen sie die Plane und die Schaufeln auf den Rücksitzboden.

„Lass es mich wissen, wenn du und Major Hilfe brauchen", sagte Jim, als Stuart und Aimee Louise ihn am Haus absetzten. „Du kannst jederzeit anhalten und mich abholen. Ich werde bereit sein."

Als Aimee Louise die zwei Meilen zurück zur Farm fuhr, sagte Stuart: „Hat sich Peytons Wolke verändert?"

„Sie hatte eine besorgte Wolke, seit sie hier ist, aber als sie die Leiche sah, explodierte ihre Wolke in Schrecken." Aimee Louise warf einen Blick auf Stuart. „Ich weiß nicht, ob das Sinn ergibt. Ich kann nicht immer die richtigen Worte finden."

Er nickte. „Denkst du, sie hat ihn erkannt?"

„Ja, aber mehr als nur erkannt. Was denkst du?"

„Das Gleiche, aber ich weiß nicht warum. Wir müssen mit Major sprechen." Stuart lehnte sich zurück und betrachtete die vorbeiziehenden Wolken.

„Ich habe das Auto durchsucht, während du und Jim beschäftigt wart."

Aimee Louise beginnt nie ein Gespräch. Stuart setzte sich auf und starrte sie an. „Also, was hast du gefunden?"

„Zwei Spiralblöcke und einen Pass und eine ID unter einem anderen Namen."

„Was? Wo hast du sie gefunden?"

„Im Kofferraum. Unter der Munition."

„Hast du sie angeschaut? Wo sind sie?" Stuart scannte den Rücksitz, fühlte unter dem Beifahrersitz und öffnete das Handschuhfach.

„Ich hatte keine Zeit, sie anzuschauen, nachdem ich die ganze Munition zurückgelegt hatte. Sie sind auf meinem Sitz. Ich sitze darauf."

Aimee Louise fuhr zum Tor. Nachdem Stuart das Tor geöffnet hatte, fuhr sie hindurch und wartete.

„Wirst du es Major sagen, oder möchtest du, dass ich es tue?", fragte Stuart.

„Ich werde es ihm sagen, aber du redest", sagte Aimee Louise, und Stuart lachte.

„Rosalie und Sheriff?", fragte er.

Aimee Louise stieg aus dem Auto und nahm die Notizbücher. „Ja."

„Ich werde sie sammeln und dich in der Scheune treffen."

Als Stuart die Hintertür aufstieß, saßen Major und Sara auf dem Sofa. Sara lehnte sich an Majors Schulter, während sie ihr Buch über Hühnerhaltung las. Major schloss das Hydrokultur-Buch, das er gelesen hatte, und hob seine Augenbrauen. „Irgendwelche Probleme?"

„Aimee Louise und ich brauchen eine Besprechung in der Scheune. Weißt du, wo Sheriff und Rosalie sind?"

„Ich weiß es", sagte Sara. „Sie sind im Gewächshaus. Sie haben eine Überraschung für Annie, aber sie wollten mir nicht sagen, was es ist. Ich könnte gehen und ihnen sagen, zur Scheune zu gehen. Aber vielleicht frage ich sie lieber. Mommy sagt, ich soll Erwachsenen nicht sagen, was sie tun sollen, aber ich kann fragen. Ist es okay, wenn ich für dich hingehe und sie frage?"

„Ja, danke", sagte Stuart, als Sara ihr Buch auf den Tisch legte und aus der Tür stürmte.

„Ist Aimee Louise okay?", fügte Major sein Buch zum Tisch hinzu und ging zur Tür.

„Ihr geht es gut. Wir haben ein Problem, das wir alle besprechen müssen."

Als die beiden Männer in die Scheune schritten, legte Major seine Hand auf Stuarts Schulter und knurrte: „Das ist nichts, was mich wütend machen wird, oder?"

Stuart stotterte, und Aimee Louise winkte mit den Notizbüchern.

Stuart schluckte. „Aimee Louise hat zwei Notizbücher im Kofferraum gefunden. Wir hatten keine Zeit, sie anzusehen."

KAPITEL ACHTZEHN

Aimee Louise reichte ein Notizbuch an Major und das andere an Stuart. Die beiden Männer setzten sich nebeneinander auf Heuballen und öffneten ihre Notizbücher, als Sheriff und Rosalie in die Scheune stürmten.

„Was ist los? Sara hat uns gesagt, dass Stuart uns sofort in der Scheune braucht", sagte Sheriff.

Major schnaubte. „Aimee Louise hat zwei Notizbücher in Kelsos Auto gefunden, und sag Molly bloß nicht, was Sara gesagt hat." Major stand auf und hielt das Notizbuch hin, als Sheriff hereinschritt.

Rosalie und Aimee Louise setzten sich zu beiden Seiten von Stuart, und er blätterte zurück zur ersten Seite.

Sheriff überflog die Seiten, blätterte zum Ende und gab es dann an Major zurück. „Drei Seiten handgeschriebene Notizen. Es ist eine Liste von Jungen mit ihren Eltern, Adresse, Telefonnummer und Beruf. Der eingekreiste Elternteil muss der Agent oder Polizist sein. Interpretierst du das auch so, Major?"

„Genau. Die letzte Spalte mit *LOC* könnte für Standort stehen, aber es gibt nur zwei Einträge: SCS oder SCW, aber ich bin mir nicht sicher, was das bedeutet."

„Hast du Brandon mit Peyton und Troy Romero gesehen?", fragte Sheriff. „Es steht auf der letzten Seite."

Stuart sprang auf, und Aimee Louise fing das Notizbuch auf, das er in seiner Eile fallen ließ. „Habt ihr Henry gesehen? Ist Henry dort?", fragte er.

Major fuhr mit dem Finger die Seite mit Brandon herunter und hielt nahe am Ende an. „Hier ist ein Henry. Lass mich nachsehen, ob es noch andere gibt." Stuart drängte sich an Major, und sie lasen jede Seite.

„Zwei Henrys, bei denen der Vater eingekreist ist." Stuart rieb sich die Stirn. „Es ist nicht so, als könnte ich Mom anrufen, um sie nach Henrys Nachnamen zu fragen. Was machen wir jetzt?"

Aimee Louise reichte das Notizbuch an Rosalie und rannte dann aus der Scheune, und Stuart lächelte.

„Warum ist Aimee Louise weggegangen?", fragte Sheriff.

Major runzelte die Stirn. „Sie weiß etwas, oder?"

Rosalie kicherte, und Stuart sagte: „Du lernst, Aimee Louise zu interpretieren."

Aimee Louise kam mit einem gefalteten Blatt gelben Bastelkartons zurück und reichte es Stuart. „Henry hat ein Bild für mich gemalt. Er sagte, er wolle, dass ich mich daran erinnere, dass er auf dem Hof deiner Eltern war."

Stuart betrachtete das Bild. „Eine Ziege, richtig? Unten steht Henry M."

„Dieser hier." Major zeigte auf die erste Seite. „Henry Morrison. Was meinst du?"

Rosalie murmelte: „Der Bösewicht war ein lausiger Listenersteller. Er hätte auch das Alter angeben sollen."

„Richtig", kicherte Stuart. „Währenddessen können wir Dad Bescheid geben. Vielleicht fragen, ob Mr. Morrison bei ihnen ist?"

Rosalie zog ihren Notizblock aus der Gesäßtasche und notierte einen Eintrag, dann tippte sie auf die Seite. „Der Anruf heute Abend."

„Was ist mit deinem Notizbuch?", fragte Sheriff.

„Es sind vier Seiten mit groben Kartenskizzen und unten aufgelisteten Koordinaten. Kein Hinweis darauf, was sich an den Koordinaten befindet", sagte Rosalie. „Wir bräuchten eine Internetverbindung, um herauszufinden, wo die Koordinaten sind."

„Gibt es einen anderen Weg?", fragte Major und lehnte sich gegen den Türpfosten der Scheune, den Blick zum Himmel gerichtet.

„Jody hatte einen Stapel Landkarten", sagte Stuart. „Wir könnten sie uns ausleihen."

„Das wäre ein Anfang", sagte Sheriff. „Wer liest am besten Karten?"

„Mr. Young, aber Aimee Louise und ich könnten es versuchen", sagte Rosalie.

„Warum arbeitest du nicht mit Mr. Young zusammen daran?", fragte Major.

„Weil er krank ist." Rosalie verdrehte die Augen. Aimee Louise sprang auf und gesellte sich zu Major an der Tür, dann spähte sie hinaus.

„Mr. Young und Tante Vanessa gehen ins Haus." Aimee Louise rannte aus der Scheune, und Rosalie folgte ihr.

„Sie werden in einer Minute zurück sein." Major klopfte auf das Heu, bevor er sich auf den Ballen setzte. „Das ist mein Stammplatz im Scheunen-Konferenzraum."

Als die Mädchen zurückkehrten, sagte Rosalie: „Mr. Young ist noch schwach, und Tante Vanessa bringt ihn zurück zu seinem Wohnwagen für ein Nickerchen, aber er wird mit uns zu Abend essen. Wenn wir heute Nachmittag die Karten bekommen, nachdem Peyton und Annie zurückkehren, dann können er und ich morgen früh die Koordinaten anschauen."

„Peyton. Wir müssen herausfinden, was wirklich vor sich geht. Sheriff, ich weiß, du hast mehr Zeit mit ihr verbracht, aber ich denke, ich bin weniger offiziell und zugänglicher", sagte Major.

Stuart hustete. „Entschuldige. Hatte einen Kitzel."

„Vielleicht hast du recht", sagte Sheriff. „Wir haben nicht viel geredet. Ich dachte, es liegt daran, dass sie müde war, aber es muss mehr gewesen sein als das."

„Was müssen wir sonst noch tun?"

„Ich werde den Kofferraum ausladen, wenn du mir sagst, wo du die Waffen und die Munition haben willst, Major", sagte Stuart.

„Wir können das Auto innen schrubben, aber nachdem Peyton und Annie zurück sind, möchte ich Karten abholen", sagte Rosalie.

„Ich komme mit dir", sagte Sheriff.

Major nickte. „Wenn ihr geht, sprecht mit Jody über Mr. Youngs Krankheit und seine Genesung, bevor ihr jemandem dort zu nahe kommt. Fragt sie, ob wir die Familie hier weiterhin selbst isolieren müssen. Ich muss einen Platz in meinem Schlafzimmerschrank für die Munition freimachen, und wir können die Waffen in einen Waffenschrank stellen."

„Wir werden Annie mit ihrem Gewächshaus helfen", sagte Stuart, und Aimee Louise nickte.

Major verengte seine Augen. *Wir?*

„Ich muss Sara Bescheid geben, dass ich später mit ihr lesen werde", sagte Major, als am Rand des Feldes das Brüllen von Nummer 48 ertönte.

Auf dem Weg zur Scheune raste Rosalie an ihm vorbei. „Brauche mein Gewehr und meine Notfalltasche."

Die gesamte Hoffamilie, mit Ausnahme von Vanessa und Mr. Young, wartete im Seitenhof auf Nummer 48. Annies Gesicht strahlte, als Peyton in den Hof fuhr.

Nachdem Peyton den Motor abgeschaltet hatte, sagte sie: „Wir glauben, wir haben alles gefunden, was Annie braucht, und Jody hat uns mit Büchern beladen. Sie hat darauf geachtet, dass wir ihr oder ihrer Gruppe nicht zu nahe kommen. Sie stellte eine Kiste mit Büchern auf die Veranda, und wir holten sie ab. Sie sagte, wir sollten ihr Bescheid geben, wenn wir mehr brauchen."

„Ich habe die Erdbeermarmelade auf der Veranda gelassen", sagte Annie.

Stuart lockerte die Gurte, mit denen die klaren Dachplatten auf der Rückseite von Nummer 48 befestigt waren. „Wir helfen dir beim Entladen von Nummer 48, Annie."

Brett lief in den Garten, um einen Wagen zu holen, dann hoben er und Josh die Kiste mit Büchern ab. Josh zog, und Brett und Sara schoben den Wagen zur Hintertür. Molly folgte ihnen. „Wir werden die Bücher sortieren und Regalplatz für sie finden. Exzellente Nachmittagsaktivität für diese drei."

„Ist jemand aufgetaucht?", fragte Peyton, während sie die Stirn runzelte und den Hof absuchte, bevor sie aus dem Fahrersitz stieg.

Aimee Louise zupfte an Stuarts Hemd, und Major trat näher zu den beiden.

„Verängstigt", sagte Aimee Louise mit leiser Stimme.

Major antwortete Peyton. „Niemand."

„Zu besorgt gewechselt", sagte Aimee Louise im selben leisen Ton.

„Peyton, lass uns spazieren gehen und über sichere Wege reden, wie wir dich und Brandon zusammenbringen könnten", sagte Major.

„Ein Spaziergang wäre gut. Ich bringe meinen Rucksack rein", sagte Peyton.

Sheriff und Rosalie halfen beim Entladen der Dachplatten, stiegen dann in Nummer 48 und fuhren weg. Rosalie hielt ihr Gewehr quer auf ihrem Schoß.

Auf dem Weg zu Pastor John fragte Sheriff: „Geht es dir gut?"

Rosalie ließ vom Scannen der Umgebung ab. „Insgesamt ja. Ich vermisse Mom immer noch. Ich hatte immer gehofft, sie würde besser werden, aber sie..." Sie setzte das Scannen der Umgebung fort. „Tat es nicht."

„Deine Mutter war eine wunderbare Person."

„Annie und ich haben über unsere leiblichen Mütter gesprochen und wie sehr wir sie vermissen. Annie macht sich Sorgen, dass es Tante Mollys Gefühle verletzen könnte, wenn sie es wüsste. Ich vermisse den Vater, den ich mit acht hatte. Nachdem die Drogen für ihn wichtiger waren als Mom oder ich, haben wir ihn nicht mehr oft gesehen. Mom war lange krank, und ich war einsam." Sie kicherte. „Nicht dass ich mich daran erinnern könnte, wie sich Alleinsein anfühlt, geschweige denn Einsamkeit. Ich genieße es, Teil der Hoffamilie zu sein. Ich bin aufgewachsen in dem Glauben, ich würde immer ein Einzelkind bleiben."

„Die Hoffamilie hat auch dafür gesorgt." Sheriff lächelte.

„Es ist interessant, wie schlechte Umstände auch gute Seiten haben."

„Ich habe letzte Nacht einen Kojoten gehört", sagte Sheriff. „Hatte lange keinen mehr gehört. Nicht mein Lieblingstier, aber es ist ein Zeichen dafür, dass unsere heimische Tierwelt gedeiht, weil weniger Menschen in ihre Lebensräume eindringen."

Sie zeigte auf die Spottdrossel, die auf einem nahegelegenen Baum saß und ihr Repertoire von Liedern durchging. „Ich liebte es, die Vögel zu hören, wenn ich im Stadtpark lief, aber jetzt höre ich die Vögel ständig. Ich erinnere mich selbst daran, vom Vogelgesang beeindruckt zu bleiben."

„Wie fühlst du dich bei Aimee Louise und Stuart?", fragte er.

„Ich würde es begrüßen, wenn sie zusammenkommen, und Stuart ist klug genug, Aimee Louise Zeit zum Nachdenken zu geben. Wir werden sehen." Sie blickte Sheriff an. „Ich bin nicht eifersüchtig oder so, falls du das fragst. Sie wird immer meine Schwester sein, und selbst wenn sie nicht zusammenkommen, was Stuart das Herz brechen würde, werden wir drei immer Freunde bleiben."

Als er in Pastor Johns Einfahrt fuhr, sagte Sheriff: „Ich soll Jody über Mr. Youngs Krankheit und Genesung informieren und fragen, ob wir isoliert bleiben sollen. Was sollen wir sonst noch tun? Ich habe Schwierigkeiten, alle Teile im Auge zu behalten."

Rosalie lachte. „Ich soll Doc nach Karten fragen, damit wir die Koordinaten im Notizbuch herausfinden können."

„Das ist deine Aufgabe. Deshalb musste ich mich nicht daran erinnern, richtig?" Sheriff kicherte, als er auf die Hupe tippte und ausstieg, dann rief er: „John. Chuck."

Chuck kam aus dem Haus. „Das ist eine Überraschung, Sheriff. Ich dachte, Annie hätte vielleicht etwas vergessen, aber ich freue mich, dich zu sehen. Was gibt's?"

„Ist Jody da?", fragte Sheriff.

„Sie ist drinnen. Musst du mit ihr sprechen?"

Jody trat an Chuck vorbei und setzte sich auf die Verandastufen, während Chuck wieder hineinging.

Sheriff lehnte sich an Nummer 48 und erzählte ihr von Mr. Youngs Krankheit und seiner Genesung.

„Ich habe gehört, dass mehr Menschen genesen, als wir ursprünglich dachten", sagte sie. „Schön, von Mr. Young zu hören, besonders nach der Nachricht über Pete."

„Was ist mit Pete passiert?"

„Tut mir leid. Ich dachte, du wüsstest, dass Pete spät gestern Nacht gestorben ist."

Sheriff schüttelte den Kopf. „Pete zu verlieren ist ein schrecklicher Schlag. Er war eine treibende Kraft, die unsere Gemeinschaft zusammenbrachte." Sheriff runzelte die Stirn. „Es ist erschütternd, wie viele Menschen er gerettet hat, indem er sicheres Trinkwasser und sogar Nahrung bereitstellte, solange er konnte. Sein Tauschtisch war genial; er bot eine Möglichkeit für die Stadt, kritische Gegenstände zu tauschen, und fast genauso wichtig, einen Ort für pensionierte Bauern zum Sozialisieren. Ich kann mir nicht vorstellen, wie es in den letzten zwei Jahren hier ohne Pete gewesen wäre."

Jody nickte. „Einige vermuten, dass sein Sohn mit dem Tauschtisch weitermachen wird, aber du hast recht, unsere ganze Region wird Pete vermissen. Die Krankheit hat unsere Einheimischen bisher verschont, außer Pete und Mr. Young. Jemand, der durch die Stadt kam, hat Pete infiziert."

„Mr. Young hat Zeit in der Stadt mit Pete verbracht. Ich denke, es ist möglich, dass dieselbe Person sie beide ausgesetzt hat."

„Wie geht es allen anderen auf Majors Hof?"

„Bisher gut. Vanessa hat sich in seinem Wohnwagen um Mr. Young gekümmert. Sie hat keine Anzeichen der Krankheit gezeigt. Wie streng müssen wir unsere Isolation halten? Peyton möchte ihren Sohn sehen. Sollte sie eine Weile bei uns bleiben?"

Jody stand auf und ging auf und ab. „Das ist eine schwere Entscheidung, nicht wahr? Wenn es Hundestaupe in einem Zwinger wäre, würden wir sicherstellen, dass keine ungeimpften Hunde oder Welpen unter vier Monaten exponiert werden, weil es so ansteckend und tödlich ist. Es ist leicht zu sagen, behaltet es im Zwinger oder in diesem Fall isoliert auf einem Hof. Wenn ich es wäre, würde ich die Isolation noch ein wenig länger aufrechterhalten."

„So ungefähr haben wir auch gedacht, aber wir hofften, Mr. Young könnte einen anderen Erreger haben."

„Ich kann mit voller Zuversicht als erfahrene Tierärztin sagen, dass er es haben könnte oder auch nicht." Jody lächelte, als sie aufstand. „Was noch? Ich weiß, dass ihr nicht hierher gekommen seid für etwas, das ihr bereits wusstet."

„Ich bin dran." Rosalie kehrte vom Ziegengehege zurück. „Stuart dachte, du hättest vielleicht eine Mappe mit Landkarten, und wir haben uns gefragt, ob wir uns deine Mappe ausleihen könnten? Wir müssen Koordinaten nachschlagen, aber wir sind uns nicht sicher, wo wir anfangen sollen."

„Natürlich, und ich gebe sie dir gerne. Ich gehe in nächster Zeit nirgendwo hin, und ich verstopfe Vickis Haus mit all meinen Sachen. Es wäre schön, noch ein paar weitere Dinge loszuwerden. Kann ich euch mit einer weiteren Kiste Bücher nach Hause schicken?"

„Nur wenn du darauf bestehst, dann komme ich nicht in Schwierigkeiten mit Molly", sagte Sheriff.

„Das ist großartig. Ich habe zwei Kisten mit Romanen. Eine davon enthält Bücher für die Mittelstufe, die meine Schwester mir gab, als ihre Kinder aufs College gingen. Eure Kinder werden sie genießen. Meine Schwester unterrichtete zu Hause, und ich habe vier Kisten mit Lehrbüchern von der dritten Klasse bis zur Oberstufe. Sie sind sechs oder sieben Jahre alt. Alles war eine Weile online, aber sie sagte, die Bücher kamen gelegen, wenn ihr Internet ausfiel. Ich schicke sie mit der nächsten Nummer 48-Fahrt mit, wann immer das sein mag."

Nachdem sie Pastor Johns Hof verlassen hatten, sagte Rosalie: „Danke, dass du mit mir gekommen bist. Ich habe die Gelegenheit genossen, mit einem Erwachsenen über etwas anderes zu sprechen als über unsere neueste Krise, was wichtig ist, aber manchmal wird das alles anstrengend."

„Da stimme ich zu. Also, wir sind jetzt verbündet, richtig? Wirst du mir bei meinem nächsten Streich an deiner Tante Molly helfen, wenn ich etwas Gutes aushecken kann?"

Rosalie lachte. „Klar werde ich das."

* * *

Major und Peyton schlenderten zu den Bäumen. Annie und Aimee Louise hatten eine Bank am Waldrand für Rosalie gebaut, um den Vögeln zu lauschen.

„Lass uns hier im Schatten sitzen", sagte Major.

„Noch ein Projekt von Annie?", fragte Peyton, als sie sich setzte. „Es ist stabil. Sie ist erstaunlich, nicht wahr?"

„Allerdings. Und apropos erstaunliche Kinder, ich bin immer noch beeindruckt von Brandon und wie er einen jüngeren Jungen beschützt hat, den er nicht einmal kannte."

„Er ist so ein alberner Junge, und er ist so jung. Es fällt mir schwer, ihn mir in diesem Sturm vorzustellen, geschweige denn, dass er die Verantwortung für ein anderes Kind übernimmt."

„Du wusstest sofort, dass es Carl Kelso war, oder? Was ist los?"

Peyton starrte Major an und richtete dann ihren Blick auf den Boden. „Troy wird nicht mit Nate kommen. Davon bin ich überzeugt. Sowohl Nate als auch Kelso arbeiten für McNeil. Ich bin auf ein zweiseitiges Dokument mit einer Liste von zwanzig Agenten gestoßen, und Nate und Carl waren die Nummern eins und zwei auf der Liste. Die zweite Liste war fast genauso lang, aber als ich die Liste bekam, hatte jemand bereits die Hälfte der Namen durchgestrichen."

Als sie zu Major blickte, erwiderte er ihren Blick. „Denkst du, dass Troy etwas zugestoßen ist?"

„Nein. Als Brandon verschwand, schickte ich Troy zum Haus seines Bruders südlich von Jacksonville. Ich habe nichts von ihm gehört, aber ich bin sicher, dass es ihm gut geht. Er sollte nicht mit mir Kontakt aufnehmen, weil ich ihn finden kann, wenn es sicher ist. Können wir gehen? Ich bin zu nervös, um stillzusitzen."

Sie überquerten das Feld bis zum Zaun und gingen dann auf der Straße nach Süden.

„Was ist mit Nate?", fragte Major.

„Ich weiß nicht, ob Nate bemerkt hat, dass ich herausgefunden habe, für wen er arbeitet. Ich glaube nicht. Er ersetzte meinen langjährigen Partner, der letzten Monat verschwand. Der Name meines alten Partners war auf der zweiten Liste durchgestrichen, und mein Name folgte direkt nach seinem. Als ich Nate sagte, dass ich vielleicht vor ihm gehen würde, bestand er darauf, dass es sicherer wäre, wenn wir zusammen fahren würden. Ich stimmte zu, ging aber innerhalb einer Stunde mit dem Trucker, den Troys anderer Bruder für mich organisiert hatte."

„Wo ist das Dokument, das du hast?"

„An einem sicheren Ort."

Major starrte. „Wir können den ganzen Tag hin und her gehen, wenn du willst, aber bring mich nicht zu spät zum Abendessen."

Sie lachte. „Das ist ein unfairer Schlag, Major. Ich will Mollys Kochen auch nicht verpassen. Ich habe es bei mir."

„Kannst du uns eine Kopie geben und deine behalten? Wenn du mir gegenüber nervös bist, könnten Aimee Louise, Rosalie oder Annie dir helfen, es zu kopieren", sagte er.

Ihre Augen weiteten sich. „Daran habe ich nicht gedacht. Ich würde gerne mit Annie arbeiten."

„Denkst du, Nates Frau wird bei ihm sein?", fragte er, als sie umdrehten, um zurückzugehen.

„Ja. Sie ist Nummer drei auf McNeils Liste, auch wenn sie kein Agent ist."

Major schüttelte den Kopf. „Wir haben widersprüchliche Informationen darüber, wer auftauchen könnte und wann, aber wir müssen bereit sein, ihnen eine Überraschungsparty zu bereiten."

„Das gefällt mir. Zählt auf mich."

Als sie das Tor erreichten, fragte Peyton: „Hast du mit McNeil zusammengearbeitet?"

„Glaub es oder nicht, er war ein angesehener Agent, als ich damals mit ihm arbeitete."

„Genau wie Nate", sagte Peyton mit leiser Stimme. „Ich war aufgeregt, als ich erfuhr, dass Nate mein neuer Partner sein würde."

„Bitte Annie, dein Dokument für dich zu kopieren, aber sie braucht vielleicht Rosalies Anleitung, also frag, bevor Rosalie tief in die Karten vertieft ist", sagte Major.

„Das werde ich tun."

Als sie das Tor erreichten, erregte das Brüllen von Nummer 48 ihre Aufmerksamkeit, und sie warteten auf Sheriff und Rosalie.

Nachdem Sheriff durch das Tor gefahren war, rannte Peyton hinter ihnen her, während Major das Tor schloss. Als Major Nummer 48 erreichte, hob er die Augenbrauen und zeigte auf die zwei Kisten mit Büchern. „Jody hatte so viele Karten?"

„Sie schickte zwei Kisten mit Romanen mit. Alle werden sich freuen, etwas Neues zu lesen", Sheriff hob die erste Kiste hoch, und Major griff nach der zweiten.

„Rosalie, ich möchte Annie bitten, mir beim Kopieren eines Dokuments zu helfen. Es ist in meinem Rucksack", sagte Peyton.

„Lass uns sie finden. Ich bleibe in der Nähe, falls sie Hilfe braucht." Rosalie steckte die Karten in eine Seitentasche ihres Rucksacks und eilte mit Peyton zum Haus.

„Schnelles Denken, wie aufgeregt alle über neue Bücher sein werden", sagte Major, als sie ihre Kisten ins Haus trugen.

„Molly wird das nicht glauben. Ich hoffe, Jody hat ein oder zwei Kochbücher reingepackt. Mir fällt nichts anderes ein, was mich aus der Klemme holen könnte", sagte Sheriff.

Josh und Brett warteten auf der Veranda. „Wir haben euch gesehen und sind zum Haus gerannt, damit wir die Tür öffnen können", sagte Brett.

„Es war Bretts Idee", strahlte Josh.

Als sie die Bücher auf den Tisch stellten, sagte Molly: „Noch mehr Bücher? Die sollten besser Romane sein. Diese Meute treibt mich mit der Beschwerde über die immer gleichen Bücher in den Wahnsinn."

Sie wandte sich wieder dem Herd zu, und Sheriff wischte sich die Stirn und schleuderte imaginären Schweiß weg, dann schlenderten er und Major zur hinteren Veranda.

„Ich fange an", sagte Major. „Peyton sagte, sie habe eine Liste von Agenten, die für McNeil arbeiten, und eine weitere von Agenten, die versetzt werden sollen oder Schlimmeres. Carl stand auf der Bösewichtliste, aber der Schock ist, dass Nate und seine Frau auch darauf stehen. Peyton sagte nicht, woher die Listen stammen. Annie wird ihr helfen, die Liste zu kopieren."

„Wow. Das habe ich nicht kommen sehen." Sheriff setzte sich in den nächsten Schaukelstuhl. „Wir haben traurige Nachrichten erhalten. Pete ist gestern spät in der Nacht gestorben. Jody sagte, sie würde die Isolation länger aufrechterhalten, auch wenn Mr. Young besser ist. Ich denke, das sollten wir tun. Rosalie hat die Karten bekommen. Ich bin sicher, sie und Aimee Louise werden sich gleich daranmachen. Hat Peyton gesagt, wie sie an die Liste gekommen ist?"

„Das sind schreckliche Nachrichten über Pete." Major setzte sich in seinen Schaukelstuhl. „Peyton hat nichts gesagt. Ich habe das Gefühl, dass uns Informationen stückweise zugeführt werden, und die Unstimmigkeiten stören mich."

Rosalie stürzte durch die Hintertür. „Peyton kann ihre Liste nicht finden. Sie hat ihren Rucksack ausgeleert und geht ihn noch einmal durch." Rosalie lief zurück ins Haus.

„Wie praktisch", sagte Sheriff.

Major starrte in den Himmel. *Ich verstehe Aimee Louise. Manchmal gibt es nichts zu sagen.* Major erhob sich. „Ich werde nach Vanessa und Mr. Young sehen."

„Ich werde schauen, wie es Annie geht." Sheriffs Magen knurrte, als er zu den Stufen ging. „Haben wir nicht bald eine Mahlzeit?"

Major hob seine Hand, um an die Wohnwagentür zu klopfen, als diese sich öffnete.

„Hallo, Major", sagte Mr. Young. „Vanessa hat mich rausgeworfen, damit sie putzen kann."

„Habe ich nicht", rief Vanessa vom hinteren Teil des Wohnwagens. „Schließ die Tür."

Mr. Young zwinkerte, als er die Tür einen Spalt offen ließ. „Es macht Spaß, sie zu necken. Begleitest du mich zum Haus? Ich dachte, ich würde mich in die Küche zu Molly setzen, damit sie mich auch herumkommandieren kann."

Major kicherte. „Brauchst du einen Arm?"

„Hätte nichts dagegen."

Als sie die Veranda erreichten, sagte Mr. Young: „Ich sitze lieber hier draußen. Ich war mir eine Weile nicht sicher, ob ich je wieder frische Luft genießen würde."

Nachdem Mr. Young sich in seinem Schaukelstuhl niedergelassen hatte, sagte Major: „Pete war auch sehr krank, aber sein Zustand verschlechterte sich, und er starb letzte Nacht."

Mr. Young schüttelte den Kopf. „Es tut mir leid, das zu hören. Ich dachte, wenn ich besser wurde, könnte es jeder. Pete und ich waren Freunde, seit unsere Söhne zusammen im Kindergarten waren. Ich wette, sein Sohn wird den Tauschtisch weiterlaufen lassen, aber es wird nie mehr dasselbe sein."

„Nein, das wird es nicht. Möchtest du etwas Wasser oder süßen Eistee?"

„Ich würde gerne etwas süßen Eistee haben. Vanessa hat mir keinen erlaubt. Sie sagte, ich sei kein Kolibri und bräuchte kein Zuckerwasser."

Als Major mit dem Eistee zurückkehrte, nahm Mr. Young einen langen Schluck. „Wusstest du, dass Sara jeden Tag ans Fenster des Wohnwagens kommt und uns einen Überblick darüber gibt, was in der Familie vor sich geht? Absolut skandalös, zumindest aus Saras Perspektive. Ich muss später ein paar Dinge mit dir überprüfen."

„Wir haben einige Kartenkoordinaten, aber wir wissen nicht, wo sie sind oder was sie bedeuten. Jody hat uns einige Karten geschickt. Wenn du dich später am Nachmittag dazu in der Lage fühlst, wird Rosalie vielleicht nach deiner Hilfe fragen. Ich dachte, ich lasse dich wissen, dass dein Nachmittag sich füllt." Major hielt an den Stufen an. „Ich werde nach den Hoftieren und dem Garten sehen, es sei denn, du brauchst etwas."

„Das Leben ist großartig." Mr. Young salutierte Major mit seinem Eistee, und Major schlenderte zum Ziegengehege.

Rosalie schlenderte den Pfad hinunter. „Pops, Peyton ist ausgeflippt, weil sie ihre Liste nicht finden kann. Ich bin gegangen und habe Tante Molly gebeten, sie zu beruhigen. Ich bin hierhergekommen, um mich mit dir zu verstecken."

Kapitel Neunzehn

Major lehnte sich an den Zaun. „Was machen Aimee Louise und Stuart?"

„Ich weiß nicht. Soll ich sie suchen?"

Major streckte seinen Rücken. „Lass uns im Vorgarten nachsehen. Das ist der einzige Ort, an dem ich schon länger nicht mehr war."

Als sie um die Ecke zum Vorgarten bogen, hielt Aimee Louise die Leiter fest, die am Haus lehnte. Major schaute die Leiter hinauf, und Stuart war mit der Antenne auf dem Dach.

„Ich kann niemandem auf einem Dach zusehen", sagte Major. „Ich wollte sowieso schon längst Annies Fortschritte bewundern."

„Ich komme mit."

Auf dem Weg sagte Rosalie: „Als Peyton ihre Liste nicht finden konnte, flüsterte sie *Oh nein. Er hat sie genommen.* Aber dann verfiel sie in einen Wahnsinn und leerte ihre Tasche aus. Als sie anfing, Kleidung herumzuwerfen und zu schimpfen, bin ich zu Tante Molly gerannt. Peyton hat mir Angst gemacht, denn das einzige andere Mal, wo ich jemanden so handeln sah, war, als Dad seine Drogen in der Anfangszeit nicht finden konnte, als Mama sie vor ihm versteckte. Sie wollte, dass er aufhört. Ich bin froh, dass unsere Kinder hier mit so etwas nicht umgehen müssen."

Pops legte seinen Arm um Rosalie. „Ich bin froh, dass du hier bist. Du bist, wo du hingehörst, weißt du. Vor ein paar Jahren erzählte mir Jody von einem zweijährigen Welpen, den Leute aus dem Tierheim adoptierten und dann zur Abgabe zurückbrachten. Fünf Familien gaben ihn zurück, weil er weglief. Auf eine Art kann ich ihnen nicht böse sein, weil ihnen eine saftige Geldstrafe drohte, wenn sie ihn nicht einsperrten. Dann adoptierten ihn Leute, die auf einer Farm lebten, und er lief nie wieder weg von ihnen. Jody sagte, dieser Hund versuchte einfach nur herauszufinden, wo er hingehört. Ich bin froh, dass du uns gefunden hast, denn hier gehörst du hin."

„Ich liebe das, Pops. Danke."

Als sie Annies Gewächshaus erreichten, war Annie auf dem Dach. Sheriff reichte ihr eine Platte, und sie nagelte sie fest. Sie stand auf, um die nächste Platte entgegenzunehmen, und winkte Major und Rosalie zu.

„Was ist das mit der Dachkletterei?", fragte Major. „Es ist nicht so hoch wie das Haus, aber es macht mir mehr Angst."

„Ich kann mir etwas Beängstigenderes vorstellen", sagte Rosalie. „Was, wenn Brett derjenige wäre, der Annie die Platten reicht?"

„Du gewinnst. Sie würde sich rüberlehnen, um sie zu erreichen, und ich würde einen Herzinfarkt bekommen." Major legte seine Hand auf seine Brust und taumelte, und Rosalie lachte.

„Nach drinnen", schrie Aimee Louise von vorne. Rosalie und Annie rannten zur Hintertür, und Major eilte zu seinem Truck, nahm sein Gewehr und stieß dann mit Stuart zusammen, der um die Hausecke bog.

„Gut. Du bist hier. Da ist ein Auto auf der Straße. Komm und sprich mit Aimee Louise."

Aimee Louise wartete an der Ecke des Hauses, und die Leiter lag auf dem Boden. Sheriff kam hinter Major her.

„Ich war auf dem Dach", sagte Aimee Louise. „Da ist ein Auto auf der Straße mit drei Personen drin. Eine von ihnen hat eine Gefahrenwolke, dann gibt es noch zwei andere besorgte Wolken."

„Such Rosalie, Stuart. Bring sie her und sag Mr. Young, er soll zu seinem Wohnwagen gehen und Vanessa bei ihm im Wohnwagen behalten", sagte Major. Stuart lief ins Haus und kam dann mit Rosalie zurück. Rosalie hatte ihr Gewehr dabei.

„Wir haben drei Leute und nur eine Gefahrenwolke?" Sheriff schüttelte den Kopf. „Das ergibt keinen Sinn, aber es passt zu all den widersprüchlichen Informationen, die wir bisher gehört haben. Widersprüchlich." Er rieb sich über das Gesicht. „Ich will Molly und die Kinder aus dem Haus haben."

„Geh und sag dem ersten Kind, das du siehst, dass das Starr-Familientreffen in der Scheune jetzt beginnt. Deine Kinder und Molly sind schlau. Sie werden es kapieren", sagte Major.

„Stimmt. Bin gleich zurück."

Als eine Staubwolke auf der Straße erschien, kam Sheriff zurück. „Annie bringt sie zusammen." Die Hintertür knallte zu. „Da gehen sie."

„Wo ist Peyton?"

„Soweit ich weiß, immer noch in unserem Schlafzimmer? Willst du, dass ich nachsehe?", fragte Rosalie.

Major blickte auf die Straße. „Nein. Das Auto kommt zu nah. Du und Stuart, geht auf die andere Seite des Hauses. Sheriff, kannst du dich so positionieren, dass du die Fenster der Mädchen sehen kannst, aber nicht in der Schusslinie von jemandem stehst?"

„Ja. Dein Truck ist die perfekte Deckung."

„Gehen wir zur Veranda, Aimee Louise. Nachdem du mir sagen kannst, wer die Gefahrenwolke hat, musst du durch das Haus laufen, um Stuart und Rosalie zu informieren, und dann zurück zum Sheriff. Das ist das Beste, was ich mir einfallen lassen kann."

„Das ist ein ausgezeichneter Plan", sagte Aimee Louise.

Major schlenderte nahe an Stuarts und Rosalies Seite des Hauses. „Aimee Louise wird euch sagen, wer die Gefahrenwolke hat. Denkt dran, nur einer."

Nachdem er über den Hof geschlendert war und dem Sheriff die gleiche Nachricht überbracht hatte, kehrte er zur Veranda zurück, und das Auto verlangsamte und hielt am Tor an.

„Der Beifahrer auf dem Rücksitz ist Onkel Dan, der Gefahrenmann." Aimee Louise verschwand im Haus. Die Beifahrerin, eine Frau, stieg aus dem Auto und blieb am Tor stehen, während das Auto langsam vorfuhr.

Aimee Louise erschien wieder. „Erledigt. Und ich habe Peyton gesagt, sie soll unten bleiben und sich nicht zeigen, sonst würde sie erschossen werden."

„Was hat sie gesagt?"

„Gut, dass ich hier bin."

Das Auto hielt an, und Onkel Dan kletterte auf der Fahrerseite aus dem Rücksitz und winkte der Frau, nach vorne zu kommen.

Nachdem Onkel Dan das Haus und den Hof überprüft hatte, klopfte er zweimal auf das Autodach, und der Fahrer stieg aus. Während der Fahrer Onkel Dan den Rücken zuwandte, zeigte dieser auf Majors Truck, und die Frau strich sich über das Haar und imitierte seine Bewegung.

Gut gemacht. Major trat von der Veranda. „Rücke näher an den Rand der Veranda, Aimee Louise."

„Ist Peyton hier?", fragte Onkel Dan.

Déjà-vu. „Sie wird bald zurück sein. Bist du Thomas?"

„Wer? Nein, ich bin Nate. Ihr Partner."

„Er lügt", sagte Aimee Louise mit einem leisen Flüstern.

Major nickte. „Gut. Wir haben auf dich gewartet. Ich muss dir sagen, dass wir einer tödlichen, ansteckenden Krankheit ausgesetzt waren und unter Quarantäne stehen."

Major lächelte über die Verwirrung, die über das Gesicht des Mannes huschte, und verbarg sein Lächeln mit seinem Arm, als er in seinen Ellenbogen hustete. Er verlängerte sein Husten und sagte dann: „Entschuldigung, trockener Husten ist der Anfang der Infektion."

Onkel Dan legte seine Handfläche auf den Griff seiner Waffe und bewegte seinen Zeigefinger in die Nähe des Abzugs.

„Das ist hart. Peyton war auch der Krankheit ausgesetzt?"

„Nein. Sie bleibt im Gästehaus hinter dem Haupthaus." *Das hätte ich nicht sagen sollen. Wenn Annie mich gehört hat, haben wir in zwei Wochen ein Häuschen.*

„Können wir dort warten?"

„Sicher. Willst du es erst überprüfen? Es war unsere Klinik, bevor Peyton ankam."

Ich gewöhne mich an seinen verwirrten Blick.

„Er macht sich bereit zu schießen." Aimee Louise schlich von der Veranda.

Der Mann zog seine Waffe aus dem Holster.

Krach. Krach.

Als Onkel Dan fiel, packte der Fahrer die Frau, und sie rannten zu Majors weißem Truck. Aimee Louise rannte zum Truck, während Sheriff dem Fahrer und der Frau winkte weiterzugehen.

Stuart ging auf den gefallenen Mann zu und kniete sich hin. „Tot", rief er.

Sheriff kam hinter dem Truck mit dem Fahrer und der Beifahrerin hervor.

„Der echte Nate und seine Frau", rief Sheriff.

Rosalie gesellte sich zu Stuart, dann schlenderten sie zu Major.

„Die gleichen Schüsse", sagte Stuart.

„Kein Grund, an Perfektion herumzupfuschen", sagte Major. „Gut gemacht."

„Ich hole zwei Schaufeln und eine Plane", sagte Stuart.

„Ich helfe", sagte Nate, als er sich der Gruppe vor dem Haus anschloss.

Major starrte auf Nates Frau mit ihren großen braunen Augen und den Locken um ihr Gesicht. „Du bist Dollys Mutter", sagte er.

„Kennst du Dolly? Hast du sie gesehen?"

Er lächelte über den musikalischen Klang ihrer Stimme. „Dolly und der Richter geht es gut. Sie bleiben auf einer Farm in Südgeorgien."

Als Molly und die Kinder zum Haus gingen, sagte sie: „Ich bin am Verhungern und die Kinder auch. Wir können am Tisch reden. Kommt essen."

„Geht rein und lasst euch von Kindern überfallen. Rosalie, du kannst Peyton freilassen. Ich werde die Generatoren starten, damit wir uns die Hände waschen können", sagte Major.

„Wir kümmern uns darum", sagte Stuart, als er und Aimee Louise die Schaufeln und die Plane in der Nähe der Veranda abstellten und sich dann den Generatoren zuwandten.

Schon wieder dieses wir. Vielleicht werde ich mich daran gewöhnen.

„Ich hole Mr. Young und Vanessa", sagte Major.

„Lasst uns reingehen, Nate und... entschuldige, ich habe deinen Namen nicht verstanden", sagte Sheriff.

„Charo", sagte Nate.

Peyton stürzte nach draußen. „Ich habe die Liste gefunden, Major." Sie erstarrte, als sie Nate gegenüberstand.

„Woher hast du deine Liste?", fragte Major, als die Generatoren ansprangen.

„Rex Wilson."

„Wer ist das auf dem Boden im Vorgarten?"

Peyton runzelte die Stirn und näherte sich der Leiche. „Rex Wilson." Sie drehte sich um und sagte: „Was für eine lügende, miese Schlange."

„Ja, das war er. Lass uns essen, dann kannst du deine Liste Nate zeigen. Ihr beiden möchtet sie vielleicht neu ordnen", sagte Major.

Während sie aßen, erzählte Stuart seine urkomische Version von Dolly und dem stinkenden Jungen und fügte hinzu, wie gut die Kinder das Unkraut im Garten seiner Mutter gezupft hatten. „Mum war gerührt. Es war eine Sache mehr von ihrer Liste, zu der sie nicht gekommen war."

Major erzählte eine Geschichte darüber, wie Dolly nach ihrem Bad die Treppe herunterkam. „Sie hielt ihr Nachthemd im Prinzessinnenstil zur Seite, aber als Brandon ihr von dem Snack in der Küche erzählte, rannte sie wie ein Linebacker zum Tisch."

„Das ist mein süßes kleines Mädchen", sagte Nate, während er Tränen des Lachens wegwischte. „Genau wie ihre Mama."

Charo schlug ihm auf den Arm. „Ich laufe wie eine Gazelle, nicht wie ein Linebacker."

„Kann ich morgen früh wie Dolly die Treppe runterkommen, Mami?", fragte Sara.

„Natürlich kannst du das, Süße. Dann lauf wieder hoch wie eine Gazelle oder ein Linebacker, deine Wahl", sagte Molly.

Am Ende der Mahlzeit räumten Charo und die Kinder den Tisch ab, während Molly beaufsichtigte, und Vanessa füllte das Waschbecken mit Seifenwasser.

„Werden Sie mit uns an den Koordinaten arbeiten, Mr. Young?", fragte Rosalie.

Als alle anderen nach draußen gingen, sagte Molly: „Schaltet die Generatoren nicht aus. Vanessa wird Mr. Youngs Bett abziehen. Wir werden eine Weile Wäsche waschen."

„Was ist unser nächster Schritt?", fragte Peyton.

„McNeil hat für morgen früh ein Treffen mit dem Sheriff angefragt, dann wird er gegen zwei in Mickleton für ein weiteres Treffen sein", sagte Major. „Wir haben unsere Empfangsparty noch nicht geplant, aber wir wissen, dass wir eine haben werden."

„Bist du im Scharfschießen ausgebildet, Deputy?", fragte Nate. „Das war ein Killer-Kopfschuss: klassisch, aber das Knie." Er schüttelte den Kopf. „Ich habe noch nie einen solchen Schuss aus dieser Entfernung gesehen. War das absichtlich?"

Major und Sheriff lachten.

Stuart funkelte böse. „Der Kopfschuss war meiner. Rosalies Markenzeichen ist das zerschmetterte Knie. Sie ist fantastisch. Major war ihr Ausbilder."

„Ich wusste, dass ich vorher schon von dir gehört hatte, Major. Du bist Dave Elliott. Wusstest du, dass du eine Legende bist? Rosalie muss deine Starschülerin sein."

„Muss man nicht alt sein, um eine Legende zu sein?", fragte Sheriff.

„Ich bin alt", lachte Major.

„Ihr seid alle alt, außer Stuart", sagte Peyton. „Wie ist der Plan für die Party? Wir können Rosalie einbeziehen, richtig?"

„Das ist ein exzellenter Punkt", sagte Sheriff. „Rosalie und Aimee Louise haben einzigartige Fähigkeiten. Können wir sie einbeziehen, Major?"

„Wenn wir sie nicht einbeziehen, werden sie uns verfolgen", sagte Stuart.

„Richtig. Also haben wir zwei Möglichkeiten. Das Treffen mit dem Sheriff und das große Treffen nahe Mickleton", sagte Major. „Unsere erste Gelegenheit ist in Plainview. Wenn wir zwei Pläne skizzieren und dann den ersten aufgeben müssen, haben wir etwas gelernt, das wir nutzen können, um unseren zweiten Plan zu überarbeiten."

„Was, wenn unser zweiter Plan scheitert?", verengte Sheriff seine Augen.

„Ich sage, wir betrachten Scheitern nicht als Option. Wir führen unseren Plan durch oder brechen ihn ab, bevor McNeil weiß, was los ist", sagte Major.

„Ich bin sicher, Rex' Befehle von McNeil waren, Peyton und mich zu töten", sagte Nate. „Es verrät unsere Absichten, wenn McNeil uns sieht."

„Major und ich haben an einem von McNeils Verkaufstreffen teilgenommen. Er hatte Männer in schwarzen Anzügen, um seiner Präsentation ein offizielles Ansehen zu verleihen. Sie waren keine typischen Schläger. Ich vermute, es waren Agenten, die zu McNeil gewechselt sind", sagte Stuart.

„In diesem Fall könnten Nate und ich uns auf sie konzentrieren. Sie wüssten nicht, wer auf McNeils Todesliste steht. Wir kennen vielleicht sogar einige von ihnen. Schwarze Anzüge? Ich habe einen. Nate?"

„Ich werde Charo fragen. Wenn nicht, kann ich Rex' Tasche überprüfen. Wir haben etwa die gleiche Größe."

„Apropos Rex, ich würde ihn gerne begraben", sagte Stuart.

„Lassen wir es für heute gut sein und treffen uns heute Abend nach dem Abendessen und der Radiozeit wieder. Das gibt uns Zeit, alle zusätzlichen Updates von McNeil zu erhalten", sagte Sheriff.

„Ich treffe dich am Auto. Meine Ausrüstung ist im Kofferraum", sagte Nate.

Als Stuart am Auto ankam, sagte Nate: „Warum fährst du nicht? Du weißt, wohin wir fahren."

Stuart warf seinen Rucksack auf den Fahrersitz und breitete dann die Plane neben Wilsons Körper aus. Nachdem sie Rex aufgeladen hatten, ging Nate zum Tor und öffnete es, dann schloss er es, nachdem Stuart durchgefahren war.

Auf dem Weg zur Mülldeponie, wo Stuart Kelsos Körper begraben hatte, tauschten sie ihre persönlichen Geschichten als Polizeianfänger und Einsätze, bei denen sie dabei waren, aus.

„Siehst du diesen Kühlschrank?", zeigte Stuart. „Wir haben ihn auf die Stelle gerollt, um Tiere vom Graben abzuhalten. Sieht wie ein Monument aus, wenn du weißt, was darunter ist, nicht wahr?"

„Das ist schlau. Könnten wir Rex in der Nähe dieses Gefrierschranks begraben?", zeigte Nate auf einen Hochschrank in der Nähe des Kühlschranks.

Stuart fuhr mit dem Auto näher heran, und sie gruben. Nachdem sie Rex begraben und den Gefrierschrank über das Grab gerollt hatten, sagte Stuart: „Wenn wir Glück haben, hat Molly noch die Generatoren am Laufen, und wir können duschen. Wenn nicht, nennt Dolly dich vielleicht stinkig, wenn sie dich sieht."

„Das war eine lustige Geschichte über den kleinen Henry, der ein stinkender Junge war. Rosalie ist scharfsinnig, aber bei Aimee Louise ist etwas Tiefgründiges. Weißt du, was ich meine?"

„Ja."

Auf ihrer Rückreise sprach Stuart über Aimee Louise, während Nate zuhörte, dann erzählte Nate über Charo und wie sie zusammengekommen waren, und Stuart hörte zu.

Als sie die Farm in Sichtweite hatten, sagte Nate: „Das Einzige, was ich dir sagen kann, Stuart, ist, dass du schlau bist. Aimee Louise ist nicht typisch. Als ich ein Kind war, trieb ich mich auf den Straßen herum. Dort brauchte man keine sozialen Fähigkeiten; wir lebten nach den Regeln der Straße. Von Charo habe ich die Feinheiten gelernt. Ich denke, du bist in der gleichen Situation, nur dass du die sozialen Fähigkeiten für Aimee Louises Welt lernst."

Nachdem Stuart geparkt hatte, sagte er: „Die Generatoren laufen noch. Wenn wir uns beeilen, können wir duschen, bevor Molly Aimee Louise sagt, dass sie sie ausschalten soll."

Nach dem Essen eilten Aimee Louise, Rosalie und Annie zum Computerzimmer, und Stuart, Nate und Charo übernahmen den Abwasch. Peyton und die jüngeren Kinder gingen nach draußen für ein Spiel, das Peyton ihnen beibringen wollte.

Mr. Young rückte auf seinem Stuhl zurück und sagte: „Ich muss mit euch über diese Koordinaten sprechen, bevor ich ins Bett geschickt werde."

Vanessa runzelte die Stirn. „Niemand gibt dir Befehle, Mr. Young. Ich..."

Major schnaubte. „Richtig."

Vanessa funkelte ihn an. „Wie ich gerade sagen wollte, ich gebe sanfte Vorschläge."

Peyton schlüpfte ins Haus, während die Kinder das schnelle Spiel spielten.

Mr. Young legte drei Karten auf den Küchentisch. „Wir haben alle Koordinaten mit Bleistift auf den Karten markiert, damit wir sie später löschen können."

Stuart beugte sich über die Karten. „Diese Orte sind, wo McNeil Treffen abgehalten hat oder zumindest ein geplantes Treffen hatte."

„Gutes Auge, Stuart", sagte Mr. Young. „Nächster Schritt ist Elektrizität. Du kannst es nicht von diesen Karten ablesen, aber wenn du die richtige Art von Karten hättest..." Er blickte zu Vanessa, die aufsprang und dann ein dickes Buch auf den Tisch legte.

„Danke", sagte Mr. Young. „Dies ist eines von Russell Gastons Büchern. Er war Annies und Joshs leiblicher Vater und der Betriebsleiter für unser regionales Stromversorgungsunternehmen. Er war brillant. Wir haben immer noch Zugang zu all seinen Büchern, weil die Deputies im Gaston-Haus leben."

Vanessa öffnete es dort, wo ein gefaltetes Blatt Papier eine Seite markierte.

„Das Papier enthält die Referenzen für all unsere Forschung, aber ich werde nicht darauf eingehen. Zurück zu unseren Karten. Alle unsere Koordinaten sind große regionale elektrische Umspannwerke, die mit anderen regionalen elektrischen Umspannwerken verbunden sind. Wir glauben nicht, dass McNeil eine weitere Explosion oder sogar einen weiteren Cyberangriff geplant hat. Stattdessen glauben wir, dass er mit dem Plan voranschreitet, den Russell Gaston vor seinem Tod identifiziert hat. Ich bin erschöpft. Ich muss mich aufs Sofa legen."

Vanessa half Mr. Young zum Sofa und stellte dann den Fußschemel so, dass er seine Füße hochlegen konnte.

„Viel besser. Alle bei mir?"

„Hat McNeil Russell Gaston getötet?", fragte Peyton.

„Ja, und seine Frau", knurrte Sheriff.

Mr. Young nickte. „Dies sind auch die Unternehmen der südöstlichen Region, die Russell als geplante Personalübernahmen identifiziert hat. Der Sinn, Bauern zu ruinieren, Feindseligkeit mit den Städtern zu verursachen und die lokale Wirtschaft zum Zusammenbruch zu bringen, ist, Menschen aus diesen Gebieten zu vertreiben, damit McNeil den Strom besitzen wird. Es ist ehrgeizig, aber ich sehe, wie seine Pläne es machbar machen."

„Wenn wir McNeil stoppen, bricht sein ganzer Plan zusammen", sagte Nate.

„Das denken wir." Mr. Young setzte seine Füße auf den Boden, und Vanessa half ihm aufzustehen. „Ihr habt unsere Notizen und Russells Analyse. Die Mädchen können Fragen beantworten. Aimee Louise hat erklärt, wie alle Teile zusammenpassen, dann hat Rosalie Russells Dokumente überprüft und bestätigt. Ich bin nur das hübsche Gesicht. Bis morgen früh."

„Was ist mit der Krankheit?", fragte Major. „Wie passt McNeil da rein?"

„Fast vergessen. Aimee Louise fand Beweise für Laborumgebungen, die frühere Krankheiten eingeführt haben. Ein Beispiel, von dem ich wusste, nachdem sie es erwähnt hatte, war Pocken. Impfstoffe haben Pocken weltweit ausgerottet, bis jemand es aus dem Labor nahm. Macht das Stehlen von Büromaterial zahm, nicht wahr? Russell dokumentierte seine Erkenntnisse über einen im Labor gezüchteten Virus für die Freisetzung, und rate mal, wer die strikte Kontrolle über den Impfstoff hätte? Russell hatte exzellente Daten, aber seine Erkenntnisse waren vorläufig. Gute Nacht, alle zusammen."

Mr. Young und Vanessa machten sich auf den Weg zur Tür und gingen.

Major lehnte sich in seinem Stuhl zurück. „Das hast du heute Morgen gesagt, Molly."

„Hat sie?" Sheriff starrte seine Frau an. „Jetzt kennen wir die Dringlichkeit. Wie stoppen wir ihn?"

„Mir gefiel unser Rachemotiv besser", sagte Peyton. „Warum schneide ich ihm nicht einfach die Kehle durch?"

„Funktioniert für mich", sagte Molly. „Hast du Messer, die geschärft werden müssen? Ich halte meine Kochmesser messerscharf."

„Meine Frau scherzt nicht", sagte Sheriff. „Lass sie dein Messer schärfen. Du kannst unser Backup-Plan sein."

„Ich habe eine Idee, aber ich muss mit Rosalie sprechen", sagte Major.

„Ich bin hier", sagte Rosalie. „Wir haben interessante Neuigkeiten. Aimee Louise wird hier sein, sobald sie sich abgemeldet hat."

Nachdem Rosalie und Aimee Louise auf dem Sofa saßen, stupste Rosalie Aimee Louise an und hob dann ihre Augenbrauen in Richtung Stuart. Stuart blickte zu Major, als Aimee Louise näher an Rosalie rückte, um Platz für ihn zu machen. Molly räusperte sich und hob eine Augenbraue zu Major, der seufzte und dann nickte. Stuart setzte sich neben Aimee Louise.

„Erstens, McNeil sagte, er würde morgen um zehn im Kreisbüro sein", sagte Rosalie. „Die Nachricht erwähnte nicht, welcher Kreis, also diskutierten und spekulierten die Funkamateure. Heute Morgen sagten die Funkamateure, dass es keine Todesfälle gegeben habe, was zu einer Diskussion darüber führte, wer am skeptischsten war. Heute Abend scherzte niemand, als die Funkamateure von Todesfällen berichteten. Die Funkamateure in der Nähe von Mickelton sind aufgeregt über das große Treffen morgen Mittag nach der Ankündigung des neu angesetzten Termins und des Ortes."

Rosalie reichte das Notizbuch an Annie, die sich räusperte und aufstand, um die Notiz vorzulesen. „Das Treffen wird in einem Auktionsgebäude fünfzehn Meilen östlich von Mickelton stattfinden." Annie gab das Notizbuch an Rosalie zurück und setzte sich, und Rosalie drückte ihre Hand. Molly lächelte, und Annies Gesicht wurde rot.

„Denkt daran, dies ist Hörensagen, keine Tatsache." Rosalie klopfte auf ihr Notizbuch.

„Ein Funkamateur sagte, sein Freund in South Carolina habe einen Haufen Kinder in einem Sommerlager gesehen, das zu dieser Jahreszeit nie geöffnet ist. Aimee Louise fragte nach dem Namen und Standort des Lagers, aber niemand wusste es. Ein Funkamateur, der in South Carolina lebt, sagte, er würde sich umhören und dann nachsehen. Aimee Louise sagte ihm, er solle Freunde mitnehmen. Er stimmte zu."

Kapitel Zwanzig

Molly ließ ihre Tasse fallen, und Tränen flossen, während sie ihr Gesicht mit ihrer Schürze abwischte. „Sie haben die Kinder vielleicht gefunden?"

„Könnte das möglich sein?" Charo wischte die Pfütze auf, und Stuart füllte eine andere Tasse.

„Ich bin bereits gepackt. Wir brechen auf, sobald wir können." Peyton schlug mit der Hand auf den Tisch und stand auf, um auf und ab zu gehen.

„Wir haben Freunde in South Carolina", sagte Nate. „Wir holen unsere Kinder bei Newtons' Farm ab und fahren dann nach South Carolina."

„Wir haben noch keine Bestätigung, aber es klingt vielversprechend", sagte Sheriff.

„Ich möchte jetzt auch aufbrechen, aber zuerst will ich sehen, wie das Leben aus McNeils Augen weicht." Charo funkelte finster.

Major rieb sich die Stirn. *Tote Jungen im Lastwagen. Ich sehe sie immer noch.* „Wir werden es tun."

„Eine letzte Sache. Wir könnten einige Stürme bekommen, die auf uns zukommen. Morgen wird es viel Wind geben, während die Front durchzieht, und dann um die Mittagszeit Regenstürme." Rosalie schloss ihr Notizbuch.

„Ausgezeichnet", sagte Major. „Mäßiger bis starker Wind?"

„Ja."

„McNeil kommt, um Sheriff zu sehen und ihn zu überzeugen, entweder bei dem Treffen in Mickelton oder bei einem anderen Treffen sein Strohmann zu sein", sagte Major. „Wir können auf Mr. Youngs Karte nachsehen, wo ein anderes Treffen sein könnte, aber ich denke, es ist das Mickelton-Treffen. Wir können entscheiden, wo der beste Ort für sie ist, um sich drinnen zu treffen. Deswegen ist der Wind wichtig. Wir wollen einen neutralen Ort ohne Wind, der perfekt für einen Hinterhalt wäre. Sheriff kann Kaffee versprechen."

„Wir müssen heute Nacht alle Kinder und Molly zum Haus der Deputies bringen", sagte Stuart. „McNeil könnte einen Notfallplan haben, falls sein Charme bei Sheriff nicht wirkt, aber wir können seinen Notfallplan ausschalten."

„Das ist gut, Stuart. Wir wissen, dass er das schon eine ganze Weile macht", sagte Nate.

Rosalie ging zur Haustür und rief: „Nach drinnen." Die drei jüngeren Kinder stürmten herein.

„Packt eure Sachen", sagte Molly. „Wir machen eine Überraschungsübernachtung." Die Kinder rannten die Treppe hinauf, und Molly eilte in ihr Schlafzimmer, um für die Übernachtung zu packen.

Molly, die vier jüngeren Kinder und Penny kamen in die Küche. „Wir sind bereit. Penny kommt mit uns. Ich nehme an, Shadow bleibt."

„Wir sollten Mr. Young und Tante Vanessa zum Haus der Deputies schicken, wenn wir morgen in die Stadt fahren", sagte Aimee Louise.

„Und Ms. Charo", fügte Rosalie hinzu.

„Ich bringe meine Familie zu den Deputies", sagte Sheriff.

„Ich komme mit." Rosalie griff nach ihrem Gewehr. „Schönheitssalon."

Die Familie Starr und Rosalie marschierten zu Sheriffs Truck und fuhren ab.

„Schönheitssalon?" Stuart runzelte die Stirn. „Kleiner Laden mit begrenzten Sitzplätzen. Er ist noch in gutem Zustand, weil die Besitzerin erst vor einem Monat wegging. Ich wette, er hat ein Badezimmer und einen Lagerraum. Wenn McNeil seine Schläger mitbringt, werden sie nicht hineingehen. Zu mädchenhaft. Einschüchternd. Sheriff kann eine Thermoskanne mitnehmen. Wie legen wir also McNeil einen Hinterhalt, wenn er mit Sheriff in den Schönheitssalon geht?"

„Ich würde ihn gerne heute Abend auskundschaften. Ich muss sehen, wie zugänglich die Hintertür ist. Was ich mir überlege, ist, dass Sheriff nach einigem Zögern zustimmt, das Mickelton-Treffen zu eröffnen. Wenn McNeil geht, stürzt Sheriff durch die Hintertür hinaus, und wir erledigen McNeil auf dem Bürgersteig. Wir werden auf den Dächern positioniert sein, und wir müssen unsere Positionen heute Abend einnehmen und auf den Dächern schlafen. Wir haben fünf Schützen, wenn wir Rosalie mitnehmen."

„Rosalie wird sein Knie zerschmettern, so dass wir, wenn wir alle beim ersten Mal danebenschießen, einen zweiten Schuss haben", sagte Stuart.

„Ich kann schießen", sagte Charo.

„Aber Schatz, wir sind alle Profis." Nate runzelte die Stirn.

Charo verdrehte die Augen. „Hast du gehört, was du gerade gesagt hast? Ich kann schießen."

Nate räusperte sich. „Meine Frau ist eine bessere Schützin als ich. Sie unterrichtet Kurse für Frauen auf unserem Schießstand. Wenn du zwischen uns beiden wählen müsstest, müsste ich sie empfehlen. Ich bin einer der Besten, aber sie ist jeden Tag auf dem Schießstand."

„Sechs. Das ist großartig", sagte Major.

„Was, wenn keiner von uns einen klaren Schuss auf den Schönheitssalon bekommt? Was ist unser Plan für das Treffen?", fragte Nate.

„McNeil ist nach seiner Rede auf dem Treffen, das wir besucht haben, aus der Tür gestürzt. Können wir ihn aufhalten?", fragte Stuart.

Major rieb sich das Kinn. „Wir können die Luft aus einem Reifen lassen, aber er wird seine Profis um sich haben. Wie trennen wir ihn von ihnen?"

„Keine Garantie, aber Rosalie sagte, dass für morgen Regen vorhergesagt ist. Er würde entweder zurück ins Gebäude gehen oder im Auto warten", sagte Stuart.

„Selbst wenn es nicht regnet, könnte Sheriff ihn wieder hineinbitten", sagte Nate.

„Hört sich an, als bräuchten wir nicht das ganze Team. Wenn er zurückkommt, sperre ich die Tür hinter ihm ab und erschieße ihn. Mir gefällt diese Idee", sagte Major.

„Was ist mit den Schlägern?", fragte Charo.

„Das ist einfach", sagte Peyton. „Nate und ich können zu ihnen stoßen. Wenn sie vom FBI sind, werden sie uns erkennen; wenn nicht, sind wir die Spezialeinheit und können unsere Ausweise zeigen. Sie können unsere Ausweise so viel überprüfen, wie sie wollen. Nate kann ihnen befehlen zu gehen, wenn sie auf den Schuss im Gebäude reagieren. Er hat eine großartige Befehlspräsenz; oder ich könnte McNeil die Kehle durchschneiden. Das ist leiser."

„Wenn sie nicht gehen, erschießen wir sie", sagte Charo.

Nate kicherte. „Peyton und ich können Zivilkleidung tragen. Wenn du mich trotzdem erschießt, weiß ich, dass du es mit Absicht getan hast."

Stuart runzelte die Stirn. „Rosalie und ich werden unsere Gewehre brauchen. Wir werden draußen sein, aber wir können nicht planen, wo, bis wir dort sind."

Als Sheriff und Rosalie zurückkehrten, brachte Major sie auf den neuesten Stand der Diskussion.

„Mir fällt nichts ein, was ich hinzufügen könnte. Du, Rosalie?", fragte Sheriff.

Rosalie schüttelte den Kopf, und Major stand auf. „Ich werde den Schönheitssalon überprüfen."

„Ich werde den Dachzugang und den Zustand der umliegenden Gebäude überprüfen", sagte Stuart.

„Ich möchte mir die Einrichtung ansehen", sagte Sheriff.

„Ich werde eine Liste erstellen, was wir für unsere Übernachtung brauchen", sagte Rosalie.

Shadow trabte hinter Major her. „Okay", sagte Major, als sie den Truck erreichten, und Shadow sprang hinein.

Major fuhr langsam am Schönheitssalon vorbei und parkte dann am Ende des Blocks. „Wir können hier anfangen, um die Gebäude zu überprüfen. Shadow und ich werden beim Schönheitssalon sein."

Als Stuart die Hintertür öffnete, sprang Shadow heraus und trabte hinter Major her.

„Ich nehme diese Seite", sagte Sheriff, und Stuart überquerte die Straße.

Major probierte den Türknauf und knackte dann das Schloss. Er scannte den Raum und öffnete die Badezimmer- und Schranktüren, dann entriegelte er die Hintertür. Er untersuchte die Gasse. „Das ist perfekt, Shadow. Wir haben einen kleinen Tisch und die zwei Friseurstühle mit Trockenhaube. Das reicht. Ich bin sicher, McNeil wird beide Türen öffnen, aber wenn er es nicht tut, kann Sheriff es tun."

Major überprüfte das Schloss an der Hintertür. „Sheriff kann den Knauf verriegeln und dann rausgehen, wenn er es abschließen will." Er starrte auf die Badezimmertür. „Oder er könnte ins Badezimmer treten, falls McNeil es zurück in den Salon schafft. Wenn er die Hintertür offen lässt, ist es egal, denn Sheriff wird es schon herausfinden. Sag niemandem, dass ich mich für einen Moment in Details verloren habe."

Major trat nach draußen und bemerkte, dass Stuart von einem Gebäude zum nächsten ging und dann verschwand.

Als Stuart und Sheriff ihn beim Schönheitssalon trafen, sagte Sheriff: „Das sind robuste alte Gebäude. Sie alle haben Flachdächer mit der falschen Fassade. Sie sind perfekt. Ich habe zwei Gebäude mit Leitern gefunden, die nach oben führen."

„Ich habe eins gefunden, aber der Zugang von einem Gebäude zum nächsten ist nur ein kurzer Schritt. Wir können unsere sechs in zwei

Gruppen aufteilen und dann die Schützen ihre Gebäude auswählen lassen", sagte Stuart.

„Ich kann ein paar Gebäude vom Schönheitssalon entfernt stehen und McNeil heranwinken. Wenn ich ihm sage, dass der County alle County-Gebäude außer meinem Büro abgeschlossen hat, wird er zögern, sich auf meinem Gebiet zu treffen. Er wird den Nachteil erkennen, den er haben wird, und ich schlage einen nahe gelegenen Laden vor."

„Ich habe das Schloss geknackt. Willkommen in meinem Salon."

Sheriff trat ein. „Das ist perfekt." Er starrte auf die beiden Stühle mit den großen Metallhauben. „Ich habe so etwas noch nie gesehen. Was ist das?"

„Altmodische Haartrockner." Major lachte.

„Ich bin nicht sicher, ob ich dort sitzen möchte. Sie sehen nicht sicher aus." Sheriff untersuchte sie näher. „Sie sind sogar noch eingesteckt. Hast du das gesehen? Das ist großartig. Ich bin offiziell eingeschüchtert. Ich kann McNeil einen Sitz anbieten und seine Reaktion genießen."

Sheriff öffnete die Badezimmer- und Schranktüren, dann entriegelte er die Hintertür und spähte in die Gasse. „Optionen. Das ist gut. Ich könnte ins Badezimmer gehen, falls McNeil versucht, durch den Schönheitssalon zu entkommen. Wenn er die Türen nicht überprüft, werde ich eine Show daraus machen, aber ich vermute, er wird es tun."

Auf dem Weg zurück zum Bauernhaus sagte Stuart: „Was, wenn wir einen klaren Schuss auf McNeil bekommen, bevor er in den Schönheitssalon geht?"

„Wenn ihr es seid, du und Rosalie, dann macht es", sagte Major.

Stuart lehnte sich in seinem Sitz zurück. Als Major in seinen Rückspiegel blickte, lächelte Stuart, während er aus seinem Fenster schaute. *Er und Rosalie werden McNeil erledigen.*

Major parkte seinen Truck an der Haustür und zeigte auf die Veranda. „Ausrüstung auf die Veranda. Wir könnten bald aufbrechen."

Bevor Sheriff seine Tür öffnete, sagte er: „Ich nehme vielleicht Shadow mit in die Stadt. Er wird bei mir bleiben. Ist das okay für dich?"

Major neigte den Kopf und runzelte die Stirn. *Wenn er wüsste warum, würde er es mir sagen.* „Was immer du entscheidest, ist in Ordnung für mich."

Sie luden ihre Ausrüstung und Gewehre auf die Ladefläche des Pickups und quetschten sich dann in den Truck. Aimee Louise und Stuart drängten sich auf den Beifahrersitz, und Nate, Charo, Rosalie und Peyton quetschten sich auf die Rücksitze. Nate und Peyton hatten die Sitze an den Fenstern, und Charo saß neben Nate. Als Major auf den Fahrersitz kletterte, zeigte Nate auf den Vordersitz, und Charo stieß ihn mit dem Ellbogen an. Major blickte auf den Vordersitz, als er einstieg, und runzelte die Stirn.

Als Major den Motor startete, drehte sich Stuart im Sitz und streckte sich, dann legte er seinen Arm hinter Aimee Louise. Major knurrte, und Nate schnaubte.

„Brauchst du ein Taschentuch?", fragte Charo. Major blickte in seinen Rückspiegel, als Charo Nate finster anstarrte.

Major lachte. „Charo, Dolly hat mich dasselbe gefragt."

Auf dem Weg zur Stadt erzählte Stuart seine urkomische Version der Geschichte über Dolly und die Taschentücher. *Stuart erzählt eine unterhaltsame Geschichte.*

Major hielt den Truck in der Gasse hinter den Geschäften gegenüber dem Schönheitssalon an. Stuart, Aimee Louise und Rosalie sprangen heraus und nahmen ihre Ausrüstung mit. Major fuhr zur Gasse hinter dem Schönheitssalon, und Nate, Charo und Peyton holten ihre Ausrüstung aus dem Heck. Major parkte den Truck zwei Blocks von der Hauptstraße entfernt und schlenderte zur Gasse, dann bog er ab. *Ich möchte sehen, was auf dem Weg liegt.*

Er starrte auf das kleine Gebäude gegenüber dem County-Gebäude. Der Name auf dem Holzschild war verblasst. *Donut-Laden. Er ist schon so lange geschlossen, dass ich ihn vergessen hatte.*

Er eilte zum Schönheitssalon und blieb mitten auf der Straße stehen, dann suchte er die Dachlinien ab, bis er Stuart und Nate sah. „Ich werde in dem kleinen Laden gegenüber dem County-Gebäude sein."

Nachdem Stuart und Nate gewunken hatten, um zu bestätigen, dass sie ihn gehört hatten, eilte er zur Gasse hinter dem Schönheitssalon und holte seine Taschen.

Major trug seine Ausrüstung zum Donut-Laden und breitete seinen Schlafsack nahe der falschen Fassade als Windschutz aus. Er legte sich hin und blickte zum Himmel. *Unter den Sternen schlafen.*

Sheriff erwachte vor der Morgendämmerung und schlich in die Küche, um einen Topf Kaffee zu kochen. Er spähte aus der Hintertür. „Die Lichter im Wohnwagen sind an, Shadow. Wir werden bald Gesellschaft haben."

Nachdem der Topf fertig war, goss Sheriff eine Tasse ein und ging zur Haustür. Er entspannte sich mit seinem Kaffee auf der Veranda, während Shadow die Gegend absuchte.

„Wir werden sie später sehen, Junge." Shadow trabte zur Veranda und ließ sich in der Nähe von Sheriff fallen.

„Ich halte nicht annähernd so oft an, um den Sonnenaufgang zu genießen, wie ich sollte."

„Ich weiß. Ich fühle genauso." Mr. Young kam auf die Veranda, und Vanessa brachte zwei Tassen Kaffee mit.

Als die Sonne aufging, sagte Sheriff: „Guten Morgen, Sonne. Es ist ein wunderbarer Tag, um das Böse zu stoppen."

„Das stimmt", sagte Vanessa. „Was ist mit dem Frühstück, Sheriff? Ich mache heute Rührei."

„Klingt gut. Wir fahren gleich nach dem Essen. Passt das für euch?"

„Mr. Young möchte zuerst Radio hören. Kannst du auf uns warten oder könntest du sicherstellen, dass mein Auto anspringt?"

„Ich werde nach den Hühnern und Ziegen sehen." Sheriff ging zum Hühnerstall und füllte ihr Wasser nach, dann überprüfte er die Ziegen. „Ihnen geht es gut, Shadow. Bereit für das Frühstück?"

Shadow trabte zusammen mit Sheriff zur Hinterveranda.

Nachdem sie gegessen hatten, ging Mr. Young, um Radio zu hören. Sheriff und Vanessa wuschen das Geschirr ab und luden dann die Rucksäcke in den Truck.

„Wir haben heute Morgen großartige Neuigkeiten", sagte Mr. Young. „Der Funker aus South Carolina hat den Namen des Lagers und ist unterwegs, um es zu bestätigen. Er erwartet, heute Abend Bericht zu erstatten, aber er sagte, er sei nicht überrascht."

Sheriff atmete aus. „Ich glaube, ich habe seit gestern Abend den Atem angehalten."

Vanessa schniefte, und ihr Mund zitterte.

Nachdem Sheriff am Tor abgebogen war, fragte Mr. Young: „Ist es traurig, dass ich mich freue, eine zwei Meilen lange Fahrt zu machen?"

„Überhaupt nicht", sagte Vanessa, während sie Shadows Nacken rieb. „Ich genieße es selbst. Wir waren lange genug eingesperrt."

Als sie das Haus der Deputies erreichten, wartete Jim im Schatten nahe der Straße und öffnete dann das Tor für sie. „Wir wechseln uns bei der Bewachung der Straße ab. Jeder, der zum Bauernhof will, muss hier entlang. Ich habe die erste Schicht bis zum Mittagessen."

„Das ist ein brillanter Ort", sagte Sheriff. „Ich habe dich nicht gesehen, bis du aus den Bäumen kamst."

„Gut. Die Leute im Haus warten auf dich."

Ein schlanker schokoladenbrauner Labrador-Welpe lief zum Truck, als Sheriff parkte, während Heather auf der Veranda wartete. Der Welpe tanzte um sie herum, als sie Mr. Young aus dem Truck half.

Heather zeigte. „Sitz, Teddy."

Der Hund plumpste in eine Sitzposition und grinste wie ein Hund.

„Neuer Hund, wie ich sehe. Wo hast du sie her?", fragte Mr. Young.

„Jemand hat Pastor John vier sechs Monate alte Labrador-Welpen gegeben. Kris und ich haben den Fehler gemacht, Brad und Wally zu Pastor Johns Haus gehen zu lassen, um Bücher zu holen. Sie kamen mit Büchern, einem Welpen und einer Singsang-Geschichte über Sicherheit nach Hause. Die Kleinkinder nannten sie *Teddy*, sobald sie sie sahen."

Der Welpe schlich zu Mr. Young, der seine Hand zum Schnüffeln ausstreckte. „Ich könnte mich an diese besondere Aufmerksamkeit gewöhnen."

Er winkte, als er und Heather ins Haus gingen, während Vanessa ihre Rucksäcke schnappte und sich beeilte, sie einzuholen. Shadow sprang heraus und untersuchte Teddy, während sie tanzte. Shadow trabte in den Hinterhof, und Teddy folgte ihm.

„Deine Entscheidung, Shadow. Gib nicht mir die Schuld, wenn der Welpe dich erschöpft", sagte Sheriff.

Er fuhr weg und machte sich auf den Weg zur Hauptstraße. Nachdem er an der Seite des County-Gebäudes geparkt hatte, lächelte er, als die leichte Brise von Süden zu einem frischen Nordwestwind wechselte. *Genau pünktlich.*

Er fand einen geschützten Platz in der Säulenhalle des County-Gebäudes, abseits vom Wind. Während er wartete, blickte er auf das Gebäude auf der anderen Straßenseite. *Ich wette, jemand ist dort. Wahrscheinlich Major. Er hätte es gesehen. Verdammt, wir sind gut.*

Er lehnte sich zurück und entspannte sich, bis er ein Auto hörte, das von Norden auf ihn zukam. Er schlenderte zum Gehweg. Ein schwarzes Auto parkte gegenüber dem County-Gebäude, und McNeil stieg aus. *Allein. Showtime.*

„Wie geht's dir, Mr. McNeil? Schön, dich zu sehen." Sheriff ging an den Rand des Bürgersteigs, und McNeil lächelte. Eine Windböe hob seinen Westernhut, und er griff danach, bevor er wegrollen konnte.

„Frischer Wind, den ihr hier habt. So etwas sehen wir an der Küste nur bei einem Hurrikan. Das ist dann ein Wind." McNeil höhnte.

„Das County-Gebäude ist stockdunkel drinnen. Ich dachte, wir könnten uns einfach draußen treffen, aber der Wind nimmt zu. Willst du etwas Kaffee?" Sheriff hob seine Thermoskanne. „Ich habe ein offenes Gebäude gefunden, wo wir ohne Wind reden können."

„Kaffee klingt großartig, und auch aus dem Wind zu kommen. Ich hole meinen Becher aus dem Auto."

McNeil eilte zu seinem Auto, warf seinen Hut hinein und griff nach seinem Becher.

„Wo ist dieses Gebäude?", fragte er.

„Gleich da drüben." Sheriff zeigte darauf.

„Schönheitssalon?" McNeil lachte und schritt vor Sheriff her.

Du übernimmst ruhig die Führung, Kumpel.

Krach. Krach.

McNeil fiel. Sheriff schlenderte zur Leiche und drehte McNeil auf den Rücken.

Krach.

Sheriff stürmte zum Schönheitssalon, um Deckung zu suchen, und spähte dann die Straße hinunter zu McNeils Auto. Eine Leiche lag auf dem Boden nahe der hinteren Stoßstange.

Meine Güte, Charlie. Du hast Verstärkung mitgebracht.

Sheriff zog seine Waffe und näherte sich dem Auto vom Bürgersteig aus, dann riss er die Autotür auf der Beifahrerseite auf. Er stand neben dem Auto, seine Waffe auf den Kofferraum gerichtet. Major gesellte sich zu ihm. Als Major den Kofferraumverschluss betätigte, flog er auf.

„Leer", sagte Sheriff. „Ich wusste, dass du da warst, als ich den Laden gegenüber dem County-Gebäude sah."

„Spontane Eingebung."

Eine Windböe schlug den Kofferraum zu.

Stuart und Nate schauten über ihre Gebäude. Major und Sheriff lächelten bei den Jubelrufen.

„Kinder", sagte Major.

„Jep. Mein Truck oder dein Truck?"

„Meiner. Ich nehme Stuart und Nate mit. Ich habe eine Schaufel in meinem Truck. Wir können wahrscheinlich eine weitere bei Pete finden", sagte Major.

„Ich gebe dir eine zweite Schaufel und nehme Charo und Peyton mit mir mit. Aimee Louise kann McNeils Auto fahren. Rosalie wird sicher mit ihr fahren. Ich hole meine Familie ab. Es wird eng, aber vielleicht kann Annie mit Aimee Louise mitfahren, wenn sie Vanessa und Mr. Young abholt. Wir bekommen ziemlich eine Autosammlung, oder?"

Als der Rest der Gruppe zu ihnen lief, fragte Major: „Kopfschuss und zerschmettertes Knie, richtig?"

„Und genau ins Schwarze."

Charo kniete neben McNeils Leiche und drehte ihn um. „Tote Augen. Gut."

Peyton bot ihre Hand an, und Charo stand auf. Sie schlenderten Arm in Arm zu Sheriffs Truck.

Major, Stuart und Nate waren die letzten, die am Bauernhaus ankamen. Josh und Brett rannten zum Truck.

„Mom sagt, wascht eure Hände fürs Mittagessen, und Mr. Young hat Neuigkeiten", sagte Brett.

„Wir haben schon gegessen", fügte Josh hinzu.

Während die drei Männer zu Mittag aßen, saßen Peyton und Charo mit ihnen am Tisch.

Mr. Young kam durch die Hintertür herein.

„Du siehst munter aus", sagte Major.

„Ich fühle mich munter." Er grinste, als er sich auf das Sofa setzte. „Der Funker aus South Carolina hat eine Idee, wo das Lager ist. Er hat ein Team zusammengestellt, um es zu überprüfen."

„Ich wusste es", sagte Charo. „Peyton und ich wollen unsere Familien abholen und dann nach South Carolina fahren."

Major nickte. „Macht Sinn. Ihr könnt im Konvoi fahren, dann hat Peyton ein Auto, um nach Troy zu kommen oder im Konvoi nach South Carolina zu fahren. Nehmt Rex' und Carls Autos. McNeils Auto ist ein Spritfresser. Ich weiß nicht, warum er keinen Diesel hatte."

Peyton stand auf. „Können wir jetzt los?"

„Jederzeit. Sprich mit Rosalie wegen der Wegbeschreibung, und ich habe eine Bitte. Wenn ihr zur Straßensperre nördlich von Plainview kommt, fragt nach Phil. Lasst sie wissen, dass ihr eine Nachricht für Scooter habt. Ich werde euch einen Zettel schreiben, den ihr ihnen geben könnt. Wir wollen, dass die medizinische Gemeinschaft weiß, dass es einen wirksamen Impfstoff für die Krankheit gibt. Phils

Sohn Scooter ist Arzt in Atlanta. Er wird das Wort verbreiten und wahrscheinlich das Labor selbst finden."

Nachdem die Gruppe Peyton und die Cabellos verabschiedet hatte, warf Vanessa ihre Arme um Majors Hals und klammerte sich an ihn. Er schlang seine Arme um sie und kuschelte sein Gesicht in ihr Haar.

„Bist du fertig damit, ein Cowboy zu sein, alter Mann?"

„Ja, Ma'am."

Sie schlug ihm auf den Hintern, als er selbstsicher zum Haus stolzierte.

Als nächstes zu lesen:

GEFAHR AUF DER STRASSE, Buch 3

Stuart, Aimee Louise und Rosalie reisen, um das verletzte, aus dem Hinterhalt angegriffene Team zu retten, aber bösartige Angriffe plagen ihre Reise. Als das Team den Menschenhandelsring einkreist, ist der verzweifelte Anführer besessen davon, sie zu töten.

Entdecke alle Bücher und Reihen von Judith A. Barrett im BARRETT BUCHSHOP, um dein nächstes Buch zum Lesen und Genießen zu finden!

barrettbookshop.com

MEHR ÜBER DIE AUTORIN

Judith A. Barrett, preisgekrönte Autorin, lebt auf einem Bauernhof im südlichen US-Bundesstaat Georgia mit ihrem Ehemann, zwei Hunden und Hühnern. Sie schreibt Serien für ihre Leser: Thriller, postapokalyptische Science-Fiction und gemütliche Krimimystery-Romane. Geschichten mit einer unerwarteten Wendung: keine typischen Charaktere von keiner typischen Autorin!

Ihr Motto: *Ihr lest weiter; ich schreibe weiter!*

Wenn sie nicht gerade schreibt, erledigt Judith Hofarbeiten, wandert oder zeltet mit ihrem Mann und den Hunden oder schaukelt auf ihrer Veranda, während sie den Sonnenuntergang beobachtet.